S.F.
V.

VIRGINIA WOOLF

DIE FAHRT ZUM LEUCHTTURM

Roman

Aus dem Englischen von
Herbert E. und Marlys Herlitschka

S. FISCHER VERLAG

Die Originalausgabe erschien 1927
unter dem Titel »To the Lighthouse«
im Verlag The Hogarth Press, London

Druck und Einband: Clausen & Bosse, Leck
Printed in Germany 1986
ISBN 3-10-092515-7

I

DER AUSBLICK

I

»Ja, gewiß, wenn es morgen schön ist«, sagte Mrs. Ramsay. »Aber du wirst mit den Hühnern auf sein müssen«, fügte sie hinzu.

Ihrem Sohn bereiteten diese Worte außerordentliche Freude, als wäre jetzt ausgemacht, daß der große Ausflug stattfinden müsse, und als läge das Wunderbare, das er Jahre und Jahre herbeigewünscht zu haben schien, nun, hinter dem Dunkel einer Nacht und der Segelfahrt eines Tags, in Reichweite. Da er, zwar erst sechsjährig, schon zu der großen Sippe derer gehörte, die ein Gefühl nicht vom andern getrennt halten können, sondern Zukunftsaussichten mit ihren Freuden und Leiden alles umwölken lassen müssen, was wirklich bereits gegenwärtig ist, und da für solche Menschen sogar schon in frühester Kindheit das Rad der Empfindungen mit jeder kleinen Drehung den Augenblick zu kristallisieren und zu durchdringen vermag, den es grade düster beschattet oder strahlend erhellt, verlieh James Ramsay, der auf dem Fußboden saß und aus einem Katalog der Army & Navy Stores Abbildungen ausschnitt, bei den Worten seiner Mutter einem Kühlschrank himmlische Seligkeit. Der war nun von Freude umrandet. Der Schubkarren, der Rasenmäher, das Säuseln von Pappeln, das Aufblinken von Blättern vor einem Regen, das Krächzen von Krähen, das Tappen eines Besens, das Rascheln eines Kleids – das alles war in seinem Geist so getönt und unterschieden, daß er bereits seinen Privatkode besaß, seine Geheimsprache, obzwar er das Abbild schierer, kompromißloser Strenge zu sein schien, wie er so mit seiner hohen Stirn und den grimmigen blauen Augen, den unfehlbar aufrichtigen und reinen, ein wenig strafend dreinsah angesichts menschlicher Schwächen, so daß seine Mutter, während sie ihn die Schere säuberlich um den Kühlschrank herumführen sah, sich ihn ganz in Rot und Hermelin auf der Richterbank vorstellte oder als Leiter einer ernsten und folgenschweren Maßnahme in einer Staatskrise.

»Aber«, sagte sein Vater und blieb draußen, vor der offenen Glastür, stehn, »es wird nicht schön sein.«

Wenn eine Axt zur Hand gewesen wäre, ein Schüreisen oder irgendeine andre Waffe, die seinem Vater eine klaffende Wunde in die Brust hätte schlagen und ihn auf der Stelle töten können, James hätte sie ergriffen. So auf die Spitze getrieben waren die Gefühle, die Mr. Ramsay durch seine bloße Anwesenheit in den Herzen seiner Kinder erregte; wenn er, so wie jetzt, dastand, messerschmal, dünn wie eine Klinge, und sarkastisch lächelte, nicht nur vor Vergnügen, seinen Sohn aus allen Himmeln zu stürzen und seine Frau lächerlich zu machen, die in jeder Hinsicht zehntausendmal besser war als er (dachte James), sondern sich auch heimlich etwas auf die Richtigkeit seines Urteils einbildete. Was er sagte, war wahr. Es war immer wahr. Der Unwahrheit war er gar nicht fähig; deutelte nie an einer Tatsache herum; änderte nie ein unangenehmes Wort irgendeinem Sterblichen zur Freude oder zu Gefallen, am allerwenigsten seinen eigenen Kindern, die, seinen Lenden entsprossen, sich von Anfang an bewußt sein sollten, daß das Leben schwierig war; Tatsachen keine Zugeständnisse machten; und die Überfahrt in jenes sagenhafte Land, wo unsre strahlendsten Hoffnungen ausgelöscht werden, unsre zerbrechlichen Schiffchen im Dunkel zerschellen (hier straffte Mr. Ramsay den Rücken und richtete die zusammengekniffenen kleinen blauen Augen auf den Horizont), vor allem Mut, Wahrheitsliebe und Ausdauer erforderte.

»Aber es könnte vielleicht doch – ja, ich glaube, es wird schön sein«, sagte Mrs. Ramsay und gab dem rotbraunen Strumpf, an dem sie strickte, eine kleine, ungeduldige Drehung. Wenn sie heute abend damit fertig wäre und morgen doch zum Leuchtturm gefahren würde, sollte der Leuchtturmwächter ihn für seinen kleinen Sohn bekommen, der an einem tuberkulösen Hüftgelenk krankte; und dazu noch etwas Tabak und einen Stoß alter Zeitschriften, überhaupt, was immer sie sonst noch an Kram und nicht wirklich Benötigtem im Zimmer umherliegen fände, um es diesen armen Kerlen zu schenken – die sich doch zu Tode langweilen mußten, wenn sie so den lieben langen Tag dasaßen und nichts andres zu tun hatten, als die Laternenscheiben sauberzuwischen und den Docht zu putzen und auf ihrem Gartenfleckchen herumzuharken, – damit sie was zur Unterhaltung hätten. Denn wem gefiele es wohl, jedesmal einen ganzen Monat dort eingesperrt zu sein und, wenn es stürmte, vielleicht auch länger, auf einem Stück Felsen nicht größer als ein Tennisplatz? pflegte sie zu fragen; und weder Briefe und Zeitungen noch eine Menschenseele zu Gesicht zu bekommen; und, wenn man verheiratet war, nicht einmal seine Frau, und nicht zu wissen, wie's den Kindern ging – ob sie nicht am Ende erkrankt oder hingefallen waren und sich Arm und Bein gebrochen hatten; zuzusehn, wie dieselben öden Wellen Woche für Woche ans Ufer schlagen; und, wenn dann ein böses Unwetter heraufzieht, die Fenster mit Schaum bespritzt sind, Vögel sich die Köpfe an der Laterne zerschmettern und der ganze Turm wackelt, die Nase nicht vor die Tür stecken zu können aus Furcht, ins Meer hinausgeschwemmt zu werden. Wie würde ihnen das gefallen? fragte sie, sich vornehmlich an ihre Töchter wendend. Darum müsse man, setzte sie in verändertem Ton hinzu, denen dort, um ihnen das Leben angenehmer zu machen, mitbringen, was immer man könne.

»Ausgesprochener Westwind«, sagte der Atheist Tansley und hielt die knochigen Finger gespreizt, so daß der Wind zwischen ihnen hindurchstrich, denn hin und her, hin und her begleitete er Mr. Ramsay auf dessen Abendspaziergang auf der Terrasse. Es bedeutete, daß der Wind für eine Landung beim Leuchtturm aus der denkbar ungünstigsten Richtung wehte. Ja, er sagte wirklich meist Unangenehmes, gestand sich Mrs. Ramsay ein; es war odios von ihm, das noch zu betonen und James nur noch mehr zu enttäuschen; zugleich aber wollte sie nicht, daß die andern sich über ihn lustigmachten. Den »Atheisten«, nannten sie ihn; den »kleinen Atheisten«. Rose verspottete ihn; Prue verspottete ihn; Andrew, Jasper, Roger verspotteten ihn; sogar der alte Daxl, der keinen einzigen Zahn mehr im Maul hatte, hatte nach ihm geschnappt, weil er (wie Nancy es ausdrückte) der hundertundzehnte junge Mann war, der ihnen bis zu den Hebriden hinauf nachgelaufen, wenn es doch um so viel schöner war, allein zu bleiben.

»Unsinn!« sagte Mrs. Ramsay in strengem Ton. Abgesehn von ihrer Gewohnheit zu übertreiben, die die Kinder von ihr hatten, und der Anspielung darauf, daß sie (was wahr war) zu viele Leute einlud und dann einige im Dorf einquartieren mußte, konnte sie Unhöflichkeit gegen ihre Gäste nicht leiden. Besonders nicht gegen junge Männer, die arm wie Kirchenmäuse waren, »außerordentlich befähigt«, sagte ihr Mann, große Bewunderer von ihm und über die Ferien hergekommen. Tatsächlich hatte sie das ganze andere Geschlecht unter ihre Fittiche genommen; aus Gründen, die sie nicht näher hätte erklären können: seiner Ritterlichkeit und Tapferkeit wegen und, weil die Männer über Staatsverträge verhandelten, Indien regierten, das Finanzwesen leiteten; und schließlich wegen einer Haltung ihr selbst gegenüber, welche zu empfinden, und angenehm zu empfinden, keine Frau verfehlen konnte; etwas Vertrauensvollen, Kindlichen, Verehrungsvollen wegen; das eine alte Frau von einem jungen

Mann annehmen durfte, ohne an Würde einzubüßen, und wehe dem Mädchen – Gott gebe, es wäre keine von ihren Töchtern! – das nicht bis ins Mark spürte, wie wertvoll das und alles, was es einschloß, war.

Sie wandte sich mit Strenge gegen Nancy. Er sei ihnen nicht nachgelaufen, sagte sie. Er sei aufgefordert worden.

Es mußte ein Ausweg aus alledem gefunden werden. Es gab vielleicht einen einfacheren Weg, einen weniger mühsamen. Sie seufzte. Wenn sie in den Spiegel blickte und ihre Haare grau geworden, ihre Wangen eingefallen sah, mit fünfzig, dann dachte sie, vielleicht hätte sie geschickter mit allem umgehn können – mit ihrem Mann; Geldangelegenheiten; den Büchern, die er schrieb. Aber was sie selbst betraf, würde sie nie, auch nur für eine einzige Sekunde, ihren Entschluß bereuen; würde nie Schwierigkeiten ausweichen oder Pflichten vernachlässigen. Sie war nun eine einschüchternde Erscheinung, und es geschah nur im stillen, daß ihre Töchter – Prue, Nancy, Rose – vom Teller aufblickend, nachdem ihre Mutter Charles Tansleys wegen mit solcher Strenge zu ihnen gesprochen hatte, mit abtrünnigen Gedanken, die sie sich zusammengebraut hatten, zu spielen vermochten, Gedanken an ein Leben, das ganz verschieden wäre von dem ihrer Mutter; in Paris etwa; ein ungezügelteres Leben; bei dem man sich nicht immer irgendeines männlichen Wesens annahm; denn sie alle hegten stumme Zweifel an Ergebenheit und Ritterlichkeit, an der Bank von England und dem Indischen Kaiserreich, beringten Fingern und Spitzenjabots; obwohl für sie alle darin auch etwas vom Wesen des Schönen lag und das Männliche in ihren Mädchenherzen herausforderte und sie, wie sie da bei Tisch unter den Augen ihrer Mutter saßen, deren seltsame Strenge, deren äußerste Höflichkeit wie die einer Königin, die den schmutzigen Fuß eines Bettlers aus dem Straßenschlamm hebt und ihn wäscht, verehren ließ, wenn sie sie alle dieses elenden kleinen Atheisten wegen so streng zurechtwies, der ihnen bis hierher nachgelaufen – oder, genauer gesagt, aufgefordert worden war, hier, auf der Insel Skye, bei ihnen zu wohnen.

»Morgen wird's kein Landen beim Leuchtturm geben«, sagte Charles Tansley, mit den Fingern der einen auf die Fläche der andern Hand tippend, während er neben ihrem Mann hier vor den Türstufen stand. Jetzt war's aber doch gewiß genug davon! Wenn die beiden sie und James nur in Ruhe lassen und sich weiter miteinander unterhalten würden! Sie sah Charles Tansley an. Er sei so ein jämmerliches Exemplar, sagten ihre Kinder, lauter Höcker und Höhlungen. Er könne nicht Kricket spielen; er stochere mit dem Schläger, zapple umher. Er sei ein sarkastisches Scheusal, sagte Andrew. Sie wußten, was er am liebsten tat – immerzu hin und her gehn mit Mr. Ramsay, hin und her, und davon reden, wer dies gewonnen habe, wer jenes, wer »erstklassig« sei in lateinischen Versen, wer »brillant« sei, »aber, glaube ich, im Grunde nicht ganz gediegen«, wer zweifellos »der begabteste Bursche im Balliol College« sei, wer vorläufig sein Licht in Bristol oder Bedford unter den Scheffel gestellt habe, aber später einmal von sich reden machen werde, sobald seine Prolegomena zu irgendeinem Zweig der Mathematik oder der Philosophie (von denen Mr. Tansley die ersten Seiten im Bürstenabzug mithatte, falls Mr. Ramsay sie sich ansehn wolle) das Tageslicht erblicken würden. Über solche Dinge unterhielten sie sich.

Sie mußte selber manchmal über ihn lachen. Sie hatte unlängst irgend etwas von »haushohen Wellen« gesagt. Ja, hatte Charles Tansley erwidert, es sei ein wenig bewegt heute. »Sind Sie nicht bis auf die Haut naß geworden?« hatte sie gefragt. »Feucht, aber nicht bis auf die Haut«, hatte Mr. Tansley geantwortet und sich in den Ärmel gekniffen und seine Socken betastet.

Doch es sei nicht das, was sie übelnähmen, sagten die Kinder. Es sei nicht sein Gesicht; nicht seine Manieren. Sondern er selbst – seine Ansichten. Wenn sie über etwas Interessantes sprächen, über Leute, Musik, Geschichte, irgend etwas, auch wenn sie bloß sagten, es sei ein so schöner Abend und solle man nicht lieber im Freien sitzen, dann sei, was sie an Charles Tansley unausstehlich fänden, daß er sich nicht zufrieden gebe, bevor er nicht das Ganze umgekrempelt und es irgendwie ihn selbst habe widerspiegeln lassen und sie alle herabgesetzt, sie alle irgendwie nervös gemacht habe mit seiner ätzenden Art, Fleisch und Blut von allem herunterzuschälen. Und er gehe in Gemäldeausstellungen, sagten sie, und frage einen, ob einem sein Schlips gefalle. Weiß Gott nein, sagte Rose.

So verstohlen, wie Hochwild vom Fütterungsplatz verschwindet, suchten, kaum daß eine Mahlzeit vorbei war, die acht Söhne und Töchter Mr. und Mrs. Ramsays ihre Schlafräume auf, ihre Dickichte in einem Haus, wo man nirgendwo anders ungestört sein konnte, um sich über etwas, irgend etwas auszusprechen; über Tansleys Schlips, über die Annahme des Reformgesetzes, über Seevögel, Schmetterlinge, Leute; während die Sonne in diese Dachkammern schien, die nur Bretterwände voneinander trennten, so daß jeder Schritt deutlich zu hören war und auch das Schluchzen des kleinen Schweizermädels, weil ihr Vater in einem Graubündner Tal an Krebs dahinsiechte; und Kricketschläger beleuchtete, Flanellhosen, Strohhüte, Tintenfässer, Farbtiegel, Käfer und die skelettierten Schädel kleiner Vögel; und den langen, gekräuselten Streifen von Seetang, die an die Wand genagelt waren, einen Geruch von Salz und Meerespflanzen entlockte, der auch in den vom Baden sandigen Handtüchern war.

Streit, Entzweiung, Meinungsverschiedenheiten, Vorurteile, eingewoben bis in die ureigensten Fasern des Wesens, ach, daß die so früh begannen, das beklagte Mrs. Ramsay sehr. Sie waren so kritisch, ihre Kinder; redeten solchen Unsinn. Sie ging ins Wohnzimmer, James an der Hand haltend, weil er nicht mit den andern gehn wollte. Es schien ihr ein solcher Unsinn – Verschiedenheiten zu erfinden, wenn die Menschen, weiß Gott, ohnedies verschieden genug waren. Die wirklichen Verschiedenheiten, dachte sie, an der offenen Glastür stehnbleibend, genügten schon, genügten wahrhaftig. Sie dachte einen Augenblick an Reiche und Arme, Hohe und Niedrige; sie zollte den Hochgeborenen halb widerstrebend einige Achtung, denn floß nicht in ihren eigenen Adern das Blut dieses sehr edlen, wenngleich ein wenig mythischen italienischen Hauses, dessen Töchter, im neunzehnten Jahrhundert über englische Salons verstreut, so reizend zu lispeln, so ungestüm zu tollen wußten, und stammte nicht von ihnen ihre eigene Schlagfertigkeit und ihr ganzes Auftreten und ihr Temperament, und nicht von den verschlafenen Engländern oder den kalten Schotten? Tiefer aber grübelte sie über jenem andern Problem, dem von reich und arm und den Dingen, die sie mit eigenen Augen erblickte, jede Woche, jeden Tag, hier oder in London, wenn sie eine Witwe oder eine sich abrackernde Frau persönlich aufsuchte, einen Beutel am Arm und mit Bleistift und Notizbuch, in das sie, in zu diesem Zweck sorgfältig gezogene Kolonnen, Löhne und Ausgaben, Beschäftigung und Arbeitslosigkeit eintrug, weil sie hoffte, daß sie so aufhören würde, eine Privatperson zu sein, deren Wohltätigkeit halb zur Beschwichtigung ihrer Entrüstung, halb zur Befriedigung ihrer Neugier diente, und das werden würde, was sie, mit ihrem ungeschulten Geist, sosehr bewunderte: eine die soziale Frage aufhellende Forscherin.

Unlösbare Probleme waren das, so schien es ihr, als sie, James an der Hand haltend, hier stand. Er war ihr ins Wohnzimmer gefolgt, dieser junge Mann, den sie alle immer auslachten; er stand beim Tisch, befingerte irgend etwas, auf eine linkische Weise, fühlte sich außerhalb von allem, das spürte sie, ohne sich umzuwenden. Die andern waren alle weggegangen: die Kinder; Minta Doyle und Paul Rayley; Augustus Carmichael; ihr Mann – alle waren sie weggegangen. Darum wandte sie sich mit einem Seufzer um und sagte: »Würde es Sie langweilen, mit mir zu kommen, Mr. Tansley?«

Sie habe etwas Uninteressantes im Städtchen zu erledigen; müsse vorher noch einen oder zwei Briefe schreiben; werde ungefähr zehn Minuten brauchen; müsse dann noch ihren Hut aufsetzen. Und mit ihrem Beutel und ihrem Sonnenschirm war sie zehn Minuten später wieder da und verbreitete ein Gefühl des Bereitseins um sich, des zu einem kleinen Ausflug Gerüstetseins, den sie allerdings, als sie am Tennisplatz vorbeikamen, für einen Augenblick unterbrechen mußte, um Mr. Carmichael, der sich hier sonnte, die gelben Katzenaugen weit offen, so daß sie wie die einer Katze die schwankenden Zweige oder die vorbeiziehenden Wolken zu spiegeln schienen, aber nicht das geringste Anzeichen irgendwelcher Gedanken oder Empfindungen boten, zu fragen, ob er etwas brauche.

Denn sie begäben sich soeben auf die große Expedition, sagte sie lachend. Sie wollten ins Städtchen. »Marken, Briefpapier, Tabak?« fragte sie, neben ihm stehnbleibend. Aber nein, er brauchte nichts. Seine Hände verschränkten sich über seinem geräumigen Wanst, seine Augen blinzelten, als hätte er gern freundlich auf diese Verlockungen (sie sprach verführerisch, aber ein wenig nervös) geantwortet, könnte das aber nicht, so versunken, wie er war, in graugrüne Schläfrigkeit, die sie alle, ohne daß es der Worte bedurfte, in eine ungeheure, gutmütige Lethargie von Wohlwollen einbezog; das ganze Haus, die ganze Welt und alle Leute darauf; denn er hatte heute beim Mittagessen in sein Glas verstohlen ein paar Tropfen von etwas geträufelt, das, so behaupteten die Kinder, den grellen Streifen Kanariengelb in seinem Schnurrbart und Bart erklärte, die überall sonst milchweiß waren. Nein, er brauche nichts, murmelte er.

Es hätte eigentlich ein großer Philosoph aus ihm werden müssen, sagte Mrs. Ramsay, als sie auf der Straße in das Fischerstädtchen waren, aber er habe eine unglückliche Ehe hinter sich. Ihren schwarzen Sonnenschirm kerzengerade haltend und auf eine unbeschreiblich erwartungsvolle Art einherschreitend, als würde sie gleich um die Ecke jemand begegnen, erzählte sie seine Geschichte: eine Liebesaffäre in Oxford mit irgendeinem Mädchen; eine frühe Heirat; Armut; dann nach Indien gegangen; ein bißchen Gedichte übersetzt, »sehr schön, glaube ich«; gern bereit, den Buben Persisch oder Hindustanisch beizubringen, aber wozu eigentlich? – und liege nun also, wie sie ihn jetzt gesehn hätten, auf dem Rasen.

Es schmeichelte ihm; nach dem Nasenstüber, den er erhalten hatte, tat es ihm wohl, daß Mrs. Ramsay ihm das erzählte. Charles Tansley lebte wieder auf. Und auch wie sie die Größe des männlichen Intellekts, sogar in seinem Verfall, mitbetont hatte und die Pflicht aller Frauen – nicht, daß sie diese eine tadelte, denn die Ehe sei gar nicht so unglücklich gewesen, glaubte sie, – sich der Müh und Plage ihrer Männer unterzuordnen, das bewirkte, daß er sich selbstzufrieden fühlte wie nie zuvor, und er hätte gern, wenn sie zum Beispiel einen Wagen genommen hätten, das Fahrgeld bezahlt. Und ihren kleinen Beutel, könne er ihr den nicht tragen? Nein, nein, sagte sie, *den* trage sie stets selber. Und das tat sie auch. Ja, das konnte er in ihr spüren. Er spürte vielerlei, vor allem etwas, das ihn erregte und verstörte aus Gründen, die er nicht aussprechen konnte. Daß es ihm lieb wäre, wenn sie ihn in Talar und Barett in einem akademischen Aufzug dahinschreiten sähe. Eine Lehrstelle, eine Professur – er fühlte sich zu allem fähig und sah sich – aber wohin sah sie? Auf einen Mann, der ein Plakat anklebte. Das große, flatternde Stück Papier breitete sich immer flacher, und mit jedem Pinselstrich kamen neue Beine, Reifen, Pferde zum Vorschein, leuchtendes Rot und Blau, wunderschön glatt, bis die halbe Mauer von der Ankündigung eines Zirkus bedeckt war; hundert Reiter, zwanzig sich produzierende Seehunde, Löwen, Tiger... Vorgeneigt, denn sie war kurzsichtig, las sie laut, daß er »auch diese Stadt besuchen werde«. Eine schrecklich gefährliche Arbeit für einen Einarmigen, rief sie aus, so hoch oben auf einer Leiter zu stehn – sein linker Arm sei ihm von einer Mähmaschine abgetrennt worden vor zwei Jahren.

»Gehn wir doch alle hin!« rief sie und schritt weiter, als hätten alle diese Reiter und Pferde sie mit kindlicher Begeisterung erfüllt und sie ihr Mitleid vergessen lassen.

»Ja, gehn wir«, sagte er, ihre Worte wiederholend, aber sie mit solcher Befangenheit hervorstoßend, daß sie zusammenzuckte. »Gehn wir in den Zirkus!« Nein. Er konnte es nicht richtig sagen. Er konnte es nicht richtig fühlen. Aber warum nicht? fragte sie sich. Was stimmte nicht bei ihm? Sie mochte ihn gut leiden, in diesem Augenblick. Seien sie denn nicht, fragte sie, in den Zirkus geführt worden, als Kinder? Nie, antwortete er, als hätte sie grade die Frage gestellt, die er gern beantwortet hätte; als hätte er sich alle diese Tage danach gesehnt zu erzählen, daß sie als Kinder nie in einen Zirkus geführt worden seien. Sie seien eine große Familie, neun Geschwister, und der Vater ein Arbeitsmann. »Mein Vater ist Drogist, Mrs. Ramsay. Er hat einen Laden.« Charles

Tansley hatte sich selber erhalten müssen, seit seinem dreizehnten Jahr. Manchen Winter hatte er gar keinen Mantel gehabt. Er hatte sich nie »für genossene Gastfreundschaft revanchieren können» (so steif und gestelzt drückte er es aus), während er im Internat war. Er hatte alles doppelt so lange tragen müssen als andere; den billigsten Tabak geraucht: Shag; das, was die alten Männer auf dem Kai rauchten. Tagsüber hatte er hart arbeiten müssen – sieben Stunden lang; er redete jetzt vom Einfluß von irgendwas auf irgendwen – sie gingen dabei weiter, und Mrs. Ramsay verstand nicht, was es alles heißen sollte, nur dann und wann ein einzelnes Wort ... Dissertation ... Lehrstelle ... Vortragsreihe ... Dozentur. Sie vermochte dem häßlichen akademischen Jargon nicht zu folgen, der sich wie geschmiert abhaspelte, sagte sich aber, daß sie nun begreife, wieso der geplante Zirkusbesuch ihn so aus dem Gleichgewicht gebracht hatte, den armen Kerl, und weshalb er sogleich mit alledem über seine Eltern und Geschwister herausgerückt kam, und sie wollte dafür sorgen, daß die Kinder ihn nicht mehr auslachten; sie wollte mit Prue darüber sprechen. Was ihn freuen würde, wäre vermutlich, erzählen zu können, er sei mit den Ramsays in einem Ibsenstück gewesen. Er war ein entsetzlicher pedantischer Tugendbold – o ja, ein unleidlicher Fadian. Denn obwohl sie jetzt das Städtchen erreicht hatten und durch die Hauptstraße gingen, wo Karren an ihnen vorbei über das Pflaster ratterten, redete er noch immer von Stiftungen und dem Lehrberuf und Arbeitern und der Pflicht, »unsrer Klasse zu helfen«, und Vorträgen drauflos, bis sie erriet, daß er sein ganzes Selbstvertrauen wiedergewonnen, sich von dem Zirkusbesuch erholt hatte und ihr grade (und sie konnte ihn wieder gut leiden) sagen wollte – aber da kamen sie, während zu beiden Seiten die Häuser zurücktraten, auf den Kai hinaus, und die ganze Bucht erstreckte sich vor ihnen, und Mrs. Ramsay mußte unwillkürlich »Oh, wie schön!« ausrufen. Denn vor ihr lag die große Schüssel voll blauen Wassers; der altersgraue Leuchtturm, der ferne, unnahbare, in der Mitte; und zur Rechten, so weit das Auge reichte, verschwimmend und sich verlierend, in weichen, niedrigen Falten, die graugrünen Sanddünen mit den welligen Gräsern, die immer so aussahn, als liefen sie in ein Mondland davon, ein von Menschen nicht bewohntes.

»Das ist der Blick«, sagte sie und blieb stehn, und ihre Augen nahmen ein tieferes Grau an, »den mein Mann so liebt.«

Sie schwieg einen Augenblick. Aber jetzt, sagte sie, seien die Maler hergekommen. Und wahrhaftig, nur ein paar Schritte weit weg stand einer, in Panamastrohhut und hellbraunen Schuhen, der ernst, behutsam, vertieft, wenn auch von zehn kleinen Buben beobachtet, mit einer tief zufriedenen Miene auf dem runden roten Gesicht in die Weite schaute und, nachdem er geschaut hatte, sich bückte und die Spitze seines Pinsels an einem weichen Häufchen von Grün oder Rosa tränkte. Seit Mr. Paunceforte hier gewesen, vor drei Jahren, seien alle Bilder so, sagte sie, grün und grau, mit zitronengelben Segelbooten und mit rosa Frauen auf dem Strand.

Aber die Freunde ihrer Großmutter, sagte sie, im Vorbeigehn diskret hinblickend, hätten sich die größte Mühe gegeben; zuerst selber ihre Farben gerieben, dann gemischt und dann nasse Tücher darüber getan, um sie feucht zu halten.

Also wolle sie, nahm Mr. Tansley an, er solle sehn, das Bild dieses Mannes da sei geschludert; sagte man so? Die Farben hätten keine Substanz; sagte man so? Unter der Wirkung der außerordentlichen Gemütsbewegung, die während des ganzen Wegs in ihm angewachsen war, die im Garten begonnen hatte, als er ihr den Beutel tragen wollte, die dann im Städtchen immer stärker geworden war, als er den Wunsch empfand, ihr alles über sich zu erzählen, begann er nach und nach sich selbst und alles, was er je gekannt hatte, als ein wenig verbogen zu sehn. Es war höchst sonderbar.

Jetzt stand er hier in der guten Stube des quetschigen Häuschens, in das sie ihn mitgenommen hatte, und wartete, während sie für einen Augenblick hinaufgegangen war, um eine Frau aufzusuchen. Er hörte ihren schnellen Schritt oben; hörte ihre Stimme, hell, dann gedämpft; besah sich die Deckchen, die Teebüchsen, die gläsernen Lampenschirme; wartete fast ungeduldig; freute sich auf den Heimweg, nahm sich vor, ihr diesmal den Beutel zu tragen; hörte sie dann herauskommen; eine Tür schließen; sagen, sie sollten die Fenster offen und die Türen geschlossen halten; zu ihr, zu dem Haus, kommen, wenn sie etwas brauchten (sie redete wohl mit einem Kind), aber da kam sie selbst, unvermutet plötzlich, herein, stand einen Augenblick still (als hätte sie dort oben den andern nur etwas vorgemacht und könne sich nun gehnlassen), stand einen Augenblick ganz regungslos vor dem Bild der Königin Viktoria mit der blauen Schärpe des Hosenbandordens; und auf einmal begriff er, daß es dies war, dies: – sie war das schönste Geschöpf, das er je gesehn hatte.

Mit Sternen in den Augen und Schleiern im Haar, mit Zyklamen und wilden Veilchen – was für einen Unsinn dachte er sich da zusammen? Sie war mindestens fünfzig; sie hatte acht Kinder. Durch Blumenwiesen schreitend, geknickte Knospen und gestrauchelte Lämmchen an die Brust gedrückt; die Sterne in den Augen und den Wind in den Haaren! Er langte nach ihrem Beutel.

»Lebwohl, Elsie!« sagte sie, und sie gingen das Gäßchen entlang, sie ihren Sonnenschirm kerzengerade in der Hand und so, als erwartete sie, gleich um die Ecke herum jemand zu begegnen, während Charles Tansley zum erstenmal in seinem Leben ein Gefühl außerordentlichen Stolzes empfand. Ein Mann, der in einer Gossenrinne grub, hörte auf zu graben und sah Mrs. Ramsay an; ließ den Arm sinken und sah sie an; Charles Tansley fühlte sich außerordentlich stolz; fühlte den Wind und die Zyklamen und die Veilchen, denn er ging zum erstenmal in seinem Leben neben einer schönen Frau her. Und er hatte ihren Beutel in Gewahrsam.

2

»Es wird nichts aus der Fahrt zum Leuchtturm, James«, sagte er, in der Tür stehend, sagte es ungeschickt, versuchte aber aus Ergebenheit für Mrs. Ramsay, seinen Ton zu etwas einigermaßen wie Wohlwollen zu mildern.

Odioser Jüngling, dachte Mrs. Ramsay, warum das immer wieder sagen?

3

»Vielleicht wirst du beim Aufwachen entdecken, daß die Sonne scheint und die Vögel singen«, sagte sie mitfühlend und strich ihrem Buben glättend übers Haar, denn schon ihr Mann hatte mit seiner ätzenden Bemerkung, es werde nicht schön sein, seine freudige Erwartung zerschmettert, das konnte sie ihm ansehn. Diese Fahrt zum Leuchtturm war für ihn zu einer Leidenschaft geworden, so begriff sie, und dann, als hätte ihr Mann noch nicht genug gesagt mit seiner ätzenden Bemerkung, daß es morgen nicht schön sein werde, kam dieser odiose Jüngling einher und rieb es ihm noch einmal unter die Nase.

»Vielleicht wird es morgen doch schön sein«, sagte sie und strich ihm glättend übers Haar.

Sie konnte jetzt nicht mehr tun, als den Kühlschrank bewundern und den Warenhauskatalog durchblättern in der Hoffnung, auf etwas wie eine Harke oder Mähmaschine zu stoßen, das mit seinen Zinken und Stielen beim Ausschneiden die größtmögliche Geschicklichkeit und Sorgfalt erfordern würde. Alle diese jungen Männer parodierten ihren Mann, überlegte sie; er sagte, es werde regnen; sie sagten, es werde ein regelrechter Wirbelsturm kommen.

Hier aber wurde, als sie so blätterte, ihr Suchen nach der Abbildung einer Harke oder Mähmaschine plötzlich unterbrochen. Das knurrige Gemurmel, unregelmäßig aussetzend, wenn eine Tabakspfeife aus dem Mund genommen, eine zwischen die Zähne gesteckt wurde, und, wenngleich sie hier, in der offenen Tür, sitzend, nicht verstehn konnte, was gesprochen wurde, sie immer wieder beruhigend, daß die Männer in behaglichem Gespräch waren, dieses Geräusch, das nun eine halbe Stunde gedauert und einlullend sich in die Skala von Geräuschen eingefügt hatte, die sich ihr oberflächlich einprägten, wie etwa das Anprallen von Bällen an Schläger, das dann und wann scharf hervorgestoßene »Wie war der? Und der?« der Kinder, die Kricket spielten, hatte aufgehört. So daß das eintönige Verrollen der Wellen am Strand, das die meiste Zeit gemessen und beruhigend den Takt zu ihren Gedanken klopfte und, wenn sie bei den Kindern saß, tröstend immer wieder die Worte eines alten Wiegenlieds zu wiederholen schien, eines von der Natur gemurmelten: »Ich behüte dich – ich bin dein Hort«, aber zu andern Zeiten, plötzlich und unerwartet, besonders wenn ihre Gedanken sich ein wenig über das, was sie im Augenblick grade tat, erhoben, keine solche freundliche Bedeutung hatte, sondern wie ein geisterhaftes Trommeln unbarmherzig den Takt des Lebens schlug, einen zwang, an die Vernichtung der Insel und an ihr Verschlungenwerden vom Meer zu denken, und sie, deren Tag in einer hastigen Tätigkeit nach der andern vorbeiglitt, mahnte, daß alles vergänglich sei wie ein Regenbogen, – dieses Geräusch, das von den andern übertönt und verborgen worden war, donnerte ihr plötzlich hohl in die Ohren und ließ sie mit einer Regung von Entsetzen aufblicken.

Sie hatten aufgehört zu reden; das war die Erklärung. In einer Sekunde aus der Spannung, die sie gepackt hatte, in das andre Extrem verfallend, das, wie um sie für ihr unnötiges Ausgeben von Gefühlen zu entschädigen, etwas Kühles, Belustigtes und sogar ein klein wenig Schadenfrohes hatte, schloß sie, daß der arme Charles Tansley abgeschüttelt worden war. Das machte ihr wenig. Wenn ihr Mann Opfer brauchte (und die brauchte er wahrhaftig), böte sie ihm freudig Charles Tansley dar, der ihrem kleinen Buben einen solchen Dämpfer versetzt hatte.

Noch einen Augenblick länger lauschte sie mit erhobenem Kopf, als wartete sie auf einen gewohnten Klang, einen regelmäßigen, mechanischen; und dann, als sie etwas Rhythmisches, halb Gesprochenes, halb Gesungenes im Garten draußen beginnen hörte, wo ihr Mann auf der Terrasse patrouillierte: ein Mittelding zwischen Krächzen und Singen, war sie wieder beruhigt, wieder sicher, daß alles in Ordnung war; und auf den Katalog auf ihrem Schoß hinabblickend fand sie die Abbildung eines Taschenmessers mit sechs Klingen, die sich nur ausschneiden ließe, wenn James sehr achtgäbe.

Plötzlich zwang sie ein lautes Schreien, wie das eines halb geweckten Schlafwandlers, etwas wie

Bomb' und Kartätsche traf,

das ihr mit äußerster Heftigkeit ins Ohr klang, besorgt aufzublicken, um zu sehn, ob jemand ihn hörte. Nur Lily Briscoe, wie sie erleichtert feststellte; und das machte nichts. Doch der Anblick des Mädchens, das dort auf dem Rand des

Rasens stand und malte, erinnerte sie: sie sollte den Kopf so still wie möglich halten für das Bild, das Lily malte. Lilys Bild! Mrs. Ramsay lächelte. Mit ihren kleinen Chinesenaugen und ihrem verkniffenen Gesichtchen würde Lily wohl nie heiraten; man konnte ihr Malen nicht sehr ernst nehmen; aber sie war ein selbständiges kleines Ding, darum hatte Mrs. Ramsay sie gern; und sich ihres Versprechens erinnernd, senkte sie den Kopf.

4

Tatsächlich, er hätte beinahe ihre Staffelei umgeworfen, wie er so, die Hände schwenkend und »Wir aber ritten brav« schmetternd, auf sie zugeprescht kam, aber zum Glück machte er eine scharfe Wendung und galoppierte davon, vermutlich, um glorreich auf den Höhen von Balaklawa zu sterben. Niemand anders wirkte so lächerlich und dabei so einschüchternd. Aber solange er es so trieb, die Hände schwenkte und laut vor sich hinsang, war sie in Sicherheit; er würde nicht stehnbleiben und sich ihr Bild besehn. Und das war etwas, das Lily Briscoe nicht ertragen hätte. Sogar während sie auf die Masse hinsah, die Linien, die Farben und Mrs. Ramsay, wie sie mit James dort in der Tür saß, hielt sie einen Fühler in ihre Umgebung ausgestreckt, ob nicht jemand leise herankäme und sie plötzlich ihr Bild von fremden Augen angesehn fände. Jetzt aber, alle Sinne so geschärft, sehr angestrengt hinblickend, bis die Farben der Hauswand und der Clematis Jackmanni weiter hinten ihr in die Augen brannten, wurde sie sich bewußt, daß jemand aus dem Haus kam, auf sie zukam; erriet jedoch irgendwie, aus dem Klang seines Schritts, daß es William Banks war, so daß sie, obwohl ihr Pinsel zitterte, ihre Leinwand nicht, wie sie getan hätte, wäre es Mr. Tansley, Paul Rayley, Minta Doyle oder so gut wie jeder andre gewesen, dem Gras zukehrte, sondern sie auf der Staffelei stehn ließ. William Banks trat an ihre Seite.

Beide waren sie im Dorf einquartiert und hatten daher beim Ein- und Ausgehn, bei spätem Sichverabschieden auf Türmatten ein paar Worte gewechselt, über die Suppe, über die Kinder, über dies und jenes, und das hatte sie zu Verbündeten gemacht; so daß Lily, als er nun auf seine bedächtige Art (er war alt genug, um ihr Vater zu sein, ein Botaniker, ein Witwer, der nach Seife roch, peinlich adrett und sauber) neben sie trat, einfach nur dastand. Und er stand einfach neben ihr. Ihre Schuhe waren vortrefflich, gewahrte er. Sie erlaubten den Zehen ihre natürliche Ausbreitung. Da er im selben Haus wie sie wohnte, hatte er auch bemerkt, was für ein geregeltes Leben sie führte, vor dem Frühstück auf war und malen ging, allein, glaubte er; arm, vermutlich, und ohne den Teint und das Verführerische von Miss Doyle, gewiß, aber mit einem natürlichen Hausverstand begabt, der sie in seinen Augen jener jungen Dame überlegen machte. Zum Beispiel, daß Ramsay jetzt gestikulierend und Verse aus Tennysons *Angriff der Leichten Brigade* grölend einherkam, das verstand Miss Briscoe sicherlich.

Jemand verpfuschte was.

Mr. Ramsay starrte sie beide an, starrte sie wild an, scheinbar ohne sie zu sehn. Das verursachte ihnen ein undeutliches Gefühl von Unbehagen. Gemeinsam hatten sie etwas erblickt, was nicht für sie bestimmt war. Sie waren in jemands Privatbereich eingedrungen. Daher war es wohl, dachte Lily, nur ein Vorwand von ihm, nur so, als wollte er sich entfernen, um außer Hörweite zu kommen, was Mr. Banks fast sogleich etwas darüber, daß es kühl wurde, sagen und einen kleinen Spaziergang vorschlagen ließ. Sie komme mit, ja. Doch es fiel ihr schwer, die Augen von ihrem Bild wegzuwenden.

Die Clematis war leuchtend violett; die Wand grell weiß. Sie hätte es nicht als ehrlich empfunden, an dem leuchtenden Violett und Grellweiß herumzuändern, da sie sie so und nicht anders sah, wenngleich es, seit Mr. Paunceforte hiergewesen, Mode geworden war, alles blaß, elegant, halb durchsichtig zu sehn. Denn unter den Farben da waren die Formen. Sie konnte es alles so deutlich, so gebieterisch sehen, wenn sie hinschaute; erst sobald sie den Pinsel zur Hand nahm, veränderte sich das Ganze. Erst in diesem Augenblick des Flugs vom Geschauten zur Leinwand fielen die Dämonen sie an, die sie oft den Tränen nahe brachten und diesen Übergang von Auffassung zu Ausführung so schrecklich machten, wie nur je der Weg durch einen dunkeln Gang für ein Kind sein konnte. Wie ein solches fühlte sie sich oft selber – gegen schreckliche Übermacht ankämpfend, um ihren Mut zu bewahren; um zu sagen: »Aber das ist, was ich sehe; das ist, was ich sehe«, und so ein klägliches Restchen ihrer Vision an die Brust zu drücken, die tausend Mächte ihr zu entreißen trachteten. Und da geschah es auch, auf diese frostige, erkältende Weise, daß, wenn sie zu malen begann, andres sie anwehte: ihre Unzulänglichkeit, ihre Unbedeutendheit, das Wirtschaftenmüssen für ihren Vater in einer Seitengasse der Brompton Road; und sie große Mühe hatte, ihren Antrieb zu beherrschen (dem sie bisher, Gott sei Dank, immer widerstanden hatte), sich an Mrs. Ramsays Knie hinzuwerfen und ihr zu sagen – aber was konnte man ihr sagen? »Ich bin in Sie verliebt«? Nein, das war nicht wahr. »Ich bin in das alles verliebt« – mit einem Handschwenken gegen die Hecke, gegen das Haus, gegen die Kinder? Es war absurd, es war unmöglich. Man konnte nicht sagen, was man meinte. Also legte sie nun ihre Pinsel hübsch ordentlich in den Malkasten, einen neben den andern, und sagte zu William Banks:

»Es wird ganz plötzlich kalt. Die Sonne scheint weniger

Wärme zu geben«, sagte sie, um sich blickend, denn sie leuchtete hell genug, das Gras war noch immer ein sanftes Tiefgrün, das Haus in all seinem Blätterwerk von purpurfarbenen Passionsblumen besternt, und Krähen sandten ihre kühlen Rufe vom hohen Blau herab. Doch etwas bewegte sich, blinkte, wendete eine silberne Schwinge in der Luft. Es war schließlich September, Mitte September, und nach sechs Uhr nachmittag. So schlenderten sie also davon und den Gartenweg entlang, in der gewohnten Richtung, am Tennisplatz vorbei, an dem Pampasgras vorbei, bis zu der Lücke in der dichten Hecke, der von Fackellilien wie von zwei kupfernen Pfannen mit lichterloh brennenden Kohlen bewachten, zwischen denen das blaue Wasser der Bucht blauer denn je aussah.

Sie kamen regelmäßig jeden Abend hierher, wie von einer Notwendigkeit angezogen. Es war so, als machte das Wasser ihre Gedanken flott und ließe sie, die auf dem Festland zu stagnieren begonnen hatten, dahinsegeln und gewährte sogar ihren Körpern eine Art von physischer Entspannung. Zunächst überflutete das Pulsen von Farbe die Bucht mit Blau, und mit ihm weitete sich das Herz und der Körper begann darauf zu schwimmen, nur um im nächsten Augenblick von der stacheligen Schwärze auf den schopfigen Wellen angehalten und durchkältet zu werden. Dann sprühte hinter dem großen schwarzen Felsen eine Fontäne weißen Gischts hoch, nach ungleichen Pausen, so daß man Ausschau halten und darauf warten mußte und entzückt war, wenn sie kam; und während man wieder auf sie wartete, sah man zu, wie Welle nach Welle auf den blassen halbrunden Strand eine Glasur von Perlmutter hingoß.

Sie lächelten beide, während sie hier standen. Sie empfanden beide eine gemeinsame, von dem Spiel der Wellen hervorgerufene Erheiterung; und dann auch von der sie schnell durchschneidenden Fahrt eines Segelboots, das, nachdem es einen Bogen durch die Bucht gezogen hatte, anhielt; erschauerte; sein Segel sinken ließ; und dann blickten sie beide, aus einem natürlichen Antrieb, das Bild, nach dieser schnellen Bewegung, zu vervollständigen, zu den fernen Dünen hinüber, und statt Fröhlichkeit fühlten sie Wehmut über sich kommen – teils weil es jetzt vollendet war und teils weil Fernsichten (dachte Lily) den Beschauer eine Million Jahre zu überdauern scheinen und schon mit einem Himmel Zwiesprache halten, der auf eine völlig zur Ruhe gekommene Erde herabschaut.

Zu den fernen Sanddünen hinblickend dachte William Banks an Ramsay: dachte an eine Landstraße in Westmorland, dachte an Ramsay, wie er allein auf einer Landstraße im Seendistrikt dahinschritt, von dieser Einsamkeit umhangen, die sein natürlicher Luftraum zu sein schien. Die aber wurde plötzlich, so erinnerte sich William Banks (und das mußte sich auf einen wirklichen Vorfall beziehn), von einer Henne unterbrochen, die, um ihre Kücken zu schützen, die Flügel spreizte, worauf Ramsay stehnblieb, mit der Stockspitze hinwies und »Niedlich – niedlich« sagte. Ein seltsamer Lichtstrahl in sein Herz, als den hatte Banks es empfunden; der Ramsays Schlichtheit zeigte, sein Mitgefühl für einfache Dinge; es schien ihm aber, daß ihre Freundschaft damals geendet hatte, dort auf jenem Stück Straße. Danach hatte Ramsay geheiratet. Und danach war, wie das schon so ging, das Mark aus ihrer Freundschaft geschwunden. Wessen Schuld es gewesen war, hätte er nicht sagen können, nur, daß nach einer Weile Wiederholung an die Stelle von Neuem getreten war. Nur um der Wiederholung willen kamen sie noch zusammen. Doch bei dieser stummen Zwiesprache mit den Sanddünen behauptete er, daß seine Zuneigung für Ramsay auf keine Weise nachgelassen habe; sondern daß dort, wie die seit einem Jahrhundert in Torf gebettete Gestalt eines Jünglings, mit dem noch frischen Rot der Lippen, seine Freundschaft in ihrer ganzen Deutlichkeit und Wirklichkeit aufgebahrt liege, dort, jenseits der Bucht, zwischen den Dünen.

Es war ihm sehr wichtig, um dieser Freundschaft willen und vielleicht auch, um sich in seinem Gemüt von dem Vorwurf freizusprechen, er sei vertrocknet und verschrumpft, – denn Ramsay lebte in einem Gewimmel von Kindern, während er selbst kinderlos und verwitwet war, – es war ihm sehr wichtig, daß Lily Briscoe Ramsay (der in seiner Art ein bedeutender Mann war) nicht geringschätze, sondern begreife, wie es sich mit ihnen verhielt. Vor Jahren entstanden, war ihre Freundschaft auf einer Landstraße in Westmorland versickert, wo eine Henne die Flügel vor ihre Kücken spreizte; danach hatte Ramsay geheiratet, und da ihre Wege in verschiedenen Richtungen liefen, war, gewiß nicht aus jemandes Verschulden, wenn sie einander trafen, die Neigung vorhanden, bloß zu wiederholen.

Ja. Das war's, so schloß er. Er wandte sich von der Aussicht ab. Und sich umwendend, um den andern Weg, die Zufahrt entlang, zurückzugehn, bemerkte Mr. Banks Dinge, die ihm sonst nicht aufgefallen wären, hätten diese Sandhügel ihm nicht den Leichnam seiner Freundschaft enthüllt, der dort, die Lippen noch rot, in Torfmull gebettet lag, – zum Beispiel Cam, die kleine Cam, Ramsays Jüngste. Sie pflückte »süße Alicen« da auf der Böschung. Sie war wild und ungebärdig. Sie wollte nicht »dem Herrn eine Blume geben«, wie das Kindermädchen sie tun hieß. Nein! Nein! Nein, sie wollte nicht! Sie ballte die Faust. Sie stampfte mit dem Fuß. Und Mr. Banks fühlte sich gealtert und betrübt und irgendwie durch sie ins Unrecht gesetzt, was seine Freundschaft betraf. Er mußte wohl verschrumpft und vertrocknet sein.

Die Ramsays seien nicht reich, und es sei ein Wunder, wie sie es alles fertigbrächten. Acht Kinder! Acht Kinder bloß von der Philosophie zu ernähren! Hier war noch eins von ihnen, Jasper diesmal, der einhergeschlendert kam, um, wie er so nebenbei sagte, einen Vogel abzuschießen, und im Vorbeigehn Lilys Hand wie einen Pumpenschwengel schwenkte, was Mr. Banks zu der bitteren Bemerkung veranlaßte, daß wohl *sie* die Beliebtere sei. Dann müsse man auch die Kosten der Erziehung ins Kalkül stellen (allerdings, Mrs. Ramsay habe vielleicht etwas eigenes Vermögen), ganz abgesehn von der täglichen Abnützung der Schuhe und Strümpfe, die diese »prächtigen Burschen«, alle gut gewachsen, eckig, achtlos, starkknochig, benötigen mußten. Aber sie voneinander mit Sicherheit zu unterscheiden oder sich zu merken, in welcher Reihenfolge sie kamen, dessen sei er nicht fähig. Er benenne sie insgeheim wie die Könige und Königinnen von England: Cam die Schlimme, James der Rücksichtslose, Andrew der Gerechte, Prue die Schöne – denn Prue besäße einmal Schönheit, wie denn auch nicht? – und Andrew Verstand. Während er den Zufahrtsweg zurückging und Lily Briscoe ihm mit ja und nein antwortete und seine Bemerkungen noch übertrumpfte (denn sie war in sie alle verliebt, war in diese Welt verliebt), erwog er den Fall Ramsay, bedauerte Ramsay, beneidete ihn, als hätte er mitangesehn, wie er sich all dieses Ruhmesglanzes von Einsamkeit und Enthaltsamkeit, der ihn in seiner Jugend umstrahlt hatte, entledigte, um sich endgültig mit Flügelflattern und kluckender Häuslichkeit zu behindern. Freilich hatte er etwas davon – William Banks gestand es sich; es wäre nett gewesen, wenn Cam ihm eine Blume ins Knopfloch gesteckt hätte oder ihm auf die Schulter gekrabbelt wäre wie ihrem Vater, um ein Bild des feuerspeienden Vesuvs zu betrachten, – aber es hatte auch, das mußte sein alter Freund denn doch empfinden, etwas zerstört. Was würde sich jemand Fremder jetzt von Ramsay denken? Was dachte sich diese Lily Briscoe? Konnte es einem entgehn, daß sich gewisse Gewohnheiten immer mehr bei ihm festsetzten? Sogar Absonderlichkeiten, Schwächen vielleicht? Es sei erstaunlich, sagte er, daß ein Mann seines Intellekts sich so erniedrigen – aber das sei ein zu hartes Wort – sich so sehr wie er von andrer Leute Lob abhängig machen könne.

»Oh, aber –« sagte Lily, »bedenken Sie doch seine Leistungen!«

Wann immer sie »seine Leistungen bedachte«, sah sie deutlich einen großen Küchentisch vor sich. Daran war Andrew schuld. Sie hatte ihn gefragt, wovon die Bücher seines Vaters handelten. »Vom Subjekt und Objekt und dem Wesen der Wirklichkeit«, hatte er geantwortet, und als sie sagte, Himmel, sie habe keine Ahnung, was das bedeute, »dann stellen Sie sich einen Küchentisch vor«, hatte er geantwortet, »wenn Sie selbst gar nicht da sind«.

Darum sah sie, wenn sie an Mr. Ramsays Leistungen dachte, immer einen geschrubbten Küchentisch vor sich. Der stak nun in der Astgabel eines Birnbaums, denn sie waren in den Obstgarten gelangt. Und mit einer mühsamen Anstrengung, sich zu sammeln, richtete sie ihren Geist nicht auf die silberhöckerige Rinde des Baums und nicht auf seine fischförmigen Blätter, sondern auf das Phantom eines Küchentisches (eines dieser geschrubbten Weichholztische, dieser gemaserten und gerillten, deren Wertgehalt durch jahrelange muskuläre Integrität bloßgelegt zu sein scheint), das dort stak, alle viere in der Luft. Natürlich, wenn jemand seine Tage mit diesem Sehen kantiger Wesenheiten verbrachte, diesem Zurückführen herrlicher Abende mit allen ihren Flamingowolken und ihrem Blau und Silber auf einen weißen Weichholztisch (und, das zu tun, das Merkmal erlesenster Geister war), dann durfte man natürlich nicht wie ein gewöhnlicher Mensch beurteilt werden.

Mr. Banks gefiel es an ihr, daß sie ihn »seine Leistungen bedenken« hieß. Er habe sie bedacht, oft und oft. Unzähligemal habe er gesagt: »Ramsay ist einer von denen, die ihr Bestes leisten, bevor sie vierzig sind.« Er habe einen bleibenden Beitrag zur Philosophie in einem Büchlein geleistet, als er fünfundzwanzig war: was später kam, sei mehr oder weniger Erweiterung, Wiederholung gewesen. Doch die Zahl derer, die bleibende Beiträge zu irgend etwas leisten, sei sehr gering, sagte er, neben dem Birnbaum stehnbleibend, säuberlich gebürstet, skrupulös exakt, äußerst fein abwägend. Und plötzlich, als hätte seine Handbewegung das ausgelöst, kippte die Ladung ihrer angesammelten Eindrücke von ihm um, und herab, wie eine wuchtige Lawine, rollte alles, was sie für und gegen ihn fühlte. Das war die eine Empfindung. Dann stieg wie ein Schwaden feinen Schneestaubs das Wesen seines Seins auf. Das war die andere. Sie fühlte sich von der Intensität ihrer Wahrnehmung durchdrungen; sein Lebensernst war's; seine Güte. Ich achte dich (sagte sie stumm zu ihm) in jedem deiner Atome; du bist nicht eitel; du bist völlig unpersönlich; du bist aus feinerem Holz als Mr. Ramsay; du bist der edelste Mensch, den ich kenne; du hast weder Frau noch Kind (ohne irgend etwas Geschlechtliches zu empfinden, verlangte es sie danach, diese Einsamkeit zu versüßen), du lebst der Wissenschaft (unwillkürlich stiegen Querschnitte von Kartoffeln vor ihr auf); Lob wäre eine Beleidigung für dich; großherziger, gutherziger, heldenhafter Mann! Gleichzeitig aber fiel ihr ein, daß er sich einen Kammerdiener mitgebracht hatte; es nicht leiden konnte, wenn Hunde auf Stühlen saßen; sich stundenlang (bis Mr. Ramsay, die Türe zuschlagend, das Zimmer verließ) über die Salze in Gemüsen und die Niedertracht englischer Köchinnen verbreitete.

Was also ergab sich aus alledem? Wie beurteilte man Leute, wie schätzte man sie ein? Wie zählte man dies und das zusammen und schloß daraus, daß man Zuneigung fühlte oder Abneigung? Und diese Wörter, welche Bedeutung haftete ihnen zu guter Letzt an? Während sie nun, anscheinend festgebannt, neben dem Birnbaum stand, regnete es Eindrücke von diesen beiden Männern auf sie, und ihre Gedanken zu verfolgen war, wie einer Stimme zu folgen, die zu schnell sprach, als daß der Bleistift es niederschreiben konnte, und die Stimme war ihre eigene Stimme, die ohne Einflüsterung Unbestreitbares, Ewiggültiges, Widerspruchsvolles sagte, so daß sogar die Risse und Höcker in der Rinde des Birnbaums unwiderruflich dort festgebannt waren für alle Ewigkeit. Du besitzt Größe, dachte sie weiter, aber Mr. Ramsay besitzt keine Spur davon. Er ist kleinlich, selbstisch, eitel, egozentrisch; er ist verwöhnt; ein Tyrann; er plagt Mrs. Ramsay zu Tode; aber er besitzt das, was du (sie redete jetzt zu Mr. Banks) nicht besitzt: eine glühende Unweltlichkeit; er weiß nichts von Nebensächlichkeiten; er hat Hunde und seine Kinder gern. Er hat acht, du hast keins. Ist er nicht unlängst abends in zwei Mänteln heruntergekommen, um sich von Mrs. Ramsay die Haare in eine Puddingform stutzen zu lassen? Dies alles tanzte auf und ab wie ein Schwarm von Mücken, jede für sich und doch alle wunderbar gelenkt wie von einem unsichtbaren elastischen Netz, – tanzte auf und ab in Lilys Geist, ein und aus und rund um die Äste des Birnbaums, in dem noch immer *in effigie* der geschrubbte Küchentisch, Symbol ihrer Hochachtung vor Mr. Ramsays Geist, schwebte, bis ihr Denken, das immer schneller und schneller umherwirbelte, vor eigener Heftigkeit barst; sie fühlte sich erlöst; ein Schuß war unweit von ihnen losgegangen, und auf der Flucht vor seinen Schroten kam ein Schwarm aufgescheuchter, aufgeregt lärmender Stare einhergeflogen.

»Jasper!« sagte Mr. Banks. Sie wandten sich beide in die Richtung, in der die Stare über die Terrasse flogen, traten, den schnellfliegenden, sich am Himmel zerstreuenden Vögeln folgend, durch die Lücke in der hohen Hecke und stießen gradeswegs auf Mr. Ramsay, der ihnen tragisch entgegendröhnte: »Jemand verpfuschte was!«

Seine von Gemütsbewegung verglasten, von tragischer Intensität trotzigen Augen begegneten eine Sekunde lang den ihren und schwankten auf der Schwelle des Erkennens; dann aber wandte er sich weg, die Hand halb vor sein Gesicht hebend, als wollte er, in der Qual mürrischer Verschämtheit, ihre, normalen, Blicke von sich abwehren; als bäte er sie, noch einen Augenblick damit zurückzuhalten, was, wie er wisse, unvermeidlich sei; als wollte er ihnen sein kindisches Übelnehmen einer Unterbrechung deutlich machen, obwohl er sogar im Augenblick des Entdecktwerdens nicht ganz in die Flucht zu schlagen, sondern entschlossen wäre, an einem Rest dieser köstlichen Gemütsbewegung, dieser unreinen Verzückung, deren er sich schämte, wenngleich er sie genoß, festzuhalten, – wandte sich jäh weg, schlug ihnen seine private Tür vor der Nase zu; und Lily Briscoe und Mr. Banks, die unbehaglich zum Himmel aufblickten, bemerkten, daß der Schwarm Stare, den Jasper mit seiner Schrotflinte aufgescheucht hatte, sich auf die Wipfel der Ulmen niedergelassen hatte.

5

»Und auch wenn's morgen nicht schön ist«, sagte Mrs. Ramsay, die Augen hebend, um einen Blick auf William Banks und Lily Briscoe zu werfen, die soeben vorbeigingen, »wird's an einem andern Tag schön sein. Und jetzt«, sagte sie und dachte, Lilys Reiz liege in ihren Chinesenaugen, den schräg in dem blassen, zusammengekniffenen Gesichtchen sitzenden, doch es brauche einen klugen Mann, das zu sehn,

»und jetzt steh auf, damit ich dein Bein messen kann«, denn vielleicht würde die Fahrt zum Leuchtturm doch unternommen werden, und sie wollte sehn, ob der Strumpf nicht ein Stückchen länger sein müßte.

Lächelnd, denn ihr war grade ein herrlicher Einfall gekommen – William und Lily sollten einander heiraten – ergriff sie den in Herbstfarben gesprenkelten Strumpf, mit seinem Kreuz und Quer von Stahlnadeln an der Mündung, und hielt ihn messend James ans Bein.

»Steh still, Liebling!« sagte sie, denn aus Eifersucht, weil er nicht als Maßstab für den kleinen Sohn des Leuchtturmwärters dienen wollte, zappelte James absichtlich; und so lange er das tue, wie könne sie da sehn, ob der Strumpf zu lang oder zu kurz sei? fragte sie.

Sie blickte auf – was war nur in ihn gefahren, in ihren Jüngsten, ihr Herzblatt? – und sah das Zimmer, sah die Stühle, fand, daß sie schrecklich schäbig aussahn; ihre Eingeweide zogen sich, wie Andrew unlängst gesagt hatte, über den ganzen Boden; aber wozu, fragte sie sich, gute Stühle kaufen, damit sie hier den Winter über verdarben, wenn das Haus, um das sich nur eine alte Frau kümmerte, buchstäblich von Feuchtigkeit triefte? Machte nichts! Die Miete betrug genau einen Pfifferling; und die Kinder liebten es; und es tat ihrem Mann gut, dreitausend oder, wenn sie schon genau sein mußte, dreihundert Meilen weit weg zu sein von seiner Bibliothek und seinen Vorträgen und seinen Jüngern; und es bot Platz genug für Gäste. Teppiche, Feldbetten, hinfällige Schemen von Stühlen und Tischen, deren Londoner Dienstzeit um war, – für hier waren sie gut genug; und ein paar Photographien und natürlich Bücher. Bücher, dachte sie, vermehrten sich von selbst. Sie hatte nie Zeit, welche zu lesen. Leider! Nicht einmal die Bücher, die sie selbst bekommen hatte, eigenhändig vom Dichter: »Ihr, deren Wunsch Befehl ist«... »Der glücklicheren Helena unserer Tage«... Es war eine Schande, aber sie hatte sie nie gelesen. Auch nicht Croom: *Über den Geist*, und Bates: *Über die Sitten der Wilden Polynesiens* (»Halt doch still, Liebling!« sagte sie) – keins von beiden konnte man denen dort im Leuchtturm senden. Der Augenblick käme vermutlich, wo das Haus so schäbig geworden sein würde, daß irgend etwas getan werden müßte. Wenn man ihnen allen nur beibringen könnte, sich die Schuhe abzuputzen und nicht den ganzen Strand mit hereinzubringen – das wäre schon etwas. Krabben, die mußte sie gestatten, wenn Andrew sie durchaus sezieren wollte, oder wenn Jasper glaubte, man könne aus Seetang Suppe kochen, ließ sich das nicht verhindern; oder Roses Dinger – Muscheln, Schilfkolben, Steine; denn sie waren alle begabt, ihre Kinder, wenn auch jedes auf andre Art. Und das Ergebnis davon war, dachte sie, mit einem Seufzer das ganze Zimmer vom Boden bis zur Decke überblickend, während sie den Strumpf an James' Wade hielt, daß alles mit jedem Sommer schäbiger wurde. Der Teppich verblich; die Tapete schälte sich ab. Man konnte nicht mehr mit Bestimmtheit sagen, daß die Rosen darauf Rosen waren. Aber, natürlich, wenn alle Türen in einem Haus immerzu offenstanden und kein Schlosser in ganz Schottland imstande war, einen Riegel zu richten, mußte alles zugrundegehn. Was half es, einen grünen Kaschmirschal über die Kante eines Bildrahmens zu drapieren? In zwei Wochen hätte er die Farbe gelber Erbsensuppe. Doch die Türen waren, was sie vor allem ärgerte; eine jede wurde offengelassen. Sie horchte. Die Tür zum Wohnzimmer stand offen; die Tür der Halle stand offen; es klang, als stünden auch alle Schlafzimmertüren offen; und ganz gewiß stand das Fenster auf dem Treppenabsatz offen, denn das hatte sie selber geöffnet. Daß Fenster offen sein sollten und Türen geschlossen – so einfach das war, konnte denn keins von ihnen es sich merken? Wenn sie abends in die Schlafkammern der Dienstmädchen ging, fand sie sie hermetisch verschlossen wie Backöfen, ausgenommen die von Marthe, der kleinen Schweizerin, die lieber auf ihr Bad als auf frische Luft verzichtete, aber daheim seien, so sagte sie, »die Berge halt so schön«. Sie hatte das gestern abend gesagt, während sie aus dem Fenster sah, mit Tränen in den Augen. »Die Berge sind halt so schön.« Ihr Vater siechte dort dahin, das wußte Mrs. Ramsay. Er würde die Familie vaterlos zurücklassen. Während sie mit ihr schalt und ihr (mit Handbewegungen wie die einer Französin) zeigte, wie man ein Bett machte, wie man das Fenster öffnete, hatte sich bei den Worten des Mädchens alles rings um sie still zusammengefaltet, wie nach einem Flug durch den Sonnenschein die Flügel eines Vogels sich still zusammenlegen und die Farbe seines Gefieders von hartem Stahlblau in sanftes Violett übergeht. Sie hatte stumm dagestanden, denn es gab nichts zu sagen. Er hatte Kehlkopfkrebs. Bei der Erinnerung – so dagestanden zu haben, als das Mädchen sagte: »Daheim sind die Berge halt so schön«, und, daß es keine Hoffnung gab, nicht die allergeringste, empfand sie ein Aufwallen von Gereiztheit, und in scharfem Ton sagte sie zu James:

»Steh still! Sei doch nicht so unartig!«, so daß er augenblicklich erkannte, daß ihre Strenge echt war, und das Bein gestreckt hielt und sie es messen konnte.

Der Strumpf war noch zu kurz, mindestens um einundeinenhalben Zentimeter, wenn man bedachte, daß Sorleys kleiner Bub sich wohl weniger gut entwickelt hatte, als James.

»Er ist noch zu kurz«, sagte sie, »viel zu kurz.«

Noch nie hatte jemand so traurig dreingesehn. Bitter und schwarz, halben Wegs in die Tiefe, im Dunkel, in dem Schacht, der aus dem Sonnenlicht hinunterführte, bildete sich vielleicht eine Träne; rollte eine Träne hinab; die Wasser schaukelten wild, empfingen sie und waren besänftigt. Noch nie hatte jemand so traurig dreingesehn.

Aber war es nur ihr Aussehn? fragten sich die Leute. Was lag dahinter – hinter ihrer Schönheit, ihrem Glanz? Hatte er sich eine Kugel durch den Kopf gejagt, fragten sie sich, war er gestorben in der Woche, bevor sie hätten heiraten sollen, – ein andrer, früherer Liebhaber, über den das Gerücht zu einem drang? Oder war dort nichts? Nichts als eine unvergleichliche Schönheit, hinter der sie lebte, die sie durch nichts, was sie tat, zerstören konnte? Denn obgleich sie ganz leicht in einem Augenblick der Vertraulichkeit, wenn ihr Geschichten von großen Leidenschaften, enttäuschter Liebe, vereiteltem Ehrgeiz zu Ohren kamen, hätte sagen können, daß auch sie selbst das alles gekannt oder empfunden oder durchgemacht habe, sagte sie nie etwas. Sie schwieg immer. Also wußte sie – sie wußte es, ohne es erlebt zu haben. Ihre Schlichtheit ergründete, was kluge Leute verfälschten. Ihre Herzenseinfalt bewirkte, daß sie lotrecht wie ein Stein herabfiel, genau auf die richtige Stelle, wie ein Vogel sich niederläßt, und verlieh ihr von Natur dieses Herabstoßen im Sturzflug des Geists auf die Wahrheit, das einen so entzückte, erleichterte, aufrechthielt – fälschlich vielleicht.

[»Die Natur besitzt nur wenig solchen Lehm«, hatte Mr. Banks einmal gesagt, als er ihre Stimme im Telefon hörte und sehr gerührt davon war, obwohl sie ihm nur etwas über eine Zugsverbindung mitteilte, »wie den, aus dem sie Sie formte.« Er sah sie im Geist am andern Ende des Drahts, eine Griechin, blauäugig, geradnasig. Wie ungereimt es einem vorkam, mit einer solchen Frau zu telefonieren! Die Grazien schienen sich auf einer Asphodelosflur eingefunden und einander die Hände gereicht zu haben, um dieses Gesicht zu bilden. Ja, er werde den Zehnuhrdreißig von Euston nehmen.

»Aber sie ist sich ihrer Schönheit nicht stärker bewußt als ein Kind«, sagte sich Mr. Banks, den Hörer auflegend, und ging durchs Zimmer, um nachzusehn, wie die Arbeiter mit dem Hotel vorankamen, das sie gegenüber der Hinterseite seines Hauses bauten. Und er dachte an Mrs. Ramsay, während er das Hin und Her zwischen den halbfertigen Mauern beobachtete. Denn immer, dachte er, mußte man etwas nicht dazu Passendes in die Harmonie ihres Gesichts einfügen. Sie rammte sich einen Jägerhut auf den Kopf; sie lief in Galoschen über den Rasen, um eins der Kinder einem Unfall zu entreißen. So daß man, wenn man grade nur an ihre Schönheit dachte, sich auch jenes andern, Bebenden, Lebendigen (soeben, während er hinsah, wurden Ziegelsteine die schmale Planke hinaufgetragen) erinnern und es in das Bild verarbeiten mußte; oder wenn man einfach an sie als Frau dachte, mußte man ihr irgendeine Absonderlichkeit, eine ausgefallene Idiosynkrasie zuschreiben; oder annehmen, daß in ihr der Wunsch schlummere, das Königliche ihrer Erscheinung abzulegen, als wäre sie von ihrer Schönheit und allem, was Männer über Schönheit sagten, gelangweilt und wünschte, nur so zu sein wie andre Leute: unbedeutend. Er wußte es nicht. Er wußte es nicht. Er mußte zu seiner Arbeit zurück.]

Während Mrs. Ramsay weiter an dem haarigen rotbraunen Strumpf strickte, indes ihr Kopf sich absurd von dem Goldrahmen abhob und von dem grünen Schal, den sie über seine Kante und das beglaubigte Meisterwerk von Michelangelo geworfen hatte, glättete sie, was vor einem Augenblick an ihrem Benehmen rauh gewesen war, griff ihrem kleinen Buben unters Kinn und küßte ihn auf die Stirn. »Und jetzt wollen wir ein andres Bild zum Ausschneiden suchen«, sagte sie.

6

Aber was war geschehn?

Jemand verpfuschte was.

Aus ihren Gedanken aufgescheucht, legte sie den Worten, die sie schon lange ohne einen Sinn im Kopf gehabt hatte, einen Sinn bei. »Jemand verpfuschte was – «. Die kurzsichtigen Augen auf ihren Mann gerichtet, der jetzt auf sie lossteuerte, blickte sie ihm stetig entgegen, bis seine Nähe ihr enthüllte (das rhythmische Geklingel vermählte sich in ihrem Kopf), es sei etwas geschehn, jemand verpfuschte was. Aber um alles in der Welt konnte sie sich nicht denken, was.

Er zitterte; er zagte; seine ganze Eitelkeit, seine ganze Befriedigung über seine Herrlichkeit, als er, schnell wie des Blitzes Strahl, grimmig im Sattel saß und an der Spitze seiner Leute nieder ins Todestal stürmend und sausend ritt, war zerschmettert, war zertrümmert. Bomb' und Kartätsche traf, er aber, er ritt brav, kühn durch das Todestal, stürmte mit Donnerschall – gradeswegs in Lily Briscoe und William Banks hinein. Er zitterte; er zagte.

Nicht um die Welt hätte sie ihn angesprochen, denn sie ersah aus den wohlbekannten Anzeichen, seinen abgewendeten Augen und einem seltsamen Zusammenraffen seines Körpers, als hüllte er sich ein und brauchte Ungestörtheit, um sein Gleichgewicht wiederzufinden, daß er außer sich und gepeinigt war. Sie strich James über den Kopf; sie übertrug auf ihn, was sie für ihren Mann empfand, und dachte, während sie ihm zusah, wie er das weiße Frackhemd eines Herrn in dem Katalog der Army & Navy Stores gelb anstrich, wie entzückt sie wäre, wenn er ein großer Künstler würde; und warum sollte er das nicht? Er hatte eine so prächtige Stirn! Aufblickend dann, als ihr Mann zum zweitenmal an ihr vorbeikam, gewahrte sie zu ihrer Erleichterung, daß der Schaden schon verschleiert war; Zahmheit hatte gesiegt; Gewohnheit leierte ihren besänftigenden Rhythmus, so daß sie, als er, abermals vorbeikommend, vor der Türstufe stehnblieb und sich bückte, um verschmitzt neckisch James mit einem Zweiglein von irgendwas am bloßen Schienbein zu kitzeln, ihm scherzhaft vorwarf, »diesen armen jungen Mann«, Charles Tansley, weggeschickt zu haben. Tansley habe auf sein Zimmer müssen, um an seiner Doktorarbeit zu schreiben, entgegnete er.

»James wird eines Tags an *seiner* Doktorarbeit schreiben müssen«, setzte er, die kleine Gerte schnellend, ironisch hinzu.

Voll Haß gegen seinen Vater stieß James die Gerte weg, mit der dieser auf eine ihm eigentümliche Art, einer Mischung aus Scherz und Ernst, seinen Jüngsten am nackten Bein kitzelte.

Sie wolle diese langweiligen Strümpfe fertigstricken, um sie morgen Sorleys kleinem Buben zu senden, sagte Mrs. Ramsay.

Es bestehe doch nicht die geringste Aussicht, daß sie morgen zum Leuchtturm fahren könnten, schnauzte Mr. Ramsay sie gereizt an.

Wie er das wissen könne? fragte sie. Der Wind drehe sich oft.

Das außerordentlich Irrationale ihrer Bemerkung, das Törichte weiblichen Denkens erzürnte ihn. Er war durch das Todestal geritten, war zerschmettert worden und zagte; und da stürmte sie gegen Tatsachen an, entfachte in ihren Kindern die Hoffnung auf etwas, das gar nicht in Betracht kam, erzählte gradezu Lügen. Er stampfte auf die Steinstufe. »Hol dich der Teufel!« schnauzte er. Aber was habe sie denn gesagt? Bloß, daß es morgen schön sein werde. Und das würde es vielleicht sein.

Nicht, wenn das Barometer so falle und der Wind genau aus Westen komme.

Der Wahrheit mit einem so erstaunlichen Mangel an Rücksicht auf andrer Leute Gefühle auf der Spur zu bleiben, die dünnen Schleier des Zivilisiertseins so mutwillig, so brutal zu zerreißen, erschien ihr als ein so ungeheuerlicher Verstoß gegen alle menschliche Anständigkeit, daß sie wie geblendet und ertaubt den Kopf neigte, als wollte sie den Schauer zackiger Hagelkörner, den Guß schmutzigen Spülichts widerspruchslos über sich ergehn lassen. Es gab da nichts zu sagen.

Er stand schweigend vor ihr. Sehr unterwürfig sagte er endlich, daß er hingehn und sich bei der Küstenwache erkundigen wolle, wenn es ihr recht sei.

Es gab niemand, den sie so verehrte wie ihn.

Sie wolle ihm gern glauben, sagte sie. Nur, daß dann eben keine belegten Brote vorbereitet zu werden brauchten, – das sei es. Alle kamen sie natürlich zu ihr – denn sie war eine Frau – mit diesem und jenem, den ganzen Tag lang; eins wollte dies, das andre das; die Kinder wuchsen heran; oft hatte sie das Gefühl, sie sei nichts als ein mit menschlichen Gemütsbewegungen vollgesogener Schwamm. Und dann sagte er: Hol dich der Teufel! Er sagte: Es wird regnen; er sagte: Es wird nicht regnen; und sogleich öffnete sich ein Himmel der Geborgenheit vor ihr. Es gab niemand, den sie so sehr verehrte. Sie war nicht wert, ihm die Schuhriemen zu lösen, fühlte sie.

Bereits sich seines Nörgelns schämend, seines Händefuchtelns, als er an der Spitze seiner Truppe zur Attacke geritten war, stupste Mr. Ramsay ein wenig dämlich noch einmal die bloßen Beine seines Sohns und stürzte sich dann, als hätte seine Frau es ihm erlaubt, mit einer Bewegung, die sie auf eine komische Weise an den riesigen Seelöwen im Zoo erinnerte, der sich, nachdem er seinen Fisch verschluckt hatte, nach hinten fallen ließ und davonplatschte, daß hinter ihm das Wasser im Bassin von einer Seite zur andern schwankte, in die Abendluft, die, nun schon dünner geworden, die Blätter und Hecken entstofflichte, dafür aber den Rosen und Nelken einen Schimmer verlieh, den sie tagsüber nicht gehabt hatten.

»Jemand verpfuschte was«, sagte er abermals und stapfte davon und auf der Terrasse hin und her.

Aber auf was für eine außerordentliche Weise sich sein Ton geändert hatte! Wie der des Kuckucks; »zieht der Juni ein, ruft er nicht mehr rein«; als probte er, versuchsweise, eine musikalische Phrase für eine neue Stimmung und verwendete, da er nur die eine vorrätig hatte, diese, auch wenn sie schon einen Sprung aufwies. Doch es klang lächerlich – »Jemand verpfuschte was« – auf diese Weise hingesprochen, beinahe wie eine Frage, ohne jede Überzeugung, halb gesungen. Mrs. Ramsay mußte lächeln, und wahrhaftig, bald darauf summte er es nur noch, ließ es im Hinundhergehn fallen, verstummte.

Er war in Sicherheit, er war seiner Ungestörtheit wiedergegeben. Er blieb stehn, um seine Pfeife anzuzünden, blickte einmal zu seiner Frau und seinem Sohn dort in der Tür hin, und wie jemand in einem Schnellzug, der die Augen von seinem Buch hebt und ein Gehöft sieht, einen Baum, eine Häusergruppe, es alles als eine Illustration sieht, eine Bekräftigung von etwas, das auf der gedruckten Seite steht, etwas, zu dem man bestärkt und befriedigt zurückkehrt, – so stärkte und befriedigte ihn, ohne daß er seinen Sohn, seine Frau wirklich wahrnahm, ihr Anblick und weihte seine Bemühung, zu einem völlig klaren Verständnis des Problems zu gelangen, das gegenwärtig die Kräfte seines hervorragenden Geists beschäftigte.

Der seine *war* ein hervorragender Geist. Denn wenn das Denken der Tastatur eines Klaviers glich, in so und so viele

Töne unterteilt, oder dem Alphabet, das aus sechsundzwanzig Buchstaben, alle in geordneter Folge, bestand, dann konnte es seinem hervorragenden Geist nicht schwerfallen, diese Buchstaben einen nach dem andern abzulesen, sicher und genau, bis er, angenommen, zum Buchstaben Q gelänge. Er gelangte zu Q. Sehr wenige Leute in ganz England gelangten je bis Q. Nun, einen Augenblick bei der Sandsteinurne mit den Geranien innehaltend, gewahrte er – aber jetzt in weiter, weiter Ferne, wie Kinder, die beim Muschelnsuchen göttlich unschuldig mit kleinen Nichtigkeiten zu ihren Füßen beschäftigt und irgendwie völlig wehrlos waren einem Verhängnis gegenüber, das er kommen sah, – seine Frau und seinen Sohn dort in der Tür beieinander. Sie bedurften seines Schutzes; den gewährte er ihnen. Aber nach dem Q? Was dann? Nach dem Q kam noch eine Anzahl von Buchstaben, deren letzten sterbliche Augen kaum wahrzunehmen vermochten, der von fernher bloß rötlich glomm. Z wurde nur einmal in einem Menschenalter von einem einzigen Mann erreicht. Immerhin, wenn er bis R gelangen könnte, wäre das schon etwas. Hier war er immerhin wenigstens bei Q. Er verschanzte sich bei diesem Q. Dieses Q's war er sicher. Q konnte er beweisen. Wenn Q also Q war, dann war R – er klopfte seine Pfeife aus, mit zwei, drei hallenden Schlägen an das Widderhorn, das den Griff der Urne bildete, und dachte weiter: »Dann ist R ...« Er raffte sich zusammen; er straffte sich.

Eigenschaften, die eine Schiffsmannschaft, auf einem vor Hitze brodelnden Meer mit nur sechs Stück Zwieback und einer Flasche Wasser ausgesetzt, gerettet hätten – Ausdauer und Gerechtigkeit, Vorhersicht, Hingabe, Geschicklichkeit – kamen ihm zu Hilfe. R also war – was war R?

Ein Vorhang wie das lederartige Augenlid einer Eidechse zuckte vor die Gespanntheit seines Blicks herab und verdunkelte den Buchstaben R. In dieser jähen Finsternis hörte er die Leute sagen, er sei ein Versager – R gehe über seine Kraft; er werde nie bis R gelangen. Also abermals – auf zu R!

Eigenschaften, die auf einer einsamen Expedition durch die Eiswüsten der Polarregion ihn zum Führer, zum Wegweiser, zum Ratgeber gemacht hätten, dessen weder zu leichtblütiges noch zu leicht verzagendes Temperament mit Gelassenheit überblickt, was geschehn muß, und dem ins Auge sieht, kamen ihm wieder zu Hilfe. R – – –

Das Eidechsenlid zuckte abermals. Die Adern auf seiner Stirn schwollen. Die Geranien in der Urne wurden erstaunlich deutlich und ließen zwischen ihren Blättern, das konnte er, ohne es zu wollen, wahrnehmen, diesen alten, unverkennbaren Unterschied zwischen den beiden Arten von Menschen sichtbar werden. Einerseits die mit übermenschlicher Kraft stetig weiterschreitenden, ausdauernd sich mühenden, die das ganze Alphabet von Anfang bis Ende, alles in allem sechsundzwanzig Buchstaben, der Reihe nach hersagen konnten, und andrerseits die begabten, die inspirierten, die, ein Wunder, blitzartig alle Buchstaben auf einmal zusammenzufassen vermochten – auf die Weise des Genies. Er war nicht genial; darauf erhob er keinen Anspruch; doch er war oder wäre imstande, jeden Buchstaben des Alphabets von A bis Z genau der Reihe nach herzusagen. Unterdessen war er bei Q steckengeblieben. Weiter denn, zu R!

Empfindungen, die dem Anführer einer Bergbesteigung keine Schande gemacht hätten, der nun, da es zu schneien begonnen hat und der Gipfel von Nebel verhüllt ist, weiß, daß er sich hinlegen und sterben muß, bevor es wieder Tag wird, überfielen ihn, machten seine Augen glanzlos, gaben ihm, sogar in den zwei Minuten, in denen er, einmal hin, einmal her, die Terrasse abschritt, das verblichene Aussehn eines welken Greises. Doch er wollte nicht liegend sterben; er würde einen Felszacken finden, und da, dem Sturm entgegenblikkend und bis ans Ende die Dunkelheit zu durchdringen suchend, wollte er aufrecht sterben. Er würde nie bis R gelangen.

Er stand stockstill neben der Urne mit den überhängenden Geranien. Wie viele unter tausend Millionen, fragte er sich, erreichten schließlich Z? Der Anführer einer aussichtslosen Unternehmung durfte sich das doch gewiß fragen und, ohne einen Verrat an den andern Expeditionsteilnehmern hinter sich zu begehn, antworten: »Einer vielleicht.« Einer in einem Menschenalter. Konnte man dann ihm einen Vorwurf daraus machen, nicht dieser eine zu sein? Vorausgesetzt, daß er sich redlich bemüht hatte zu geben, was er vermochte, bis ihm nichts mehr zu geben verblieb? Und sein Ruhm – wie lange würde der dauern? Sogar einem sterbenden Helden war es erlaubt, sich angesichts des Todes zu fragen, was die Menschen dereinst von ihm halten würden. Sein Ruhm mochte an die zweitausend Jahre dauern. Doch was waren zweitausend Jahre? (fragte Mr. Ramsay ironisch und dabei starr in die Hecke blickend). Wahrhaftig, was? – wenn man von einem Berggipfel die langen Einöden der Jahrhunderte überschaute. Diese Steine da, an die man mit der Fußspitze stieß, würden Shakespeare überdauern. Sein eigenes Lichtlein würde, nicht allzuhell, ein paar Jahre leuchten und dann in einem größeren Licht untergehn, und dieses wieder in einem noch größeren. (Er blickte in das Dunkel, in das Gewirr der Zweige.) Wer könnte also den Anführer dieses todgeweihten Häufleins tadeln, das immerhin hoch genug hinaufgeklettert ist, um die Wüstenei der Jahre und das Erlöschen von Sternen zu sehn, – wer könnte ihn tadeln, wenn er, bevor der Tod seine Glieder erstarren macht und er sie nicht mehr zu bewegen vermag, ein wenig absichtlich seine fühllos gewordenen Finger an die Stirn hebt und die Schultern strafft, damit er, wenn die Rettungsmannschaft kommt, auf seinem Posten aufgefunden werde, tot, aber das Musterbild eines Soldaten? Mr. Ramsay straffte die Schultern und stand sehr aufrecht da, neben der steinernen Urne.

Wer wollte ihn tadeln, wenn er, einen Augenblick so dastehend, in Gedanken bei Ruhm verweilte, bei Rettungsexpeditionen, bei Steinmalen, von dankbaren Nachfolgern über seinen Gebeinen aufgehäuften? Letztlich, wer wollte den Führer des dem Untergang geweihten Trupps tadeln, wenn er sich bis zum äußersten vorgewagt und seine Kräfte bis zum letzten Restchen aufgebraucht hat und eingeschlafen ist, ohne sich viel daraus zu machen, ob er erwachen werde oder nicht, wer wollte ihn tadeln, wenn er nun an einem Prickeln in seinen Zehen wahrnähme, daß er lebt und im ganzen nichts dagegen hat, zu leben, aber Mitgefühl braucht und Whisky und jemand, dem er sogleich die Geschichte seiner Leiden erzählen könnte? Wer wollte ihn tadeln? Wer würde sich nicht heimlich freuen, wenn der Held seine Rüstung ablegt, vor der Türstufe stehnbleibt und auf Weib und Sohn blickt, die, anfangs sehr fern, allmählich näher und näher rücken, bis er Lippen und Buch und Kopf deutlich vor sich sieht, obgleich ihm in ihrer Schönheit auch jetzt noch unvertraut, nach seiner völligen Vereinsamung und der Einöde von Äonen und dem Erlöschen von Sternen, und er schließlich seine Pfeife in die Tasche steckt und, seinen prächtigen Kopf vor ihr neigend – wer wollte ihn tadeln, wenn er da der Schönheit der Welt seine Verehrung bezeigt?

7

Sein Sohn aber haßte ihn. Er haßte ihn, weil er zu ihnen hergekommen und stehngeblieben war und auf sie beide herabsah; er haßte ihn dafür, sie unterbrochen zu haben; er haßte ihn für den Überschwang und die Erhabenheit seiner Gebärden; er haßte ihn, weil er einen so prächtigen Kopf hatte; weil er so anspruchsvoll und ichsüchtig war (denn da stand er und befahl ihnen, ihn zu bemerken); am meisten aber haßte er das Zirpen und Schwirren der Gemütsbewegung seines Vaters, das um sie herum vibrierte und die vollkommene Schlichtheit und Vernünftigkeit des Verhältnisses zwischen ihm und seiner Mutter störte. Indem er starr auf die Buchseite blickte, hoffte er, ihn zum Weitergehn zu bringen; indem er mit dem Finger auf ein Wort wies, hoffte er, die Aufmerksamkeit seiner Mutter zurückzurufen, die, wie er zornig erkannte, sogleich zu schwanken begonnen hatte, als sein Vater stehnblieb. Aber nein. Nichts würde seinen Vater zum Weitergehn bewegen. Da stand er und forderte Mitgefühl.

Mrs. Ramsay, die gelöst und den Arm um ihren Sohn geschlungen dagesessen hatte, straffte sich und schien sich mit einer halben Wendung aufzuraffen und sogleich senkrecht in die Luft einen Regen von Energie zu verströmen, eine Säule von Sprühe, und sah neubeseelt und voller Leben aus, als wären alle ihre Energien zu einer einzigen Kraft verschmolzen, die brannte und erleuchtete (wenngleich sie ganz ruhig dasaß und wieder ihre Strickarbeit aufnahm), und in diese köstliche Fruchtbarkeit, diesen Quell und Springbrunnen des Lebens, tauchte die verhängnisvoll unschöpferische Brache des Mannes wie ein kahler, nackter Schnabel von Erz. Er wollte Mitgefühl. Er sei ein Versager, sagte er. Mrs. Ramsay ließ ihre Stricknadeln blinken. Mr. Ramsay wiederholte, ohne seine Augen von ihrem Gesicht abzuwenden, er sei ein Versager. Sie wies seine Worte zurück. »Charles Tansley ...« sagte sie nur. Aber er mußte mehr haben als das. Mitgefühl war, was er brauchte; vor allem einmal seines Genies versichert zu werden und dann in den Kreis des Lebens geholt, gewärmt und beruhigt zu werden, seine Vernunft wiederzuerhalten, seine Brache fruchtbar gemacht und alle Räume des Hauses mit Leben gefüllt zu sehn – das Wohnzimmer; hinter dem Wohnzimmer die Küche; über der Küche die Schlafzimmer; und über diesen die Kinderzimmer; sie mußten wohnlich gemacht, sie mußten mit Leben gefüllt werden.

Charles Tansley halte ihn für den größten Metaphysiker seiner Zeit, sagte sie. Aber er mußte mehr haben als das. Er mußte Mitgefühl haben. Er mußte versichert sein, daß auch er mitten im Leben lebe; daß er notwendig sei; nicht nur hier, sondern auf der ganzen Welt. Ihre Nadeln blinken lassend, zuversichtlich, aufrecht, erschuf sie Wohnzimmer und Küche; ließ sie alle Räume warm erglühn; hieß ihn, es sich da wohlsein zu lassen, ein und aus zu gehn, es zu genießen. Sie lachte, sie strickte. Sehr steif zwischen ihren Knien stehend fühlte James ihre ganze Kraft emporlodern, um von diesem ehernen Schnabel aufgetrunken und erschöpft zu werden, diesem dürren Krummsäbel des Mannes, der erbarmungslos zuschlug, wieder und wieder, und Mitgefühl heischte.

Er sei ein Versager, wiederholte er. Nun, dann schau doch, fühle doch! Ihre Stricknadeln blinken lassend, umherblickend, aus der Tür, ins Zimmer, auf James, versicherte sie ihn, ohne den Schatten eines Zweifels, durch ihr Lachen, ihre Gelassenheit, ihre Tüchtigkeit (wie eine Kinderfrau ein Licht durch ein dunkles Zimmer trägt und so ein widerspenstiges Kind beruhigt), daß es alles Wirklichkeit war; das Haus voll; der Garten in Blüte. Wenn er unbedingtes Vertrauen in sie setze, solle nichts ihm etwas anhaben; wie tief er sich auch vergrübe, wie hoch er sich auch verstiege, keine Sekunde, die sie nicht an seiner Seite sähe. Wie sie so mit ihrer Fähigkeit, ihn zu umhegen und zu beschützen, prahlte, blieb kaum eine Schale ihrer selbst für sie übrig, an der sie sich erkennen konnte; alles wurde so mit vollen Händen ausgegeben. Und James empfand sie, während er steif zwischen ihren Knien stand, als einen rosig blühenden Obstbaum aufragen, mit Blättern bedeckt und wippenden Zweigen, in die der eherne Schnabel, der kahle Krummsäbel seines Vaters, des ichsüchtigen Mannes, hineinfuhr und auf sie loshackte und Mitgefühl heischte.

Von ihren unausgesprochenen Worten gestillt wie ein Kind, das sich gesättigt zurücksinken läßt, sagte er endlich, und blickte sie dabei mit demütiger Dankbarkeit, erfrischt, erneuert an, er wolle einen kleinen Rundgang machen, er wolle den Kindern beim Kricketspielen zusehn. Und er ging.

Sogleich schien sich Mrs. Ramsay, ein Blütenblatt übers andre gelegt, zusammenzufalten, und das ganze Gebäude fiel erschöpft in sich zusammen, so daß sie nur noch Kraft genug besaß, in köstlicher Hingabe an Erschöpfung mit dem Finger den Zeilen des Grimm-Märchens entlangzufahren, während in ihr, wie der Puls einer Stahlfeder, die sich zu ihrer vollen Länge gestreckt hat und nun allmählich aufhört zu schwingen, die Verzückung vollbrachter Schöpfung nachzitterte.

Jeder Schlag dieses Pulses schien, als ihr Mann hinwegschritt, sie und ihn einzuschließen und einem jeden von ihnen diesen Trost zu geben, den zwei verschiedene, zugleich angeschlagene Töne, ein hoher, ein tiefer, miteinander zu geben scheinen, während sie verschmelzen. Doch als der Widerhall verklang und sie sich abermals dem Märchen zuwandte, fühlte sich Mrs. Ramsay nicht nur körperlich erschöpft (nachher, niemals zur Zeit selbst, fühlte sie sich immer so) – ihre körperliche Müdigkeit war auch von einer leise unangenehmen Empfindung andern Ursprungs gefärbt. Sie wußte zwar, während sie die Geschichte von dem Fischer und seiner Frau vorlas, nicht genau, woher diese Empfindung kam; auch gestattete sie sich nicht, ihre Unzufriedenheit in Worte zu fassen, als sie, beim Umwenden der Seite innehaltend, dumpf und unheilverkündend eine Welle sich brechen hörte und begriff, daß diese Empfindung daher rührte: sie wollte auch nicht eine Sekunde lang das Gefühl haben, aus feinerem Holz zu sein als ihr Mann, und konnte es auch nicht ertragen, wenn sie zu ihm sprach, der Wahrheit dessen, was sie sagte, nicht ganz sicher zu sein. Universitäten und Leute, die ihn brauchen, seine Vorlesungen und Bücher und, daß die höchst wichtig seien, – das alles bezweifelte sie keinen Augenblick; aber es war das Verhältnis zwischen ihm und ihr und, daß er so zu ihr kam, ganz offen und vor aller Augen, das war es, was sie aus der Fassung brachte; denn da sagten dann die Leute, er sei von ihr abhängig, wenn sie doch wissen mußten, daß von ihnen beiden er der unendlich Bedeutendere und, was sie der Welt gab, verglichen mit dem, was er gab, unbeträchtlich war. Aber dann war es doch auch wieder dieses andre – nicht imstande zu sein, ihm die Wahrheit zu sagen, sich zum Beispiel zu fürchten wegen des Glashausdachs und der Kosten, fünfzig Pfund vielleicht, die es verursachen werde, es auszubessern; und, was seine Bücher betraf, zu befürchten, er könnte erraten, was sie ein wenig argwöhnte: daß sein letztes Buch nicht grade sein bestes war (das hatte sie aus William Banks' Worten entnommen); und dann, daß sie kleine Alltäglichkeiten verheimlichte und die Kinder es merkten, und welche Last ihnen das auferlegte, – das alles verringerte die ganze Freude, die reine Freude an den zwei verschmelzenden Tönen und ließ den Klang nun in ihrem Ohr mit trübseliger Mattigkeit verhallen.

Ein Schatten fiel auf die Buchseite; sie blickte auf. Es war Augustus Carmichael, der vorbeischlurfte, grade jetzt, in demselben Augenblick, wo es schmerzlich war, an die Unzulänglichkeit menschlicher Beziehungen gemahnt zu werden, deren sogar vollkommenste einen Makel hatte und der Untersuchung nicht standhielt, die sie, die ihren Mann liebte, mit ihrem Instinkt für die Wahrheit nun vornahm; wo es schmerzlich war, sich der Unwürdigkeit überführt und in der ordentlichen Erfüllung ihrer Pflichten behindert zu fühlen durch diese Lügen, diese Übertreibungen, – grade in diesem Augenblick, als sie sich so schmählich im Kielwasser ihrer Jubelstimmung abquälte, schlurfte Mr. Carmichael in seinen gelben Pantoffeln vorbei, und irgendein Dämon in ihr nötigte sie, ihm zuzurufen:

»Schon ins Haus, Mr. Carmichael?«

8

Sie erhielt keine Antwort. Er nahm Opium. Die Kinder behaupteten, sein Bart habe davon gelbe Flecke bekommen. Vielleicht. Unverkennbar war für sie, daß der Arme unglücklich war und es einer Flucht glich, daß er jedes Jahr zu ihnen kam. Und doch empfand sie jedes Jahr dasselbe: er traute ihr nicht. Sie sagte: »Ich gehe in die Stadt. Soll ich Ihnen Briefmarken besorgen, Papier, Tabak?« und fühlte dabei, wie er zurückwich. Er traute ihr nicht. Seine Frau bewirkte das. Sie erinnerte sich der Niedertracht seiner Frau gegen ihn, die sie zu Stahl und unnachgiebig hatte werden lassen dort in dem gräßlichen kleinen Zimmer in St. John's Wood, als sie mit ansah, wie diese odiose Person ihn aus dem Haus wies. Er war ungepflegt; er bekleckerte sich; er war lästig wie eben ein alter Mann, der nicht das geringste zu tun hat; und sie hatte ihn aus dem Zimmer gewiesen. Sie hatte auf ihre odiose Art gesagt: »Also jetzt wollen Mrs. Ramsay und ich ein kleines Plauderstündchen miteinander halten«, und Mrs. Ramsay konnte, als stünden sie ihr vor Augen, die unzähligen Miseren seines Lebens sehn. Hatte er Geld genug, um sich Tabak zu kaufen? Mußte er diese Frau darum bitten? Um eine halbe Krone? Anderthalb Schilling? Oh, sie konnte es nicht ertragen, an die kleinen Entwürdigungen zu denken, die sie ihn leiden ließ. Und immer wich er seither (warum, das vermochte sie nicht zu erraten, es sei denn, daß vermutlich diese Frau irgendwie dahinterstak) vor ihr zurück. Er erzählte ihr nie etwas. Aber was mehr hätte sie tun können? Ein sonniges Zimmer war ihm zur Verfügung gestellt. Die Kinder waren nett zu ihm. Nie zeigte sie ihm auch nur im geringsten, ihn etwa nicht hierhaben zu wollen. Ja sie gab sich besondere Mühe, freundlich zu sein. Brauche er Briefmarken? Brauche er Tabak? Hier sei ein Buch, das ihm vielleicht gefallen werde, und so weiter. Und überhaupt – (hier raffte sie sich unmerklich, körperlich, zusammen, denn das Bewußtsein ihrer Schönheit wurde ihr, wie das so selten geschah, gegenwärtig) – überhaupt hatte sie im allgemeinen keine Schwierigkeit, Leute dahin zu bringen, sie gernzuhaben; zum Beispiel George Manning; Mr. Wallace; so berühmt sie waren, kamen sie doch gelegentlich abends zu einem ruhigen Gespräch mit ihr allein an ihrem Kaminfeuer. Sie trug die Fackel ihrer Schönheit mit sich umher und konnte nicht anders, als das zu wissen. Sie trug sie aufrecht in jedes Zimmer, das sie betrat; und jedenfalls war ihre Schönheit unverkennbar, sie mochte sie verhüllen, wie sie wollte, und vor der Eintönigkeit solchen Umhertragens, das Schönheit ihr auferlegte, noch so sehr zurückscheuen. Und sie war bewundert worden, sie war geliebt worden. Sie war in Zimmer eingetreten, wo Trauernde saßen. Tränen waren in ihrer Gegenwart geflossen. Männer und auch Frauen hatten die Vielfältigkeit der Dinge sein lassen und sich bei ihr die Erleichterung gestattet, einfach und natürlich zu sein. Sie kränkte sich, daß Mr. Carmichael vor ihr zurückwich; empfand es schmerzlich. Aber nicht rein, nicht mit vollem Recht. Es ging ihr gegen den Strich, da es noch obendrein zu der Unzufriedenheit wegen ihres Mannes hinzukam, dieses Gefühl, das sie nun hatte, als Mr. Carmichael vorbeischlurfte, ein Buch unterm Arm, in seinen gelben Pantoffeln, und auf ihre Frage nur nickte; das Gefühl, daß sie beargwöhnt werde; und daß all ihr Verlangen, zu schenken, zu helfen, Eitelkeit sei. Geschah es nur zu ihrer eigenen Befriedigung, daß sie so instinktiv zu helfen, zu schenken wünschte? Damit die Leute von ihr sagten: »Oh, Mrs. Ramsay! Die liebe Mrs. Ramsay ... Mrs. Ramsay, oh, natürlich!« und sie brauchten und sie holen ließen und sie bewunderten? War es nicht insgeheim das, was sie wollte? Und fühlte sie, wenn Mr. Carmichael, wie eben jetzt, vor ihr zurückwich und sich in einen Winkel davonmachte, wo er endlos Akrosticha ersann, fühlte sie sich da nicht bloß in ihrem Instinkt zurückgewiesen und darauf gestoßen, wie kleinlich ein Teil von ihr war, und menschliche Beziehungen, wie voller Makel sie waren, wie verachtenswert und, im besten Fall, wie selbstsüchtig? Schäbig geworden und abgenützt und vermutlich (ihre Wangen waren hohl, ihr Haar war weiß) nicht mehr ein erfreulicher Anblick – sollte sie da nicht lieber ihre Gedanken auf die Geschichte vom Fischer und seiner Frau wenden und so dieses Bündel von Empfindlichkeit (keins der Kinder war so empfindlich wie er), ihren Sohn James, beruhigen?

»Dem Manne wurde das Herz so schwer«, las sie vor, »und er wollte nicht gehn. Er sagte sich: ›Es ist nicht recht‹, er ging aber doch hin. Und als er ans Meer kam, da war das Wasser ganz violett und dunkelblau und grau und trüb und gar nicht mehr so grün und gelb, aber es war noch immer still. Da stellte er sich hin und sagte –«

Mrs. Ramsay hätte gewünscht, daß ihr Mann nicht grade diesen Augenblick gewählt hätte, abermals stehnzubleiben. Warum war er nicht, wie er gesagt hatte, gegangen, den Kindern beim Kricketspiel zuzusehn? Aber er sagte nichts; er schaute nur; er nickte; beifällig; dann ging er weiter. Er glitt, vor sich die Hecke sehend, die immer wieder einmal eine Pause ausgefüllt, eine Schlußfolgerung bezeichnet hatte, und seine Frau und sein Kind sehend und wiederum die Urnen mit den herabhängenden roten Geranien, die so oft Gedankengänge verziert hatten und sie auf ihre Blätter geschrieben trugen, als wären die Zettelchen, auf die man beim schnellen Lesen Anmerkungen kritzelt, – er glitt, das alles sehend, geschmeidig in Erwägungen (die ihm durch einen Artikel in den *Times* nahegelegt worden waren) über die Zahl der Amerikaner, die jedes Jahr Shakespeares Haus besuchen kamen. Wenn Shakespeare nie gelebt hätte, fragte er sich, wäre die Welt dann sehr verschieden von der, die sie heute ist? Hing der Fortschritt der Zivilisation von großen Männern ab? War das Los des Durchschnittsmenschen heute besser als zur Zeit der Pharaonen? War das Los des Durchschnittsmenschen jedoch, fragte er sich, der rechte Maßstab, um damit die Höhe der Zivilisation zu messen? Vielleicht nicht. Vielleicht erforderte das größtmögliche Glück das Dasein einer Sklavenklasse, war der Aufzugwärter in der Untergrundbahn eine ewige Notwendigkeit. Der Gedanke war ihm widerwärtig; er warf den Kopf zurück. Um ihn zu vermeiden, würde er einen Weg finden, die Vorherrschaft der Künste ein wenig herabzusetzen. Er würde anführen, daß die Welt für den Durchschnittsmenschen vorhanden sei, daß die Künste nicht mehr als eine dem menschlichen Leben aufgesetzte Verzierung seien; daß sie es nicht ausdrückten. Und daß auch Shakespeare nicht notwendig sei. Ohne genau zu wissen, warum er denn Shakespeare herabsetzen und dem Mann, der ewig in der Tür des Aufzugs stand, zu Hilfe kommen wollte, riß er ein Blatt von der Hecke ab. Das alles müßte den jungen Leuten in Cardiff nächsten Monat aufgetischt werden, dachte er; hier auf dieser Terrasse verproviantierte er sich nur und fouragierte (er warf das Blatt, das er so übellaunig gepflückt hatte, weg) wie ein Mann, der sich vom Rücken seines Pferds hinabbeugt, um einen Rosenstrauß zu pflücken, oder sich die Taschen mit Nüssen vollstopft, während er gemächlich über die Heckenwege und Fluren eines Landes trabt, das er von Jugend auf kennt. Es war alles vertraut: diese Wegbiegung, jener Zauntritt, dieser Abkürzungspfad durch die Felder. Stunden verbrachte er oft so des Abends mit seiner Pfeife, dachte auf den alten, vertrauten Wegen und Wiesen hin und her und rundum, die alle, dort mit der Geschichte jenes Kriegs, hier mit dem Leben dieses Staatsmanns, besteckt waren, mit Gedichten und Anekdoten und auch mit Gestalten, diesem Denker, jenem Feldherrn; alles sehr lebhaft und klar. Allmählich aber führten ihn der Heckenweg, die Wiese, der Anger, der fruchtbare Nußbaum und die blühende Hecke weiter, zu jener entfernteren Biegung der Straße, wo er immer absaß, sein Pferd an einen Baum band und zu Fuß weiterging. Er kam an den Rand des Rasens und schaute auf die Bucht hinunter.

Es war sein Schicksal, seine Eigenart, ob er wollte oder nicht, auf eine solche Landspitze hinauszukommen, die vom Meer langsam weggenagt wurde, und da zu stehn, allein wie ein vereinsamter Seevogel. Er besaß die Kraft, die Gabe, plötzlich alles Überflüssige abzuwerfen, in sich zurückzuweichen und zu schrumpfen, so daß er kahler aussah und sich sogar körperlich hagerer fühlte, dabei aber nichts von der Intensität seines Geistes einbüßte, und so auf seinem schmalen Felsband zu stehn, dem Dunkel menschlicher Unwissenheit gegenüber, da wir doch nichts wissen und das Meer uns den Boden unter den Füßen wegnagt, – das war sein Schicksal, seine Begabung. Aber weil er, als er absaß, alle Gesten und allen Firlefanz, alle erbeuteten Nüsse und Rosen weggeworfen hatte und so geschrumpft war, daß er nicht nur seinen Ruhm, sondern auch seinen Namen vergessen hatte, behielt er sogar in dieser Verlassenheit eine Wachsamkeit bei, die kein Phantom duldete und in keiner Vision schwelgte, und grade in diesem Gewand flößte er William Banks (zeitweilige) und Charles Tansley (unterwürfige) und seiner Frau nun, als sie aufblickte und ihn dort, am Rand des Rasens, stehn sah, innige Verehrung und auch Mitleid und Dankbarkeit ein, wie ein in den Grund der Fahrrinne eingerammter, von den Wellen umbrandeter Pfahl, auf den die Möwen sich niederlassen, einer fröhlichen Bootsgesellschaft ein Gefühl der Dankbarkeit dafür einflößt, die Pflicht auf sich genommen zu haben, allein dort in den Fluten die Fahrrinne zu bezeichnen.

»Aber ein Vater von acht Kindern hat keine Wahl...« Halblaut vor sich hinmurmelnd unterbrach er sich so, wandte sich um, seufzte, hob den Blick, suchte die Gestalt seiner Frau, die dem kleinen Knaben Geschichten vorlas, füllte seine Pfeife. Er wendete sich vom Anblick menschlicher Unwissenheit und menschlichen Schicksals und des Meeres ab, das den Boden, auf dem wir stehn, benagt, von einem Anblick, der, hätte er vermocht, ihn beharrlich genug zu betrachten, vielleicht zu etwas geführt hätte; und fand Trost in, verglichen mit dem erhabenen Thema, das er soeben vor sich gehabt hatte, so geringen Nichtigkeiten, daß er geneigt war, diesen Trost zu vertuschen, ihn zu verkleinern, als wäre, in einer Welt des Elends beim Glücklichsein ertappt zu werden, für einen ehrlichen Mann das verachtenswerteste Verbrechen. Es war wahr: er war meistenteils glücklich; er hatte seine Frau; er hatte seine Kinder; er hatte versprochen, in sechs Wochen den jungen Männern von Cardiff »irgendwelchen Unsinn« vorzutragen über Locke, Hume, Berkeley und die Ursachen der Französischen Revolution. Aber das alles und seine Freude daran, an den Sätzen, die er formte, an der Begeisterung der jungen Leute, an der Schönheit seiner Frau, an den Anerkennungen, die ihm aus Swansea, Cardiff, Exeter, Southampton, Kidderminster, Oxford and Cambridge zukamen, – das alles mußte abgewertet und unter der Phrase »Unsinn vortragen« versteckt werden, weil er tatsächlich das nicht geleistet hatte, was er hätte leisten können. Es war eine Verkleidung; es war die Zuflucht eines Mannes, der seine eigenen Gefühle fürchtete, der nicht sagen konnte, *das* ist, was mir gefällt, – *das* ist, was ich bin; und es war fast jämmerlich und abstoßend, fanden William Banks und Lily Briscoe, die sich verwunderten, daß solches Verbergen notwendig sein sollte; daß er immer Lob brauchte; daß ein im Denken so unerschrockener Mensch im Leben so zaghaft sein sollte; und wie seltsam verehrungswürdig und zugleich lächerlich er war.

Lehren und Predigen übersteige Menschenkraft, vermutete Lily. (Sie begann ihre Malsachen zu versorgen.) Wenn man erhaben sei, müsse man irgendwie hinplumpsen. Mrs. Ramsay gebe ihm zu leicht, was er verlange. Da müsse dann jeder Wechsel sehr verstörend wirken, sagte Lily. Er komme von seinen Büchern und finde sie alle dabei, wie sie Gesellschaftsspiele spielten und Unsinn redeten. Welch ein Unterschied, das müsse man sich nur vorstellen, gegenüber alledem, worüber er nachdenke, sagte sie.

Er kam auf sie beide zugesteuert. Jetzt blieb er jäh stehn und blickte schweigend aufs Meer hinaus. Jetzt wandte er sich wieder ab.

9

Ja, sagte Mr. Banks, ihm nachblickend, es sei jammerschade. (Lily hatte etwas davon gesagt, daß er sie einschüchtere – er verfalle so plötzlich aus einer Stimmung in die andre.) Ja, sagte Mr. Banks, es sei jammerschade, daß Ramsay sich nicht ein wenig mehr wie andre Leute benehmen könne. (Denn er mochte Lily Briscoe gut leiden. Er konnte mit ihr ganz offen über Ramsay sprechen.) Das sei auch der Grund, sagte er, daß die jungen Leute Carlyle nicht mehr läsen. Ein stachliger alter Brummbär, der aufbrauste, wenn die Hafergrütze kalt war, warum sollten wir uns von dem predigen lassen? Das sei, glaubte Mr. Banks zu verstehn, was die jungen Leute heutzutage sagten. Und das sei zu beklagen, wenn man, so wie er, Carlyle für einen der großen Lehrer der Menschheit halte. Lily sagte, sie müsse zu ihrer Schande gestehn, daß sie Carlyle seit ihrer Schulzeit nicht mehr gelesen habe. Aber ihrer Meinung nach mache einem das Mr. Ramsay nur noch sympathischer, daß er glaube, wenn ihm der kleine Finger wehtue, müsse gleich die Welt untergehn. Das sei es nicht, wogegen sie etwas habe. Denn wer lasse sich schon von ihm täuschen? Er fordere einen ganz offen auf, ihm zu schmeicheln, ihn zu bewundern; seine kleinen Kniffe täuschten niemand. Was sie nicht leiden könne, sei seine Engherzigkeit, seine Blindheit, sagte sie, ihm nachblickend.

»So etwas wie ein Heuchler?« meinte Mr. Banks. Und auch er sah Mr. Ramsays Rücken nach, denn mußte er nicht an seine Freundschaft denken und daran, daß Cam sich geweigert hatte, ihm eine Blume zu schenken, und an alle diese Buben und Mädel und an sein eigenes Haus, das so bequeme und behagliche, in dem es aber, seit dem Tod seiner Frau, recht still geworden war? Gewiß, er hatte seine Arbeit... Dennoch wünschte er fast, Lily möge ihm beistimmen, daß Ramsay, wie er gesagt hatte, »so etwas wie ein Heuchler« sei.

Lily Briscoe reinigte weiter ihre Pinsel, bald den Blick hebend, bald ihn senkend. Wenn sie aufblickte, war er da –

Mr. Ramsay – kam auf sie zu, mit schwingenden Schritten, achtlos, alles um sich her vergessend, geistesabwesend. So etwas wie ein Heuchler? wiederholte sie. O nein – der aufrichtigste Mensch, der ehrlichste (hier war er wieder), der beste; hinabblickend aber dachte sie: Er geht ganz in sich selbst auf, er ist tyrannisch, er ist ungerecht; und hielt den Blick auch weiter gesenkt, mit Absicht, denn nur so konnte sie ihr Gleichgewicht bewahren, während sie bei den Ramsays war. Kaum erblickte man die, wurden sie davon durchflutet, was sie »verliebt in sie sein« nannte. Sie wurden ein Teil dieses unwirklichen aber eindringlichen und tief erregenden Weltalls: der mit den Augen der Liebe gesehenen Welt. Etwas Himmlisches haftete ihnen an; die Vögel sangen, weil sie da waren. Und was sogar noch erregender war, sie empfand, wenn sie Mr. Ramsay herankommen und sich wieder entfernen und Mrs. Ramsay mit James in der Tür sitzen und die Wolken ziehen und den Baum sich neigen sah, auch, wie das Leben, das aus kleinen, gesonderten Zufälligkeiten bestand, die man eine nach der andern erlebte, sich wölbte und ganz wurde wie eine Welle, die einen mit sich emportrug und mit sich hinabtrug und klatschend dort auf den Strand hinwarf.

Mr. Banks erwartete, sie werde ihm antworten. Sie aber wollte grade etwas Mrs. Ramsay Kritisierendes sagen: wie auch sie, auf ihre Weise, etwas Beunruhigendes und Überhebliches habe; oder das sonstwie ausdrücken, als Mr. Banks es ihr durch seine Verzücktheit ganz unnötig machte, zu sprechen. Denn eine Verzücktheit war es, wenn man sein Alter, schon sechzig vorbei, bedachte und seine Sauberkeit und seine Unpersönlichkeit und den weißen Wissenschaftlermantel, der ihn zu bekleiden schien. Für ihn war, Mrs. Ramsay anzuschauen, wie Lily ihn schauen sah, eine Verzückung, welche, so fühlte sie, der Liebe eines Dutzends junger Männer gleichkam (und vielleicht hatte Mrs. Ramsay gar nie die

Liebe eines Dutzends junger Männer erregt). Es war, dachte sie und tat, als wäre sie mit ihrer Leinwand beschäftigt, eine destillierte, eine gefilterte Liebe; eine Liebe, welche nie versuchte, sich an ihren Gegenstand zu klammern, sondern, wie die Liebe, die Mathematiker für ihre Symbole empfinden oder Dichter für ihre Wortgefüge, so gemeint war, daß sie sich über die ganze Welt ausbreiten und die Menschheit auch von ihr Gewinn haben solle. So war sie tatsächlich. Die Welt hätte nur immerzu daran teilhaben sollen, wenn Mr. Banks es hätte ausdrücken können, warum er solches Wohlgefallen an dieser Frau fand; warum ihr Anblick, wie sie ihrem Knaben ein Märchen vorlas, auf ihn genau dieselbe Wirkung hatte wie die Lösung eines wissenschaftlichen Problems, so daß er still in seine Betrachtung versunken ruhte und, wie wenn er etwas Unwiderlegliches über das Verdauungssystem der Pflanzen bewiesen hatte, fühlte, daß das Barbarentum gezähmt, die Herrschaft des Chaos niedergerungen war.

Der Anblick einer solchen Verzückung – denn wie anders sollte man es bezeichnen? – ließ Lily Briscoe völlig vergessen, was sie hatte sagen wollen. Es war nichts Wichtiges gewesen; etwas über Mrs. Ramsay. Es verblaßte neben dieser »Verzückung«, diesem schweigenden Schauen, für das sie innige Dankbarkeit empfand; denn nichts tröstete sie so, erleichterte ihr so das Ratlosmachende des Lebens und enthob sie so wunderbar seiner Lasten wie diese erhabene Macht, diese himmlische Gabe, und man hätte die, so lange sie währte, ebensowenig stören wie den Sonnenstrahl knicken wollen, der quer über den Boden liegt.

Daß Menschen so liebten, daß Mr. Banks so für Mrs. Ramsay empfand (sie warf einen sinnenden Blick auf ihn), half einem, erhob einen. Sie wischte einen Pinsel nach dem andern an einem alten Lappen ab, gründlich, hingebungsvoll. Es war ein Zufluchtsuchen vor solcher Verehrung, die alle

Frauen einbegriff; sie fühlte sich selbst gepriesen. Mochte er schauen; sie würde einen verstohlenen Blick auf ihr Bild tun.

Sie hätte weinen mögen. Es war schlecht, es war schlecht, es war grenzenlos schlecht! Sie hätte es selbstverständlich anders malen können; die Farbe hätte dünner und blasser aufgetragen, die Formen hätten ätherischer sein können; so hätte Paunceforte es gesehn. Aber sie selbst sah es eben nicht so. Sie sah die Farbe auf einem Stahlgerüst brennen; das Leuchten eines Schmetterlingsflügels auf dem Bogen einer Kathedrale liegen. Von alledem blieben nur ein paar auf die Leinwand hingekleckste Spuren. Und es würde nie gesehen werden, ihr Bild; nicht einmal an die Wand gehängt werden; und da war wieder dieser Mr. Tansley und flüsterte ihr ins Ohr: »Frauen können nicht malen, Frauen können nicht schreiben ...«

Nun fiel ihr ein, was sie über Mrs. Ramsay hatte sagen wollen. Sie wußte nicht, wie sie es ausgedrückt hätte; aber es wäre etwas Kritisierendes gewesen, denn sie hatte sich an einem der letzten Abende über irgendeine Überheblichkeit geärgert. Mrs. Ramsay aus dem Gesichtswinkel betrachtend, aus dem Mr. Banks sie sah, dachte sie, daß keine Frau eine andre anbeten könne, wie er anbetete; Frauen konnten nur Geborgenheit suchen unter dem Schirm, den Mr. Banks über sie beide hielt. Seine Sehlinie entlangblickend, fügte sie dem seinen ihren eigenen, andersartigen Strahl hinzu, den Gedanken, daß Mrs. Ramsay (so über ihr Buch geneigt) unbestreitbar der entzückendste Mensch war; vielleicht der beste; doch auch, daß sie anders war als die vollkommene Gestalt, die dort zu sehen war. Aber warum und wie anders? fragte sie sich, während sie von ihrer Palette alle diese Häufchen Blau und Grün, die ihr nun wie Klumpen ohne Leben erschienen, abkratzte, sich jedoch gelobte, es ihnen morgen einzuhauchen, sie zu zwingen, sich nach ihrem Geheiß zu bewegen, zu fließen. Wodurch eigentlich war Mrs. Ramsay anders?

Wovon nur war sie beseelt? Von welchem Wesentlichen, durch das man, hätte man einen Handschuh in einer Sofaecke gefunden, ihn sogleich an seinem umgestülpten Finger unbestreitbar als den ihren erkannt hätte? Sie war schnell wie ein Vogel, unumwegig wie ein Pfeil; sie war eigenwillig; sie war herrisch. (Selbstverständlich, hielt sich Lily entgegen, denke ich an ihren Umgang mit Frauen, und ich bin die viel Jüngere, ein unbedeutendes Ding, aus einer Seitengasse der Brompton Road.) Sie riß Schlafzimmerfenster auf; sie schloß Türen. (So versuchte sie im Geist Mrs. Ramsays Leitmotiv anzustimmen.) Wenn sie noch spätnachts und flüchtig anklopfend an die Tür kam, hinter der man schlief, und dann, in einen alten Pelzmantel gehüllt (denn ihre Schönheit war immer so gerahmt – hastig aber passend), nachspielte, was immer es sein mochte – wie Charles Tansley seinen Schirm verloren hatte; Mr. Carmichael schnob und schnaufte; Mr. Banks sagte: »Die vegetabilischen Salze gehn dabei verloren«, gestaltete sie das alles sehr geschickt; verdrehte es sogar boshaft; und ans Fenster tretend und dabei vorgebend, sie müsse nun gehn – es sei schon Morgen, sie könne die Sonne aufgehnsehen – und sich halb nach einem umwendend und noch vertraulicher, aber noch immer lachend, bestand sie darauf, Lily müsse, Minta müsse, alle müßten sie heiraten, weil auf der ganzen Welt, was für Lorbeeren immer ihr zugeworfen (denn Mrs. Ramsay gab nichts auf ihr Malen) oder Triumphe von ihr errungen würden (wahrscheinlich hatte Mrs. Ramsay ihr Teil an solchen gehabt), – und hier wurde sie traurig, verdüsterte sich und kam zu ihrem Sessel zurück – das eine sich nicht bestreiten lasse: eine Unverheiratete (sie ergriff für einen Augenblick ganz leicht ihre Hand), eine Unverheiratete habe das Beste vom Leben versäumt. Das Haus schien voll von schlafenden Kindern und der lauschenden Mrs. Ramsay zu sein; von abgeblendeten Nachtlichtern und regelmäßigen Atemzügen.

Oh, aber, sagte Lily, da sei doch auch ihr Vater, ihr Heim; und, hätte sie gewagt, das auszusprechen, auch ihr Malen. Aber das alles sah so klein, so jungmädchenhaft aus gegenüber dem andern. Doch als die Nacht verging und schon dann und wann ein Vogel im Garten zwitscherte, raffte sie einen Verzweiflungsmut zusammen und verlangte, selber von dem allgemein geltenden Gesetz ausgenommen zu sein; brachte Gründe vor: sie sei gern allein; sie sei gern sie selbst; sie sei nicht dafür geschaffen; und mußte nun einem ernsten, festen Blick aus Augen von unvergleichlicher Tiefe begegnen und Mrs. Ramsays schlichter Gewißheit standhalten, daß ihre liebe, gute Lily (sie war jetzt ganz Kind), ihre kleine Brisky, eine Närrin sei. Dann, so erinnerte sie sich, hatte sie den Kopf Mrs. Ramsay auf den Schoß gelegt und gelacht und gelacht, fast hysterisch gelacht bei dem Gedanken, wie Mrs. Ramsay mit unvergleichlicher Gelassenheit über Schicksalen thronte, die sie ganz und gar nicht zu verstehn vermochte. Da saß Mrs. Ramsay, schlicht und ernst. Sie hatte jetzt ihr Gefühl von ihr wieder – dies war der umgestülpte Finger des Handschuhs. Aber in welches Heiligtum war man da eingedrungen? Sie hatte endlich aufgeblickt, und da saß Mrs. Ramsay, völlig ahnungslos, weshalb man gelacht hatte, und thronte noch immer, aber jetzt war jede Spur von Eigenwilligkeit beseitigt, und an ihrer Stelle war etwas so Klares da wie der Raum, den die Wolken endlich freigeben, – das Fleckchen Himmel, das neben dem Mond schläft.

War es Weisheit? War es Erkenntnis? War es wieder einmal das Täuschende der Schönheit, so daß sich auf halbem Weg zur Wahrheit alle Wahrnehmungen in einem goldenen Netz verfingen? Oder verschloß sie in sich ein Geheimnis, das, wie Lily Briscoe mit Gewißheit glaubte, die Menschen besitzen mußten, damit die Welt überhaupt fortbestehn konnte? Es konnte doch nicht ein jeder so holterdipolter, so von der Hand in den Mund dahinleben wie sie selbst? Aber wenn sie etwas wußten, konnten sie einem dann sagen, was sie wußten? Auf dem Fußboden sitzend, die Arme um Mrs. Ramsays Kniee geschlungen, sich so eng anschmiegend wie nur möglich und lächelnd bei dem Gedanken, daß Mrs. Ramsay nie den Grund dieses Sichanschmiegens kennen werde, stellte sie sich vor, daß in den Hirn- und Herzkammern dieser Frau, mit der sie, körperlich, in Berührung war, Tafeln gleich Kostbarkeiten in Königsgräbern aufgestellt waren und geheiligte Inschriften trugen, die, wenn man sie zu entziffern wüßte, einen alles lehren könnten, aber sie würden nie offen dargeboten, nie veröffentlicht werden. Welche der Liebe oder List bekannte Kunst gab es, mittels der man sich bis in diese Geheimkammern durchzwängte? Welche Mittel, um so, wie in ein und denselben Krug geschüttete Wässer, unauflöslich dasselbe zu werden, eins mit dem Gegenstand, den man anbetete? Konnte der Körper das vollbringen oder der Geist, indem er sich fast unmerklich in den gewundenen Gängen des Gehirns mit dem andern vermählte? Oder das Herz? Konnte Lieben, oder was die Leute so nannten, sie und Mrs. Ramsay einswerden lassen? Denn es war nicht Erkenntnis sondern Einswerden, wonach es sie verlangte, nicht Inschriften auf Tafeln, nichts, was sich in irgendeiner den Menschen bekannten Sprache niederschreiben ließ, sondern Vertrautsein selbst, das Erkenntnis ist, hatte sie gedacht, als sie den Kopf an Mrs. Ramsays Knie lehnte.

Nichts hatte sich ereignet – nichts! nichts! – als sie den Kopf an Mrs. Ramsays Knie lehnte. Und doch wußte sie, daß Erkenntnis und Weisheit in Mrs. Ramsays Herzen aufgespeichert waren. Wie also, hatte sie sich gefragt, konnte man, was Menschen betraf, zu der einen oder andern gelangen, wenn sie so versiegelt waren? Nur wie eine Biene, angelockt von einer für den Tastsinn oder Geschmacksinn unfaßlichen Süße oder Schärfe in der Luft, umschwärmte man den kuppelförmigen Stock, schweifte man allein durch die Weiten über den Ländern der Welt und suchte die Bienenstöcke mit ihrem Gesumm und Gewimmel auf, diese Bienenstöcke, die die Menschen waren. Mrs. Ramsay erhob sich. Lily erhob sich. Mrs. Ramsay ging. Tagelang umgab sie, wie eine fast unmerkliche Veränderung an der Person, von der man geträumt hat, empfunden wird, und lebhafter als irgend etwas, das sie sagte, etwas wie ein Summen, und wenn sie in dem Korbstuhl in der offenen Glastür des Wohnzimmers saß, hatte sie, in Lilys Augen, eine erhabene Gestalt: die Gestalt einer Kuppel.

Dieser Strahl fiel im selben Gesichtswinkel wie Mr. Banks' Strahl gradeswegs auf Mrs. Ramsay, die dort mit James, der sich an ihr Knie lehnte, saß und ihm vorlas. Nun jedoch, während sie selbst noch hinsah, tat Mr. Banks das nicht mehr. Er hatte seine Brille aufgesetzt. Er war zurückgetreten. Er hatte beschattend die Hand gehoben. Und als er seine klaren blauen Augen ein wenig zusammenkniff, sah Lily, sich aufraffend, wohin er nun blickte, und zuckte zusammen wie ein Hund, der eine Hand erhoben sieht, die ihn schlagen will. Sie hätte am liebsten ihr Bild von der Staffelei gerissen, aber sie sagte sich: man muß; sie stählte sich für die schreckliche Prüfung, daß jemand ihr Bild besähe. Man muß, sagte sie sich, man muß. Und wenn es schon besehn werden mußte, war es weniger beunruhigend, wenn Mr. Banks es besah, als jemand anders. Aber daß überhaupt fremde Augen sehen sollten, was der Bodensatz ihrer dreiunddreißig Jahre war, die Ablagerung jedes gelebten Tags, gemischt mit etwas Geheimerem, als sie je im Lauf aller dieser Tage ausgesprochen oder gezeigt hatte, war eine Qual. Zugleich war es jedoch ungeheuer aufregend.

Nichts aber hätte sich kühler und ruhiger abspielen können.

Mr. Banks zog ein Taschenmesser hervor und tippte mit der beinernen Schale auf die Leinwand. Was wolle sie andeuten mit der dreieckigen violetten Form »grade hier?« fragte er.

Das sei Mrs. Ramsay, die James vorlese. Sie wisse, was er einwenden werde – daß niemand es für eine menschliche Gestalt halten könne. Aber sie habe keine Ähnlichkeit angestrebt, sagte sie. Aus welchem Grund habe sie dann die beiden in das Bild gebracht? fragte er. Ja, warum? – Nur weil sie, wenn es dort, in jener Ecke, hell sei, hier, in dieser, die Notwendigkeit von Dunkel empfinde. So einfach, auf der Hand liegend und gemeinplätzig das war, es interessierte Mr. Banks. Mutter und Kind – ein Gegenstand allgemeiner Verehrung, und, in diesem Fall hier, die Mutter eine berühmte Schönheit, – könnten also, sagte er sinnend, ohne Unehrerbietigkeit auf einen violetten Schatten reduziert werden?

Aber das Bild solle gar kein Bild von den beiden sein, sagte sie. Oder keins in seinem Sinn. Es gebe auch noch andres, wodurch man seine Ehrfurcht vor dem Vorwurf ausdrücken könne. Durch einen Schatten hier und ein Licht dort, zum Beispiel. Ihr Tribut nehme eben diese Form an, wenn, vermutete sie unbestimmt, ein Bild ein Tribut sein müsse. Eine Mutter und Kind lasse sich ohne Unehrerbietigkeit auf einen Schatten reduzieren. Ein Licht hier fordere einen Schatten da. Er überlegte das. Es interessierte ihn. Er nahm es wissenschaftlich, völlig in gutem Glauben hin. Die Wahrheit sei, erklärte er, daß alle seine Vorurteile für die andre Seite sprächen. Das größte Bild in seinem Salon, das von Malern gelobt und mit einem höhern Preis bewertet worden sei, als er dafür gezahlt habe, sei eins von Kirschbäumen in voller Blüte am Ufer des Kennet. Er habe seine Flitterwochen an den Ufern des Kennet verbracht, sagte er. Lily müsse kommen und sich das Bild ansehn. Jetzt aber – er wandte sich, die Brille hochgeschoben, der wissenschaftlichen Untersuchung ihrer Leinwand zu. Da es eine Frage der Verhältnisse von Massen, von Licht und Schatten sei, eine Frage, die er, ehrlich gesagt, noch nie erwogen habe, hätte er gern, daß ihm erklärt werde – was also wolle sie daraus machen? Und er wies auf die Szene vor ihnen. Sie sah hin. Sie konnte ihm nicht zeigen, was sie daraus machen wollte, konnte es nicht einmal selber sehn ohne einen Pinsel in der Hand. Sie nahm wieder ihre frühere Malstellung ein, die Augen beschattend und mit geistesabwesendem Gehaben, und ordnete alle ihre Eindrücke als Frau etwas viel Allgemeinerem unter; wurde abermals, durch die Gewalt dieser Vision, die sie einmal klar erschaut hatte, nach der sie aber nun zwischen Hecken und Häusern und Müttern und Kindern tasten mußte, – ihr Bild. Es gehe, sagte sie, sich erinnernd, darum, wie diese Masse zur Rechten mit jener zur Linken zu verbinden wäre. Es werde ihr vielleicht gelingen, indem sie die Linie des Asts so querüber zöge; oder die Leere des Vordergrunds durch etwas (vielleicht James) unterbräche – so! Aber da bestehe die Gefahr, daß dadurch die Einheit des Ganzen zerrissen würde. Sie verstummte; sie wollte ihn nicht langweilen; sie hob das Bild leichthin von der Staffelei.

Aber es war gesehen worden; es war ihr genommen worden. Dieser Mann hatte mit ihr etwas tief Intimes geteilt. Und Mr. Ramsay dafür dankbar und Mrs. Ramsay dafür dankbar, und auch der Stunde und dem Ort, und der Welt eine Macht zugutehaltend, die sie nicht vermutet hatte: daß man diese lange Galerie nun nicht mehr allein, sondern Arm in Arm mit jemand durchwandern konnte, – dieses seltsamste Gefühl auf der Welt, und zugleich das erheiterndste, – ließ sie den Verschluß ihres Malkastens fester als notwendig einschnappen, und dieses Klicken schien den Malkasten, den Rasen, Mr. Banks und diesen vorbeitollenden Wildfang Cam für immer mit einem Kreis zu umschließen.

10

Denn Cam streifte die Staffelei um Zollbreite; sie wollte nicht Mr. Banks und Lily Briscoe zuliebe stehnbleiben; obgleich Mr. Banks, der selber gern eine Tochter gehabt hätte, die Hand nach ihr ausstreckte; sie wollte nicht ihrem Vater zuliebe stehnbleiben, den sie auch um Zollbreite streifte; auch nicht ihrer Mutter zuliebe, die ihr »Cam! Ich brauch dich einen Augenblick!« zurief, als sie vorbeiraste. Sie war dahin wie ein Vogel, eine Kugel, ein Pfeil, getrieben von welchem Verlangen, abgeschossen von wem, gezielt wohin, wer konnte das sagen? Was war es? Was? sann Mrs. Ramsay, ihr nachsehend. Vielleicht eine Vision – einer Kanonenkugel, eines Schubkarrens, eines Märchenreichs auf der andern Seite der Hecke; oder es mochte das Herrliche der Schnelligkeit sein; niemand wußte es. Aber als Mrs. Ramsay ein zweitesmal »Cam!« rief, fiel das Geschoß mitten im Flug zu Boden, und Cam trödelte, unterwegs ein Blatt abreißend, zu ihrer Mutter zurück.

Wovon träume sie wohl? fragte sich Mrs. Ramsay, als sie sie in irgendeinen Gedanken so versponnen vor sich stehn sah, daß sie ihr den Auftrag wiederholen mußte: Mildred zu fragen, ob Andrew, Miss Doyle und Mr. Rayley zurück seien, – die Worte schienen in einen Brunnen geworfen zu sein, darin das Wasser, auch wenn es klar war, alle Dinge so außerordentlich verzerrte, daß man sie sogar im Hinabfallen sich verkrümmen und auf dem Grund dieses kindlichen Geists Gott weiß was für ein Muster bilden sähe. Was wohl Cam der Köchin ausrichten werde? fragte sich Mrs. Ramsay. Und tatsächlich vermochte Mrs. Ramsay, nur indem sie geduldig wartete und sich zunächst anhörte, daß eine alte Frau mit sehr roten Wangen in der Küche sitze und Suppe aus einem Napf trinke, endlich diesen papageienhaften Instinkt zu wecken, der Mildreds Worte ganz genau aufgeschnappt hatte und sie nun, wenn man lange genug wartete, in einem farblosen Singsang hervorbringen konnte. Von einem Fuß auf den andern tretend wiederholte Cam die Worte: »Nein, sie sind noch nicht zurück, und ich hab Ellen gesagt, sie soll das Teegeschirr wegräumen.«

Minta Doyle und Paul Rayley waren also noch nicht zurückgekommen. Das konnte nur eins bedeuten, dachte Mrs. Ramsay. Sie mußte ihn entweder nehmen oder ausschlagen. Was konnte dieser Spaziergang nach dem Mittagessen, auch wenn Andrew die beiden begleitete, denn bedeuten, wenn nicht, daß sie sich, ganz richtig, entschlossen hatte, dachte Mrs. Ramsay (denn sie hatte Minta sehr, sehr gern), diesem guten Jungen ihr Jawort zu geben, der vielleicht nicht glänzend begabt war, aber schließlich, dachte Mrs. Ramsay und wurde sich dabei bewußt, daß James sie am Ärmel zupfte, damit sie ihm weiter von dem Fischer und seiner Frau vorlese, zog sie selbst im Innersten Dummriane bei weitem gescheiten Männern, die Doktorarbeiten schrieben, vor; einem Charles Tansley zum Beispiel. Jedenfalls mußte es sich, so oder so, jetzt schon ereignet haben.

Und sie las vor: »Am nächsten Morgen wachte die Frau zuerst auf, und der Tag war grade angebrochen, und von ihrem Bett sah sie das herrliche Land vor sich liegen. Ihr Mann rekelte sich noch...«

Aber wie könnte Minta jetzt noch sagen, sie wolle ihn nicht nehmen? Wenn sie doch immer einverstanden war, ganze Nachmittage allein mit ihm umherzustreifen – denn Andrew wäre doch wieder nur auf seine Krabben aus – aber vielleicht war auch Nancy mitgegangen. Sie versuchte, sich das Bild der beiden zurückzurufen, wie sie nach dem Mittagessen in der Tür der Halle gestanden hatten. Da standen sie, blickten zum Himmel auf, im Zweifel über das Wetter, und sie hatte gesagt, teils weil sie die Schüchternheit der beiden bemänteln, teils weil sie sie ermutigen wollte, doch endlich loszuziehn (denn sie war ganz für Paul): »Es ist meilenweit keine Wolke zu sehn« – und hatte dabei gespürt, wie der kleine Charles Tansley, der ihnen nachgekommen war, innerlich höhnisch kicherte, aber hatte es mit voller Absicht gesagt. Ob Nancy mit war, dessen war sie nicht sicher, als sie jetzt im Geist von einem zum andern blickte.

Sie las weiter. »›Ach, Frau‹, sagte der Mann, ›warum sollen wir König sein? Ich mag nicht König sein.‹ ›Na, schön‹, sagte die Frau, ›wenn du nicht König sein willst, so will ich's sein; geh du nur zum Flunder, ich will König sein.‹«

»Entweder komm herein oder bleib draußen, Cam!« sagte sie, weil sie wußte, daß Cam nur von dem Wort »Flunder« angelockt worden war und im nächsten Augenblick die Geduld verlieren und wie gewöhnlich sich mit James balgen würde. Cam stob davon. Mrs. Ramsay las weiter vor, sehr erleichtert, denn sie und James fanden Geschmack an denselben Dingen und fühlten sich wohl, wenn sie beisammen waren.

»Und als er ans Meer kam, da war es ganz dunkelgrau und schwarz und trüb, und das Wasser gärte so von unten herauf und stank auch ganz faulig. Da stellte er sich hin und sprach:

›Flunder, Flunder, im großen Meer,
Komm, ich bitt dich, zu mir her;
Denn mein Weib, die Ilsebill,
Will nicht so, wie ich wohl will.‹

›Na, was will sie also?‹ fragte der Flunder.« Und wo waren die beiden jetzt? hätte Mrs. Ramsay gern gewußt, und es fiel ihr ganz leicht, gleichzeitig vorzulesen und zu denken; denn die Geschichte von dem Fischer und seiner Frau war wie der Baß, der sanft eine Oberstimme begleitet und dann und wann ganz unerwartet in die Melodie aufsteigt. Und wann würde sie es erfahren? Wenn sich heute nichts ereignete, müßte sie einmal ernsthaft mit Minta reden. Denn die konnte nicht einfach so im ganzen Land herumstreifen, auch wenn Nancy mitging (sie versuchte abermals, und erfolglos, die Rücken vor sich zu sehn, wie sie den Weg entlanggingen, und sie zu zählen). Sie war Mintas Eltern gegenüber verantwortlich – der Eule und dem Schürhaken. Ihre Spitznamen für die beiden kamen ihr plötzlich in den Sinn, während sie vorlas. Die Eule und der Schürhaken – ja, die wären nicht wenig ungehalten, wenn sie davon hörten – und ganz sicher würden sie davon hören – daß Minta, als sie bei den Ramsays zu Besuch war, gesehen worden sei, wie sie mit und so weiter, und so weiter. »Er trug im Unterhaus eine Perücke, und wenn sie Empfänge gaben, stand sie ihm oben am Kopf der Treppe wacker zur Seite«, wiederholte sie, aus ihrem Gedächtnis einen Satz hervorfischend, den sie sich auf dem Heimweg von einer Gesellschaft ausgedacht hatte, um ihren Mann damit zu unterhalten. Du lieber Gott, dachte Mrs. Ramsay, wie haben die zwei nur diese ihnen so ganz unähnliche Tochter hervorgebracht? Diese Range Minta mit einem Loch im Strumpf? Wie konnte die es aushalten in jener gewichtigen Atmosphäre, wo das Stubenmädchen immerzu den Sand, den der Papagei verstreut hatte, auf einer Kehrichtschaufel wegtrug und die Unterhaltung sich fast ganz auf die – vielleicht interessanten, aber schließlich doch begrenzten Heldentaten dieses Vogels beschränkte? Selbstverständlich hatte man sie zum Lunch eingeladen, zum Tee, zum Dinner und schließlich zu einem Aufenthalt nach Finlay, und das hatte einige Reibung mit Mintas Mutter zum Ergebnis gehabt und noch mehr Besuche, noch mehr Konversation und noch mehr Sand, und am Ende hatte sie wirklich genug über Papageien zusammengelogen, daß es ihr fürs ganze Leben langte (so hatte sie ihrem Mann an jenem Abend erzählt, als sie auf der Gesellschaft gewesen war). Immerhin, Minta war gekommen ... Ja, sie war gekommen, dachte Mrs. Ramsay und vermutete einen Dorn in dem Rankengewirr ihrer Gedanken; und als sie die von ihm loszulösen suchte, entdeckte sie, daß dies der Dorn war: eine Frau hatte sie einmal beschuldigt, »ihr die Zuneigung ihrer Tochter zu rauben«; etwas, das Mintas Mutter gesagt hatte, rief ihr diesen Vorwurf ins Gedächtnis. Beherrschen zu wollen, sich einmischen zu wollen, andre dahin zu bringen, daß sie taten, was sie wollte, – dessen beschuldigte man sie, und sie fand das höchst ungerecht. Was konnte sie denn dagegen tun, daß sie »so« aussah? Niemand konnte ihr nachsagen, sie trachte, Eindruck zu machen. Sie schämte sich sogar oft ihres schäbigen Aussehns. Und sie war auch nicht herrschsüchtig und auch nicht tyrannisch. Das war eher wahr, was Krankenhäuser und Kanalisation und Molkereien betraf. Wenn es um solche Dinge ging, waren ihre Gefühle leidenschaftlich, und wenn sie Gelegenheit dazu gehabt hätte, hätte sie die Leute am liebsten beim Genick gepackt und sie mit der Nase drauf gestoßen. Kein Krankenhaus auf der ganzen Insel! Es war eine Schande. Die Milch in London buchstäblich braun von Schmutz vor die Haustür geliefert! Es müßte gesetzlich verboten werden. Eine Mustermolkerei und ein Krankenhaus hier oben – diese zwei Dinge hätte sie gern zuwegegebracht. Aber wie? Mit all den Kindern im Haus? Sobald die älter wären, hätte sie vielleicht Zeit; sobald sie alle im Internat wären.

Oh, aber sie wünschte sich nicht, daß James auch nur einen Tag älter würde, und Cam auch nicht. Diese zwei hätte sie gern für immer behalten, so wie sie waren, schlimm wie Teufel, entzückend wie Engel, um sie nie zu langbeinigen Ungeheuern heranwachsen zu sehn. Nichts könnte solchen Verlust ersetzen. Als sie eben jetzt James vorgelesen hatte: »Vor der Tür, da marschierten die Soldaten, bliesen ihre Trompeten und schlugen ihre Kesselpauken und Trommeln«, und seine

Augen dunkel werden sah, hatte sie sich gedacht, warum sie überhaupt erwachsen werden und das alles einbüßen sollten? Er war das begabteste, das empfindungsfähigste von ihren Kindern. Aber von allen konnte man viel erwarten. Prue, die war ein wahrer Engel, wie sie mit den andern umging, und manchmal jetzt, besonders am Abend, raubte sie einem den Atem mit ihrer Schönheit. Und Andrew – sogar ihr Mann gab zu, daß seine Begabung für Mathematik außerordentlich war. Und Nancy und Roger, die waren beide jetzt wilde Geschöpfe, tollten den lieben langen Tag im ganzen Land umher. Was Rose betraf, ihr Mund war zu groß geraten, aber sie hatte wundervoll begabte Hände. Wenn Scharaden gestellt wurden, machte Rose die Kostüme; sie machte alles; liebte es besonders, den Tisch schön zu decken, Blumen in Vasen hübsch zu ordnen oder, was immer es war. Daß Jasper nach Vögeln schoß, sah sie nicht gern; aber das war nur eine Phase; sie alle machten Phasen durch. Warum, fragte sie sich und drückte dabei das Kinn auf James' Kopf, sollten sie so schnell heranwachsen? Warum mußten sie in die Schule? Sie hätte am liebsten allezeit ein Kleinkind. Sie war am glücklichsten, wenn sie eins auf dem Arm hielt. Dann könnten die Leute sagen, sie sei herrisch, herrschsüchtig, tyrannisch, wenn sie wollten; sie würde sich nichts draus machen. Und seine Haare mit den Lippen berührend dachte sie: Er wird nie wieder so glücklich sein; gebot sich aber Einhalt, weil sie sich erinnerte, wie es ihren Mann ärgerte, wenn sie so etwas sagte. Dennoch, es war wahr. Sie waren jetzt glücklicher, als sie je wieder wären. Ein Zehnpence-Teeservice machte Cam für viele Tage glücklich. Sie hörte sie alle, kaum daß sie erwacht waren, auf dem Fußboden über ihr hüpfen und jubilieren. Eilig kamen sie dann durch den Flur gepoltert. Die Tür sprang auf, und herein kamen sie, frisch und rosig, großäugig, hellwach, als wäre so ins Eßzimmer zum Frühstück hineinzustürmen, wie sie es jeden Tag ihres Lebens taten, gradezu ein Ereignis für sie; und so folgte eins aufs andre, den ganzen Tag lang, bis sie hinaufging, um ihnen gute Nacht zu sagen, und sie in ihren Bettchen von Netzen umgeben fand wie Vögel zwischen Kirschen und Himbeeren, wo sie noch immer Geschichten erfanden über irgendeine Nichtigkeit – etwas, das sie aufgeschnappt, etwas, das sie im Garten aufgelesen hatten. Alle besaßen sie ihre kleinen Horte... Und darum ging sie dann hinunter und sagte zu ihrem Mann: Warum müssen sie erwachsen werden und das alles einbüßen? Nie wieder werden sie so glücklich sein! Und das ärgerte ihn. Warum eine so düstere Ansicht vom Leben hegen? entgegnete er. Das sei unvernünftig. Denn es war seltsam und, glaubte sie, auch wahr: mit all seinen düsteren und verzweifelten Stimmungen war er im ganzen glücklicher, hoffnungsvoller als sie. Weniger den menschlichen Kümmernissen ausgesetzt – das war es vielleicht. Er hatte immer einen Rückhalt an seiner Arbeit. Nicht, daß sie selbst etwa »pessimistisch« war, wie er ihr vorwarf. Sie dachte bloß, das Leben – und ein kurzes Bändchen Zeit stellte sich ihren Augen dar, ihre fünfzig Jahre; da vor ihr war es – das Leben. Das Leben, dachte sie, aber dachte den Gedanken nicht zu Ende. Sie warf einen Blick auf das Leben, denn sie hatte ein sehr deutliches Gefühl, daß es da vor ihr war, etwas Wirkliches, etwas ganz ihr Eigenes, das sie weder mit ihren Kindern noch mit ihrem Mann teilte. Eine Art von politischem Handel ging zwischen ihnen vor sich, wobei sie auf der einen Seite stand und das Leben auf der andern und sie immer versuchte, ihm einen Vorteil abzugewinnen, und das Leben ihr; und manchmal parlamentierten sie (wenn sie allein saß); da kam es, so erinnerte sie sich, zu großen Versöhnungsszenen; meistens aber mußte sie seltsamerweise zugeben, daß sie dieses Ding, das sie das Leben nannte, als schrecklich empfand, als feindselig und nur darauf lauernd, einen anzuspringen, wenn man ihm Gelegenheit bot. Da waren diese ewigen Probleme: Leiden, der Tod, die Armen; sogar hier starb immer irgendeine Frau an Krebs. Und doch hatte sie allen diesen Kindern gesagt: Ihr sollt es durchstehn! Acht Menschenwesen hatte sie das ganz unnachgiebig gesagt (und die Rechnung für die Reparatur des Glashauses würde fünfzig Pfund betragen). Aus diesem Grund, und weil sie wußte, was ihnen bevorstand – Liebe und Ehrgeiz und sich elend zu fühlen an trübseligen Orten – empfand sie so oft: Warum müssen sie erwachsen werden und das alles einbüßen? Und dann sagte sie sich, ihr Schwert gegen das Leben schwingend, es sei alles Unsinn. Sie würden vollkommen glücklich sein. Und da saß sie nun hier, überlegte sie, und empfand das Leben wiederum als recht unheimlich und zwang in Gedanken Minta, Paul Rayley zu heiraten; denn was immer sie auch über ihren eigenen Handel empfinden mochte, und sie hatte Erfahrungen gemacht, die nicht unbedingt jeder machen mußte (sie zählte sie sich nicht namentlich her), fühlte sie sich, fast als wäre das auch für sie ein Entkommen, allzu schnell, das wußte sie, getrieben, Leuten zu sagen, sie müßten heiraten; sie müßten Kinder haben.

War das unrecht von ihr? fragte sie sich und überblickte ihr Verhalten während der letzten paar Wochen. Und hatte sie nicht am Ende einen zu großen Druck auf Minta, die erst vierundzwanzig war, ausgeübt, zu einem Entschluß zu kommen? Es war ihr nicht ganz wohl dabei. Hatte sie nicht darüber gelacht? Vergaß sie nicht schon wieder, wie stark sie Leute beeinflußte? Zum Heiraten bedurfte es – oh, alles möglichen (die Rechnung für die Glashausreparatur würde fünfzig Pfund betragen); eins – sie brauchte es nicht zu benennen – war unerläßlich; das, was zwischen ihr und ihrem Mann bestand. Hatten sie das?

»Da fuhr er in seine Hose und lief davon wie ein Verrückter«, las sie vor. »Draußen aber tobte ein großer Sturm und wehte so stark, daß er kaum auf den Beinen stehn konnte. Häuser und Bäume stürzten um, und die Berge erzitterten, und Felsblöcke kollerten ins Meer, und der Himmel war ganz pechschwarz, und es blitzte und donnerte, und das Meer kam mit schwarzen Wogen herangerollt, so hoch wie Kirchtürme und Berge, und sie hatten alle eine weiße Krone von Schaum obenauf.«

Sie blätterte um; es waren nur noch wenige Zeilen, so daß sie die Geschichte zu Ende lesen könnte, obgleich es für James schon Zeit zum Schlafengehn war. Es wurde spät. Das Licht im Garten sagte ihr das; und das Verblassen der Blumen und ein Grau in den Blättern verschworen sich, ein Gefühl von Besorgnis in ihr zu erwecken. Worauf es sich bezog, das konnte sie sich zunächst nicht denken. Dann erinnerte sie sich: Paul und Minta und Andrew waren noch nicht zurück. Sie rief sich abermals die kleine Gruppe in der Tür der Halle vor Augen, wie die drei dort gestanden und zum Himmel aufgeblickt hatten. Andrew hatte seinen Hamen und seinen Korb bei sich gehabt. Das bedeutete, daß er auf einen Felsen hinaufklettern, daß er von der Flut abgeschnitten werden würde. Oder auf dem Rückweg, im Gänsemarsch auf einem dieser schmalen Pfade über den Klippen, könnte eins ausgleiten und hinabkollern und dann hinunterstürzen. Es war schon ganz dunkel geworden.

Aber sie erlaubte ihrer Stimme nicht die geringste Veränderung, als sie die Geschichte zu Ende vorlas und, das Buch schließend und die letzten Worte so sprechend, als hätte sie sie jetzt erfunden, James in die Augen blickte und sagte: »Und dort sitzen sie beide noch bis zum heutigen Tag.«

»Und das ist das Ende«, sagte sie und sah in seinen Augen, als die Anteilnahme an der Geschichte aus ihnen schwand, etwas andres ihre Stelle einnehmen; etwas Verwundertes,

Blasses wie der Widerschein eines Lichts, das ihn schauen und zugleich staunen machte. Sie wandte sich um und blickte über die Bucht, und dort, ganz gewiß, regelmäßig über die Wellen kommend, erst zweimal kurz und dann einmal lange, dort war es, das Licht des Leuchtturms. Es war schon angezündet worden.

Im nächsten Augenblick würde er sie fragen: »Werden wir morgen zum Leuchtturm fahren?« und sie würde antworten müssen: »Nein; nicht morgen; dein Vater sagt, morgen nicht.« Zum Glück kam Marthe herein, um ihn zu holen, und das lenkte ihn ab. Aber er blickte über die Schulter zurück, als Marthe ihn hinaustrug, und sie war sicher, er dachte sich: Wir fahren morgen nicht zum Leuchtturm; und werde es sein Leben lang nicht vergessen.

11

Nein, dachte sie, während sie einige der Bilder, die er ausgeschnitten hatte – einen Kühlschrank, eine Mähmaschine, einen Herrn im Frack – zusammenlegte, Kinder vergaßen nie. Darum war es so wichtig, was man sagte und was man tat, und es war eine Erlösung, wenn sie zu Bett gegangen waren. Denn nun brauchte sie an gar niemand zu denken. Sie konnte sie selbst sein und ganz für sich. Und das war es, wonach sie jetzt oft das Bedürfnis fühlte, – nachzudenken; zu schweigen; allein zu sein. Alles Sein und Tun, das sonst glitzernd und laut sich ausbreitete, verflüchtigte sich; und mit einer feierlichen Empfindung schrumpfte man dazu zusammen, man selbst zu sein, ein keilförmiger Kern von Dunkelheit, etwas für andre Unsichtbares. Obzwar sie weiterstrickte und aufrecht dasaß – als das empfand sie sich selbst; und dieses Selbst war, nachdem es seine Bindungen abgestreift hatte, frei, die seltsamsten Abenteuer zu haben. Wenn das Leben für einen Augenblick niedersank, schien die Weite des Erlebens grenzenlos zu sein. Und für alle Menschen, so nahm sie an, gab es immer dieses Gefühl unerschöpflicher Hilfsquellen; einer wie der andre: sie, Lily, Augustus Carmichael, mußten sie das Gefühl haben, unsre Erscheinung, alles das, woran wir erkennbar sind, sei einfach kindisch, darunter aber sei alles dunkel, breite sich aus, sei unermeßlich tief; doch dann und wann kämen wir an die Oberfläche, und so sehe man uns denn. Ihr eigener Gesichtskreis schien ihr grenzenlos zu sein. Da waren alle die Orte, die sie nicht gesehn hatte; die Ebenen Indiens etwa; sie spürte sich den dicken Ledervorhang einer Kirche in Rom beiseiteschieben. Dieser Kern von Dunkelheit konnte überallhin, denn niemand sah ihn; niemand vermochte ihn aufzuhalten, dachte sie jubelnd. Da war nun Freiheit, da war Friede, da gab es, am willkommensten von allem, ein Sichsammeln, ein Ausruhen auf einem Fleckchen Beständigkeit. Nicht als man selbst fand man, nach ihrer Erfahrung, je Ruhe (hier vollbrachte sie etwas besonders Geschicktes mit ihren Stricknadeln), sondern als ein Keil von Dunkelheit. Indem man seine Persönlichkeit verlor, verlor man die Sorge, die Hast, die Unruhe; und immer kam ihr ein Ausruf des Triumphs über das Leben auf die Lippen, wenn die Dinge sich so zusammenfanden in diesem Frieden, dieser Ruhe, dieser Ewigkeit. Und innehaltend blickte sie hinaus, um dem Strahl des Leuchtturms zu begegnen, jenem langewährenden, stetigen, dem letzten der drei, der *ihr* Strahl war, denn wenn man ihn, wie immer in dieser Stimmung und zu dieser Stunde, betrachtete, konnte man nicht anders, als für etwas von alledem, was man sah, eine besondere Anhänglichkeit zu empfinden; und dieses Etwas, der langewährende, stetige Strahl, war ihr Strahl. Oft wurde sie sich bewußt, daß sie so hier saß und schaute, hier saß und schaute, ihre Arbeit in der Hand, bis sie selbst das wurde, was sie anschaute, – dieses Licht zum Beispiel. Und es hob dann irgendeine kleine Phrase herauf, die lange in ihrem Geist gelegen hatte wie dieses »Kinder vergessen nicht, Kinder vergessen nicht«, – die sie mehrmals wiederholte und ihr etwas hinzuzufügen begann. Es wird enden, es wird enden, sagte sie sich; es wird kommen, es wird kommen; und fügte dann plötzlich hinzu: Wir sind in Gottes Hand.

Aber sogleich ärgerte sie sich über sich, weil sie das gesagt hatte. Wer hatte es gesagt? Doch nicht sie? Sie war überlistet worden, etwas zu sagen, was sie nicht meinte. Sie hob den Blick von ihrem Strickzeug und begegnete dem dritten Strahl, und ihr schien, daß ihre Augen ihren eigenen Augen begegneten, die, wie nur sie allein forschen konnte, in ihrem Geist und Gemüt forschten und reinigend diese Lüge, jede Lüge daraus tilgten. Indem sie das Licht pries, pries sie sich selbst, ohne Eitelkeit, denn sie war streng, sie war wißbegierig, sie war schön wie dieses Licht. Es war wunderlich, dachte sie, wie man sich, wenn man allein war, Dingen zuneigte, unbeseelten Dingen; Bäumen, Bächen, Blumen; fühlte, daß sie einen zum Ausdruck brachten; fühlte, daß sie zu einem selbst wurden; fühlte, sie kannten einen, waren in gewissem Sinn man selbst; und daher eine unvernünftige Zärtlichkeit für sie empfand (sie blickte auf diesen langewährenden, stetigen Strahl) wie für einen selbst. Da erhob sich dann – und sie schaute und schaute, ihre Nadeln in der Luft stillhaltend, – da erhob sich vom Grund des Gemüts, da stieg vom Weiher des eigenen Wesens ein Nebel auf, wie eine Braut ihrem Bräutigam entgegen.

Was hatte sie dahin gebracht, das zu sagen: »Wir sind in Gottes Hand«? Diese zwischen die Wahrheiten geschlüpfte Unaufrichtigkeit störte sie auf, ärgerte sie. Sie begann wieder zu stricken. Wie konnte irgendein Gott diese Welt geschaffen haben? fragte sie sich. Im Geist hatte sie stets daran festgehalten, daß es keine Vernunft, keine Ordnung, keine Gerechtigkeit gab; sondern Leiden, den Tod, die Armen. Es gab keine Niedertracht, die zu niedrig war, als daß die Welt sie nicht beging; das wußte sie. Kein Glücklichsein war von Dauer; auch das wußte sie. Sie strickte mit entschlossenem Gleichmut weiter, kräuselte ein wenig die Lippen, und ohne sich dessen bewußt zu sein, aus einer gewohnten herben Strenge, straffte und versteifte sie die Züge ihres Gesichts so, daß ihr Mann – obgleich er in sich hineinlachte bei dem Gedanken daran, daß Hume, der Philosoph, als er ungeheuer dick geworden war, einmal in einem Sumpf steckenblieb, – nicht anders konnte, als im Vorübergehn die herbe Strenge im Innersten ihrer Schönheit zu bemerken. Die betrübte ihn, und ihre Entrücktheit schmerzte ihn, und er fühlte, als er vorüberging, daß er sie nicht beschützen könne, und als er bei der Hecke anlangte, war er traurig. Er konnte nichts tun, um ihr zu helfen. Er mußte danebenstehn und zusehn. Ja die höllische Wahrheit war, daß er alles nur noch schlimmer machte für sie. Er war reizbar – er war empfindlich. Er war vorhin aufgebraust wegen des Leuchtturms. Er blickte in die Hecke, in ihr Dickicht, ihre Dunkelheit.

Immer, so fühlte Mrs. Ramsay, half man sich halb widerstrebend aus Einsamkeit heraus, indem man nach irgendeinem kleinen Dies oder Das griff, einem Klang, einem Anblick.

Sie lauschte, aber es war alles sehr still; das Kricketspiel war vorbei; die Kinder nahmen ihr Bad; nur der Klang des Meeres war vernehmbar. Sie hörte auf zu stricken. Sie ließ den langen rotbraunen Strumpf einen Augenblick von ihren Händen baumeln. Sie sah wiederum das Licht. Mit einiger Ironie bei ihrer Selbstbefragung, denn wenn man überhaupt erwachte, veränderten sich alle Beziehungen, blickte sie auf den stetigen Strahl, den mitleidlosen, unbarmherzigen, der so sehr sie selbst war und doch so wenig sie selbst, der sie zwingen konnte, jedes seiner Winke gewärtig zu sein (sie wachte in der Nacht auf, sah ihn über den Fußboden streichen und sich über die beiden Betten beugen), aber trotz alledem, dachte sie, ihn gebannt beobachtend, hypnotisiert, als striche er mit seinen Silberfingern über ein versiegeltes Gefäß in ihrem Hirn, dessen Bersten sie mit Entzücken überfluten würde, – trotz alledem hatte sie Glücklichsein gekannt, köstliches Glücklichsein, innigstes Glücklichsein, dachte sie, und dieser Strahl versilberte die rauhen Wellen noch ein wenig glänzender, indes das Tageslicht verblich und das Blau aus dem Meer schwand, das in Wellen von reinstem Zitronengelb heranrollte, die schwollen und sich wölbten und am Ufer brachen, und die Ekstase barst in ihren Augen, und Wellen reinsten Entzückens eilten auf dem Grund ihres Gemüts dahin, und sie fühlte, das genügt! das genügt!

Er machte kehrt und sah sie. Ah, sie war wunderschön, schöner jetzt, als er je gedacht hatte. Aber er konnte nicht zu ihr sprechen. Er durfte sie nun nicht stören. Es verlangte ihn dringend, jetzt mit ihr zu sprechen, jetzt, da James nicht mehr bei ihr und sie endlich allein war. Doch er beschloß, nein, er wolle es nicht tun. Sie war ihm jetzt entrückt in ihrer Schönheit, ihrer Traurigkeit. Er wollte sie sein lassen, und wortlos ging er an ihr vorüber, obwohl es ihm wehtat, daß sie einen so fernen Blick hatte und er sie nicht erreichen konnte, nichts tun konnte, um ihr zu helfen. Und abermals wäre er an ihr ohne ein Wort vorbeigegangen, hätte sie ihm nicht grade in diesem Augenblick freiwillig gegeben, worum er, wie sie wußte, nie bitten würde, und ihm zugerufen und den grünen Schal von dem Bildrahmen genommen und wäre zu ihm gegangen. Denn er wünschte, sie wußte es, sie zu beschützen.

12

Sie legte sich den grünen Schal um die Schultern. Sie nahm seinen Arm. Er sei ein so schöner Mensch, sagte sie, sogleich von Kennedy, dem Gärtner, zu sprechen beginnend; er sei so schrecklich hübsch, daß sie ihn nicht entlassen könne. Eine Leiter lehnte gegen das Glashaus, und Klümpchen von Kitt klebten überall, denn mit dem Ausbessern des Glashausdachs war schon begonnen worden. Ja, aber als sie mit ihrem Mann vorbeischlenderte, fühlte sie, daß diese besondere Sorgenquelle nun ihren Ursprung gefunden hatte. Es lag ihr auf der Zunge, im Dahinschlendern zu sagen: »Es wird fünfzig Pfund kosten«, aber statt dessen, denn wenn es um Geld ging, verließ sie immer der Mut, sprach sie davon, daß Jasper auf Vögel schieße, und er sagte sogleich, sie damit augenblicklich beruhigend, das sei bei einem Knaben ganz natürlich und er sei sicher, Jasper werde sich bald eine bessere Unterhaltung finden. Ihr Mann war so vernünftig, so gerecht. Und darum sagte sie: »Ja, alle Kinder machen solche Phasen durch«, und begann die Dahlien in dem großen Beet zu betrachten und zu erwägen, was sie wegen der Blumen fürs nächste Jahr tun solle, und habe er schon den Spitznamen der Kinder für Charles Tansley gehört? fragte sie. Den Atheisten, nennten sie ihn, den kleinen Atheisten. »Er ist kein sehr geschliffenes Exemplar«, sagte Mr. Ramsay. »Weit davon«, bestätigte Mrs. Ramsay.

Sie nehme an, es sei wohl am besten, ihn sich selbst zu überlassen, sagte sie und fragte sich dabei, ob es einen Zweck hätte, Blumenzwiebeln herzusenden; pflanzten die hier sie überhaupt? »Oh, er hat seine Dissertation zu schreiben«, sagte Mr. Ramsay. Das wisse sie nur zu gut; er rede von nichts sonst; sie behandle den Einfluß irgend jemands auf irgend etwas. »Tja, sie ist das einzige, worauf er sich wird berufen können«, sagte Mr. Ramsay. »Verhüte der Himmel, daß er sich in Prue verliebt!« sagte Mrs. Ramsay. Er werde sie enterben, wenn sie ihn heirate, sagte Mr. Ramsay. Er blickte nicht auf die Blumen, die seine Frau betrachtete, sondern auf einen Punkt etwa einen halben Meter über ihnen. Er sei im Grunde harmlos, fügte er hinzu und wollte auch noch sagen, er sei jedenfalls der einzige junge Mann in England, der Bewunderung hege für seine – schluckte es aber herunter. Er wollte sie nicht wieder mit seinen Büchern belästigen. Diese Blumen kämen ihm recht anerkennenswert vor, sagte er, den Blick senkend und etwas Rotes, etwas Braunes gewahrend. Ja, aber diese habe sie selbst mit eigenen Händen gepflanzt, sagte Mrs. Ramsay. Doch was werde geschehn, wenn sie Blumenzwiebeln hersende; werde Kennedy sie einsetzen? Er sei leider von einer unheilbaren Faulheit, fügte sie im Weitergehn hinzu. Wenn sie den ganzen Tag, einen Spaten in der Hand, neben ihm stehe, dann leiste er wohl manchmal ein Stückchen Arbeit. So schlenderten sie weiter, auf die rot und gelben Fackellilien zu. »Du lehrst deine Töchter, zu übertreiben«, sagte Mr. Ramsay vorwursfvoll. Ihre Tante Camilla sei darin viel schlimmer als sie selbst, bemerkte Mrs. Ramsay dazu. »Niemand hat je deine Tante Camilla als ein Vorbild an Tugend hingestellt, soviel ich weiß,« sagte Mr. Ramsay. Nein, aber sie sei die schönste Frau gewesen, die sie je gesehn habe, entgegnete Mrs. Ramsay. »Eine andre war das«, sagte Mr. Ramsay. Prue werde einmal viel schöner sein als sie selbst, meinte Mrs. Ramsay. Er sehe keine Spur davon, sagte Mr. Ramsay. »Na, dann sieh sie dir heute abend an!« gab Mrs. Ramsay zurück. Sie blieben stehn. Mr. Ramsay sagte, er wollte, Andrew könnte dazu bewogen werden, eifriger zu lernen. Wenn er das nicht tue, werde er sich um alle Aussichten auf ein Stipendium bringen. »Ach, ein Stipendium!« sagte sie. Mr. Ramsay fand es töricht, so zu sprechen, wenn es um etwas so Ernstes wie ein Stipendium gehe. Er würde sehr stolz sein auf Andrew, wenn der sich ein Stipendium erwerben könnte, sagte er. Sie würde ebenso stolz sein auf ihn, wenn es ihm nicht gelänge, entgegnete sie. Darüber waren sie immer verschiedener Meinung. Aber darauf kam es nicht an. Sie hatte es gern, daß er so viel von Stipendien hielt, und er hatte es gern, daß sie so stolz auf Andrew war, was immer der täte. Plötzlich erinnerte sie sich dieser schmalen Pfade am oberen Rand der Klippen.

Sei es nicht schon sehr spät? fragte sie. Die zwei seien noch nicht nach Hause gekommen. Er ließ unbesorgt den Deckel seiner Uhr aufspringen. Es war grade erst sieben vorbei. Er ließ seine Uhr einen Augenblick offen, während er sich entschloß, seiner Frau zu sagen, was er auf der Terrasse empfunden hatte. Vor allem aber sei es unvernünftig, so nervös zu sein. Andrew sei sehr gut imstande, selber auf sich achtzugeben. Ferner habe er ihr sagen wollen, daß er, grade als er vorhin auf der Terrasse hin und her ging, – hier wurde ihm unbehaglich, als bräche er in dieses Alleinsein ein, dieses Entrücktsein, ihr Erhabensein über das alles... Aber sie drängte ihn. Was habe er ihr sagen wollen? fragte sie und dachte, es sei etwas über die Fahrt zum Leuchtturm; und daß es ihm leid tue, gesagt zu haben: »Der Teufel hol dich!« Aber nein. Er sehe sie nicht gern so traurig, sagte er. Sie habe nur so vor sich hingesponnen, widersprach sie und wurde ein wenig rot. Beide fühlten sie sich unbehaglich, als wüßten sie nicht recht, ob sie weiter- oder zurückgehn sollten. Sie habe James Märchen vorgelesen, sagte sie. Doch nein, sie konnten es nicht miteinander teilen; sie konnten es einander nicht sagen.

Sie hatten die Lücke zwischen den zwei Gruppen brennend roter Fackellilien erreicht, und da war der Leuchtturm wieder, aber sie wollte sich nicht gestatten hinzusehn. Hätte sie geahnt, daß er sie ansah, dachte sie, hätte sie sich nicht gestattet, so in Gedanken verloren dazusitzen. Ihr war alles unangenehm, was sie daran erinnerte, daß sie gesehn worden war, wie sie so nachdenklich dasaß. Darum blickte sie über die Schulter zurück auf das Städtchen. Die Lichter liefen in Wellenlinien, als wären sie von einem Wind festgehaltene Tropfen silberigen Wassers. Und all die Armut, all das Leiden hatten sich in das da verwandelt, dachte Mrs. Ramsay. Die Lichter des Städtchens und des Hafens und der Fischerboote schienen das Phantom eines Netzes zu sein, das dort auf dem Wasser schwamm, um die Stelle zu bezeichnen, wo etwas versunken war. Also gut, sagte sich Mr. Ramsay, wenn er ihre Gedanken nicht mit ihr teilen konnte, wollte er seiner eigenen Wege gehn. Er wollte weiter nachdenken und sich die Geschichte erzählen, wie Hume in einem Sumpf steckengeblieben war; er wollte lachen. Vor allem aber war es Unsinn, sich Andrews wegen so zu ängstigen. In Andrews Alter war er oft den ganzen Tag über Land gewandert, mit nichts als einem Stück Schiffszwieback in der Tasche, und niemand hatte sich darum gekümmert oder gedacht, daß er über einen Klippenrand gestürzt sei. Laut aber sagte er, er glaube, er werde wohl, wenn das gute Wetter anhalte, eine Tageswanderung unternehmeh. Er habe genug von Banks und von Carmichael. Er hätte gern ein wenig Einsamkeit. Ja, sagte sie. Es ärgerte ihn, daß sie nicht widersprach. Sie wußte, daß er es nie ausführen werde. Er war jetzt schon zu alt, um den ganzen Tag umherzuwandern, nur mit einem Stück Zwieback in der Tasche. Sie sorgte sich um die Buben, aber nicht um ihn. Vor Jahren, vor seiner Heirat, dachte er, über die Bucht hinblickend, während sie zwischen den zwei Beeten Fackellilien standen, war er oft den ganzen Tag marschiert. Brot und Käse in einer Schenke hatten ihm als Imbiß genügt. Er hatte oft zehn Stunden ununterbrochen gearbeitet; eine alte Frau hatte bloß dann und wann den

Kopf zur Tür hereingesteckt und nach dem Kaminfeuer gesehn. Das dort drüben war die Art von Landschaft, die ihm die liebste war; diese Sandhügel, die sich in die Dunkelheit verloren. Man konnte dort den ganzen Tag wandern, ohne einer Menschenseele zu begegnen. Es gab dort meilenweit kaum ein Haus, kein einziges Dorf. Bei solchem Alleinsein konnte man sich Dinge, die einen beschäftigten, zurechtlegen. Es gab dort kleine sandige Buchten, wo seit Urzeiten kein Mensch gewesen war; die Seehunde setzten sich auf und sahen einen an. Es schien ihm manchmal, daß er dort draußen in einem kleinen Häuschen, allein – er unterbrach sich seufzend. Er hatte kein Recht. Vater von acht Kindern – gemahnte er sich. Und er wäre ein Tier, ein undankbarer Köter, wenn er sich auch nur das Geringste anders wünschte. Andrew würde ein besserer Mensch werden, als er selbst war. Prue werde eine Schönheit werden, hatte ihre Mutter gesagt. Die beiden würden die Flut ein wenig eindämmen. Es war eine ganz hübsche Leistung, alles in allem, – seine acht Kinder. Die bewiesen, daß er das arme kleine Weltall nicht völlig verurteilte, denn an einem solchen Abend, dachte er, über das verdämmernde Land hinblickend, schien die kleine Insel rührend winzig zu sein, halb vom Meer verschluckt.

»Armes Fleckchen Erde«, murmelte er mit einem Seufzer.

Sie hörte ihn. Er sagte die schwermütigsten Dinge, aber sie hatte bemerkt, daß er, kaum daß sie ausgesprochen waren, immer viel besser aufgelegt zu sein schien. Dieses ganze Phrasenmachen war ein Spiel, dachte sie. Denn hätte sie selbst auch nur die Hälfte von dem gesagt, was er sagte, hätte sie sich wahrscheinlich schon längst eine Kugel durch den Kopf gejagt.

Es ärgerte sie, dieses Phrasenmachen, und sie sagte zu ihm, in einem ganz sachlichen Ton, was für ein absolut herrlicher Abend es sei. Und worüber stöhne er denn, fragte sie, halb lachend, halb sich beklagend, denn sie erriet, woran er dachte – daß er bessere Bücher geschrieben hätte, wenn er nicht verheiratet wäre.

Er beklage sich nicht, sagte er. Sie wisse, daß er sich nicht beklage. Sie wisse doch, daß er sich über nichts zu beklagen habe. Und er ergriff ihre Hand und hob sie an die Lippen und küßte sie ihr mit einer Innigkeit, die ihr die Tränen in die Augen trieb, und ließ sie dann geschwind los.

Sie wandten sich von der Aussicht ab und begannen, den Gartenweg, an dem die silbergrauen speerähnlichen Pflanzen wuchsen, Arm in Arm hinaufzugehn. Sein Arm war fast wie der eines jungen Mannes, dachte Mrs. Ramsay, schlank und hart, und sie dachte mit Entzücken, wie kräftig er noch war, und doch schon über sechzig, und wie ungezähmt und optimistisch, und wie seltsam es war, daß er, von allen möglichen Greueln überzeugt, davon nicht niedergedrückt sondern aufgeheitert zu sein schien. War das nicht wunderlich, überlegte sie. Er schien ihr tatsächlich jetzt manchmal von andern Menschen ganz verschieden zu sein. Von Geburt blind, taub und stumm gegenüber gewöhnlichen Dingen, aber für das Außerordentliche mit einem Adlerauge begabt. Sein Verständnis machte sie oft staunen. Aber gewahrte er die Blumen? Nein. Gewahrte er die Aussicht? Nein. Gewahrte er je die Schönheit seiner eigenen Tochter oder, ob er Reispudding auf seinem Teller vor sich hatte oder Roastbeef? Er saß wie ein Träumender mit ihnen zu Tisch. Und seine Gewohnheit, laut mit sich selbst zu reden oder sich Gedichte vorzusagen, wurde leider immer stärker; denn manchmal war es peinlich –

Schönste, Beste, komm hinweg!

– die arme Miss Giddings war, als er sie damit anschrie, vor Schreck fast umgefallen. Aber schließlich, dachte Mrs. Ramsay, sogleich seine Partei gegen alle dummen Misses Giddings der Welt ergreifend, schließlich, dachte sie und deutete durch einen kleinen Druck auf seinen Arm an, daß er für sie zu schnell bergauf gehe und sie einen Augenblick stehnbleiben müsse, um zu sehn, ob das frische Maulwurfshügel da auf der Böschung seien, schließlich, dachte sie und bückte sich, um genauer zu sehn, mußte ein großer Geist doch in jeder Hinsicht anders sein als der unsre. Alle großen Männer, die sie je gekannt hatte, dachte sie, zu dem Schluß gekommen, daß wohl ein Kaninchen in den Garten eingedrungen sein mußte, waren so, und es tat jungen Männern gut (obgleich für sie selbst die Luft in den Hörsälen etwas Dumpfiges und Niederdrückendes hatte, das sie kaum ertragen konnte), ihm einfach nur zuzuhören, ihn einfach nur anzusehn. Aber ohne sie abzuschießen, wie sollte man sie in Schach halten, die Kaninchen? Denn es war vielleicht ein Kaninchen gewesen; vielleicht aber ein Maulwurf. Irgendein Geschöpf jedenfalls ruinierte ihr ihre Nachtkerzen. Und aufblickend sah sie über dem dünnen Gezweig der Bäume das volle Pulsen des ersten Sterns und wollte ihren Mann darauf aufmerksam machen; denn der Anblick bereitete ihr eine so innige Freude. Aber sie hielt sich zurück. Er sah sich nie etwas an. Wenn er es tat, war alles, was er mit einem seiner kleinen Seufzer sagte: »Arme kleine Welt!«

In diesem Augenblick sagte er: »Sehr schön«, um ihr eine Freude zu machen, und tat, als bewunderte er die Blumen. Aber sie wußte sehr gut, daß er sie nicht bewunderte oder sich auch nur bewußt war, daß sie da waren. Er sagte es nur, um ihr eine Freude zu machen... Ah, aber war das nicht Lily Briscoe, die dort mit William Banks dahinschlenderte? Sie stellte ihre kurzsichtigen Augen auf die Rücken eines sich entfernenden Paars ein. Ja, wahrhaftig, sie waren es. Bedeutete das nicht, daß sie einander heiraten würden? Ja, das mußte es sein! Was für eine großartige Idee! Die beiden müßten einander heiraten!

13

Er sei in Amsterdam gewesen, erzählte Mr. Banks, während er mit Lily Briscoe über den Rasen schlenderte. Er habe die Rembrandts gesehn. Er sei in Madrid gewesen. Leider am Karfreitag, an dem der Prado geschlossen sei. Er sei in Rom gewesen. Sei Miss Briscoe nie in Rom gewesen? Oh, sie sollte – es würde ein wundervolles Erlebnis für sie sein – die Sixtinische Kapelle; Michelangelo; und Padua mit den Giottos. Seine Frau sei viele Jahre leidend gewesen, und darum habe sich sein Besichtigen von Sehenswürdigkeiten in bescheidenen Grenzen gehalten.

Sie sei in Brüssel gewesen; und in Paris, aber nur flüchtig, um eine kranke Tante zu besuchen. Sie sei in Dresden gewesen; dort gebe es eine Unmenge von Bildern, die sie nicht gesehn habe. Allerdings sei es vielleicht besser, keine Bilder zu besichtigen; sie machten einen nur hoffnungslos unzufrieden mit den eigenen Arbeiten. Mr. Banks meinte, man könne diese Ansicht zu weit treiben. Wir könnten nicht alle ein Tizian sein; und nicht alle ein Darwin, sagte er; dabei aber bezweifelte er, ob wir unsern Darwin, unsern Tizian haben könnten, wenn es nicht die unbedeutenden kleinen Leute so wie wir gäbe. Lily hätte ihm gern ein Kompliment gezollt; Sie sind nicht klein und unbedeutend, Mr. Banks, hätte sie gern gesagt. Aber er wollte keine Komplimente (die meisten Männer wollen welche, dachte sie), und sie schämte sich ein wenig ihres Antriebs und sagte nichts; indes er die Bemerkung machte, daß vielleicht, was er sage, nicht auf Bilder zutreffe. Jedenfalls, sagte Lily, ihren kleinen Antrieb zur Unaufrichtigkeit von sich schleudernd, werde sie immerzu weitermalen, weil es sie interessiere. Ja, sagte Mr. Banks, er sei sicher, das werde sie. Und als sie das Ende des Rasens erreichten, fragte er sie grade, ob sie Schwierigkeiten habe, in London geeignete Vorwürfe zu finden, da kehrten sie um und erblickten die Ramsays. Also das ist die Ehe, dachte Lily: ein Mann und eine Frau, die zusehn, wie ein Mädchen einen Ball wirft. Das ist es, was Mrs. Ramsay mir unlängst in der Nacht zu sagen versuchte, dachte sie. Denn Mrs. Ramsay trug einen grünen Schal und die beiden standen nahe beieinander und sahen zu, wie Prue und Jasper Fangball spielten. Und plötzlich kam diese Bedeutsamkeit, die sich aus gar keinem Grund, vielleicht wenn sie grade aus der Untergrundbahn aussteigen oder auf eine Türklingel drücken, auf Menschen herabsenkt und sie zu Symbolen, zu Vertretern ihrer Art werden läßt, über die beiden und machte sie, wie sie da in der Abenddämmerung standen und schauten, zu Symbolen der Ehe, Mann und Weib. Dann fiel nach einem Augenblick der symbolische Umriß, der über die wirklichen Gestalten hinausreichte, zu Boden, und sie wurden, als sie auf sie zutrat, wieder zu Mr. und Mrs. Ramsay, die den Kindern beim Fangballspiel zusahn. Aber für einen Augenblick noch, obgleich Mrs. Ramsay sie mit ihrem gewohnten Lächeln begrüßte (Ah, sie glaubt, wir werden einander heiraten! dachte Lily) und sagte: »Heute abend habe ich gesiegt«, womit sie meinte, daß für diesmal Mr. Banks eingewilligt hatte, mit ihnen zu Abend zu essen und nicht in sein Quartier wegzulaufen, wo sein Diener die Gemüse so kochte, wie es sich gehörte, – für einen Augenblick verweilte da noch immer das Gefühl, daß etwas aufgesprengt worden war, ein Gefühl von Weite, von Unbekümmertheit, als der Ball hoch in die Luft flog und alle ihm mit dem Blick folgten, ihn aus den Augen verloren und den einen Stern und die drapierten Äste gewahrten; in dem schwindenden Licht sahen sie alle scharf umrissen und ätherisch und wie durch große Entfernungen getrennt aus. Dann lief, rückwärtstrippelnd über die ungeheure Weite (denn es schien, daß alle Festigkeit aus den Dingen geschwunden war), Prue mitten zwischen sie hinein und fing den Ball äußerst geschickt hoch in der Luft mit der linken Hand, und ihre Mutter fragte: »Sind sie denn noch nicht zurückgekommen?«, und da brach der Zauberbann. Mr. Ramsay fühlte, daß er nun frei herauslachen könne über Hume, der in einem Sumpf steckengeblieben war, bis ihn ein altes Weib unter der Bedingung herauszog, daß er das Vaterunser bete, und glucksend vor sich hinlachend verzog er sich in sein Studierzimmer. Und Mrs. Ramsay fragte, Prue in den Bund des Familienlebens zurückholend, aus dem ihre Tochter entwischt war, um Fangball zu spielen:

»Ist Nancy mit ihnen gegangen?«

14

[Gewiß, Nancy war mit ihnen gegangen, weil Minta Doyle mit ihrem stummen Blick sie darum gebeten und die Hand nach ihr ausgestreckt hatte, als Nancy sich nach dem Mittagessen in ihre Dachkammer davonmachen wollte, um den Schrecken des Familienlebens zu entwischen. Sie würde wohl mitgehn müssen. Aber sie ging nur ungern. Sie wollte in das Ganze nicht hineingezogen werden. Denn als sie die Straße entlang und den Klippen zuschritten, ergriff Minta immer wieder ihre Hand. Dann ließ sie sie los. Dann ergriff sie sie abermals. Was wollte sie nur? fragte sich Nancy. Es gab natürlich immer etwas, das Leute von einem wollten; denn als Minta ihre Hand ergriff und festhielt, sah Nancy, mit Widerstreben, die ganze Welt zu ihren Füßen ausgebreitet, als wäre dies Konstantinopel, durch einen Nebel gesehn, und da mußte man, sosehr einem auch die Augen zufielen, unweigerlich fragen: »Ist das dort die Hagia Sophia?« »Ist dies das Goldene Horn?« So also fragte sich Nancy, als

Minta ihre Hand ergriff: »Ist es das, was sie will? Ist es das?« Und was war »das«? Dort und da ragten aus dem Nebel (als Nancy auf das zu ihren Füßen ausgebreitete Leben blickte) ein Spitztürmchen oder eine Kuppel auf; hervortretende Dinge ohne Namen. Aber wenn Minta ihre Hand losließ, wie sie das tat, als sie den Abhang hinunterliefen, sank es alles, die Kuppel, der Spitzturm, was immer es war, das aus dem Nebel hervorgeragt hatte, in ihn zurück und verschwand.

Minta, so gewahrte Andrew, war eine recht gute Fußgängerin. Sie trug vernünftigere Kleidung als die meisten Frauen. Sie trug meist sehr kurze Röcke oder schwarze Pumphosen. Sie war imstande, schnurstracks in einen Bach zu springen und sich irgendwie hinüberzutappen. Ihm gefiel ihre Unbesonnenheit, aber er sah, daß die nicht taugte, – Minta würde sich eines Tags auf irgendeine idiotische Weise ums Leben bringen. Sie schien sich vor nichts zu fürchten, außer Stieren. Beim bloßen Anblick eines Stiers auf einer Weide warf sie die Arme hoch und flüchtete schreiend, und das war natürlich grade das, was einen Stier in Wut brachte. Aber sie machte sich nicht das geringste daraus, es einzugestehn; das mußte man ihr lassen. Sie wisse, sie sei schrecklich feig, was Stiere betreffe, sagte sie. Sie müsse wohl einmal als Baby in ihrem Kinderwagen von einem Stier in die Luft geschleudert worden sein. Sie schien sich nichts daraus zu machen, was sie sagte oder tat. Plötzlich ließ sie sich nun auf den Klippenrand niederplumpsen und begann zu singen, etwas mit:

Häng dich auf! Oh, häng dich auf!

Alle mußten sie einstimmen, um den Kehrreim zu singen, und alle miteinander losbrüllen:

»*Häng dich auf! Oh, häng dich auf!*«,

aber es wäre zu schade, die Flut hereinkommen und alle guten Jagdgründe bedecken zu lassen, bevor sie auf den Strand hinuntergelangten.

»Zu schade!«, stimmte Paul ihm bei, sprang auf und zitierte, während sie alle schlitternd hinabstiegen, immer wieder aus dem Reiseführer Sätze wie: »Diese Inseln sind mit Recht berühmt für ihre parkähnlichen Ausblicke und die große Zahl und Mannigfaltigkeit ihrer maritimen Merkwürdigkeiten.« Aber es taugte ganz und gar nicht, dieses Geschrei und Häng-dich-auf, so fand Andrew, während er sich seinen Weg die Klippe hinunter suchte, es taugte nicht, ihm auf den Rücken zu schlagen und ihn »mein Alter« zu nennen und dergleichen mehr; es taugte ganz und gar nicht. Das war das Schlimmste daran, wenn man Weiber auf Wanderungen mitnahm! Auf dem Strand unten trennten sie sich; er ging weiter hinaus, zur »Papstnase«, nachdem er die Schuhe abgestreift, die Socken ausgezogen und hineingestopft hatte, und überließ die zwei sich selbst; Nancy watete zu ihrem besonderen Felsen und suchte ihre eigenen Tümpel ab, und auch sie überließ die zwei sich selbst. Sie kauerte sich ganz tief und betastete die glatten, gummiartigen See-Anemonen, die wie Klumpen von Gelee an den steinernen Seitenwänden klebten. Ihren Phantasien hingegeben, verwandelte sie den Tümpel in ein Meer und machte aus den Pfrillen Haie und Walfische und breitete riesige Wolken über diese kleine Welt, indem sie die Hand vor die Sonne hielt und so, wie Gott selbst, Finsternis und Verlassenheit über Millionen ahnungsloser, unschuldiger Geschöpfe brachte, und zog dann plötzlich ihre Hand zurück und ließ die Sonne wieder herabscheinen. Außerhalb, auf dem blassen, kreuz und quer geritzten Sand stelzte hochbeinig, befranst und bekraust ein phantastischer Leviathan (sie vergrößerte den Tümpel immer noch) und schlüpfte in eine der riesigen Klüfte des Berghangs. Und dann ließ sie ihre Augen unmerklich von dem Tümpel höher gleiten und auf der Wellenlinie zwischen Meer und Himmel verweilen, auf den Baumstämmen, die der Rauch aus Dampferschloten am Himmelsrand schwanken machte, und war bald von der gewaltigen Wassermasse, der wild hereinbrechenden und unvermeidlich wieder zurückweichenden, wie hypnotisiert, und die beiden Empfindungen, jener Riesenhaftigkeit und (der Tümpel war wieder zusammengeschrumpft) dieser Winzigkeit, die da in der blühte, gaben ihr das Gefühl, sich nicht rühren zu können, an Händen und Füßen gefesselt zu sein durch die Heftigkeit ihrer Empfindungen, die ihren Körper, ihr Leben und das Leben aller Menschen auf der Welt ewiglich zunichte werden ließ. So, den Wellen lauschend, über den Tümpel gekauert, gab sie sich ihren Phantasien hin.

Aber da rief Andrew ihr zu, die Flut komme herein, und darum sprang sie planschend durch die seichten Wellen ans Ufer und lief den Strand hinauf und wurde von ihrem eigenen Ungestüm und Drang nach rascher Bewegung bis ganz hinter einen großen Felsblock getragen, und da, o Himmel! hielten Paul und Minta einander in den Armen, küßten einander wahrscheinlich! Sie war ungehalten, sie war empört. Sie und Andrew zogen in tödlichem Schweigen Schuhe und Strümpfe an und sagten keine Silbe darüber. Dann aber sprachen sie tatsächlich ziemlich gereizt miteinander. Sie hätte ihn doch wohl rufen können, brummte Andrew, als sie den Taschenkrebs oder was immer es gewesen sei, sah. Immerhin, so fühlten sie, war es nicht ihrer beider Schuld. Sie hatten nicht gewollt, daß dieser abscheuliche Unfug geschehe. Dennoch verstörte es Andrew, daß Nancy ein weibliches Wesen, und Nancy, daß Andrew ein männliches war, und sie knüpften ihre Schuhbänder sehr sorgfältig und zogen die Schleifen sehr fest.

Erst als sie wieder ganz hinauf auf den Rand der Klippen geklettert waren, rief Minta aus, sie habe die Brosche ihrer Großmutter verloren – die Brosche ihrer Großmutter, das einzige Schmuckstück, das sie besitze, eine Trauerweide (sie müßten sich doch gewiß erinnern!) aus Perlen. Sie müßten sie doch gesehn haben, klagte sie, und dabei rannen ihr die Tränen über die Wangen, die Brosche, mit der die Großmutter bis zu ihrem letzten Lebenstag ihr Häubchen befestigte. Und nun habe sie die verloren. Sie hätte lieber irgend etwas sonst verloren! Sie wolle zurückgehn und sie suchen. Sie gingen alle zurück. Sie stocherten und stöberten und spähten. Sie hielten den Kopf tief gesenkt, und was sie sagten klang abgehackt und mürrisch. Paul Rayley suchte wie ein Verrückter überall um den Felsblock, bei dem er mit Minta gesessen hatte. All dieses Getue wegen einer Brosche taugte wirklich ganz und gar nicht, dachte Andrew, als Paul ihm sagte, er solle »einmal die Strecke zwischen diesem Punkt hier und dem dort gründlich absuchen«. Die Flut kam jetzt schnell herein. In einer Minute würde das Meer die Stelle bedecken, wo sie gesessen hatten. Es bestand nicht die leiseste Aussicht, die Brosche jetzt noch zu finden. »Wir werden abgeschnitten werden«, kreischte Minta, von plötzlichem Schrecken gepackt. Als ob wirklich diese Gefahr bestünde! Es war wiederum ganz dasselbe wie mit den Stieren – sie konnte ihre Gemütsbewegungen nicht beherrschen, dachte Andrew, ebensowenig wie andre Weiber. Dieser elende Paul mußte sie beruhigen. Die Männer (Andrew und Paul wurden sogleich männlicher und anders, als sie sonst waren) hielten eine kurze Beratung und beschlossen, Pauls Stock an der Stelle einzurammen, wo er mit Minta gesessen hatte, und bei Ebbe wieder herzukommen. Gegenwärtig ließ sich nichts weiter tun. Wenn die Brosche da sei, werde sie auch noch am Morgen da sein, beteuerten sie Minta, aber die schluchzte noch immer, den ganzen Weg zum oberen Rand der Klippen hinauf. Die Brosche ihrer Großmutter – sie würde lieber irgend etwas sonst verloren haben! Und doch hatte Nancy das Gefühl, es sei vielleicht wahr, daß sie sich so viel aus dem Verlust der Brosche mache, daß sie aber nicht nur deretwegen weine. Sie weine wegen etwas andern. Wir könnten uns alle hinsetzen und weinen, fühlte sie, aber sie wußte nicht, weswegen.

Allmählich überholten Paul und Minta die andern, und er tröstete sie und sagte ihr, was für ein berühmter Finder von Sachen er sei. Einmal, als kleiner Junge, habe er eine goldne Uhr gefunden. Er wolle bei Tagesanbruch aufstehn, und er sei ganz sicher, er werde die Brosche finden. Ihm schien, es würde noch fast ganz dunkel und er auf dem Strand allein sein und irgendwie würde es ziemlich gefährlich sein. Er begann ihr jedoch zu sagen, er werde die Brosche gewiß finden, und sie entgegnete, sie wolle nichts davon hören, daß er schon so zeitig aufstehn werde; verloren sei verloren; sie wisse das; sie habe eine Vorahnung gehabt, als sie sie nach dem Mittagessen anlegte. Und insgeheim beschloß er, ihr weiter nichts zu sagen, sondern beim Morgengrauen aus dem Haus zu schlüpfen, wenn alles noch schliefe, und wenn er sie nicht finden könnte, nach Edinburgh zu fahren und ihr eine andre zu kaufen, eine ganz ähnliche, aber noch schönere. Er würde beweisen, wozu er imstande sei. Und als sie oben, auf der Anhöhe, waren, sahen sie die Lichter des Städtchens zu ihren Füßen, die Lichter, die, eins nach dem andern plötzlich hervorkommend, Dinge zu sein schienen, die ihm bevorstanden – seine Heirat, seine Kinder, sein Haus; und dann wieder, als sie auf die Landstraße gelangten, die von hohem Gebüsch beschattet war, dachte er daran, wie sie sich miteinander in die Einsamkeit zurückziehn und immer weiter wandern würden, er immer sie führend und sie dicht an ihn geschmiegt (so wie jetzt). Als sie an der Straßenkreuzung abbogen, dachte er, was für ein erschreckliches Erlebnis er gehabt habe und, daß er es jemand sagen müsse – Mrs. Ramsay selbstverständlich, denn es benahm ihm den Atem, daran zu denken, was er sich unterfangen und getan hatte. Es war bei weitem der schlimmste Augenblick seines Lebens gewesen, als er Minta bat, ihn zu heiraten. Er wollte gradeswegs zu Mrs. Ramsay gehn, denn er fühlte irgendwie, daß sie diejenige war, die ihn dahin gebracht hatte, es zu tun. Sie hatte ihm den Gedanken eingegeben, er könne alles. Niemand sonst nahm ihn ernst. Sie aber gab ihm den Glauben, er könne alles, was er sich vornehme. Er hatte heute den ganzen Tag ihre Augen auf sich gespürt, wie die (obgleich sie nie auch nur ein Wort davon ausgesprochen hatte), ihm folgten, als sagte sie: »Ja, du kannst es. Ich glaube an dich. Ich erwarte es von dir.« Sie hatte bewirkt, daß er es alles fühlte, und sobald sie zurück wären (er suchte die Lichter des Hauses oberhalb der Bucht), wollte er sogleich zu ihr gehn und sagen: »Ich hab's getan, Mrs. Ramsay. Ihnen verdanke ich's, daß ich's getan habe.« Und so in die Zufahrt einbiegend, die zum Haus führte, konnte er Lichter hinter den oberen Fenstern sich hin und her bewegen sehn. Sie mußten sich also schrecklich verspätet haben. Im Haus machten sich alle schon fürs Abendessen zurecht. Alle Fenster waren erleuchtet, und nach der Dunkelheit bewirkten die Lichter, daß seine Augen sich voll fühlten, und er sagte sich kindisch, als er den Zufahrtsweg hinaufging: »Lichter, Lichter, Lichter«, und wiederholte auf eine halb betäubte Art: »Lichter, Lichter, Lichter«, als sie ins Haus traten, und blickte mit ganz starrem Gesicht um sich. »Aber, gütiger Himmel«, sagte er sich, mit der Hand an seinen Schlips fassend, »ich darf keinen Narren aus mir machen!«]

15

»Ja«, sagte Prue, auf ihre bedächtige Art die Frage ihrer Mutter beantwortend, »ich glaube, Nancy ist mit ihnen gegangen.«

16

Na, dann war Nancy also mitgegangen, vermutete Mrs. Ramsay, und fragte sich, als sie die Bürste hinlegte und einen Kamm ergriff und »Herein!« sagte auf ein Klopfen an der Tür (und Jasper und Rose eintraten), ob die Tatsache, daß Nancy mitgegangen war, es wahrscheinlicher oder weniger wahrscheinlich mache, daß etwas geschehn war; es machte es irgendwie weniger wahrscheinlich, so empfand Mrs. Ramsay aus gar keinem vernünftigen Grund, nur, daß schließlich ein Massensterben von solchen Ausmaßen nicht gut anzunehmen war. Sie konnten nicht alle miteinander ertrunken sein. Und abermals fühlte sie sich allein angesichts ihres alten Gegners, des Lebens.

Jasper und Rose sagten, Mildred wolle wissen, ob sie mit dem Abendessen noch warten solle.

»Nicht einmal für die Königin von England«, sagte Mrs. Ramsay mit Nachdruck.

»Nicht einmal für die Kaiserin von Mexiko«, fügte sie, Jasper anlachend, hinzu; denn er teilte mit seiner Mutter deren Laster: auch er übertrieb.

Und wenn Rose wolle, sagte sie, könne sie, während Jasper die Botschaft überbringe, die Schmuckstücke für sie wählen, die sie tragen solle. Wenn fünfzehn Personen sich zum Abendessen setzen würden, konnte man nicht ewig zuwarten. Sie begann sich nun über die vier zu ärgern, weil sie sich so verspäteten; es war rücksichtslos von ihnen und ärgerte sie obendrein zu all ihrer Besorgtheit um sie, daß sie sich grade diesen Abend dazu aussuchten, sich zu verspäten, an dem sie doch wünschte, das Abendessen solle besonders gut sein, da William Banks endlich eingewilligt hatte, mit ihnen zu essen; und es gäbe Mildreds Meisterstück – *Bœuf en daube*. Alles hing davon ab, daß es genau in dem Augenblick aufgetragen würde, wo es fertig wäre. Der Rinderbraten, die Lorbeerblätter und der Wein – alles genau zur rechten Zeit. Es dann stehnzulassen, kam gar nicht in Frage. Aber natürlich, ausgerechnet heute abend mußten sie aus sein und spät zurückkommen. Und alles müßte wieder hinausgesandt werden und alles müßte warmgehalten werden; das *Bœuf en daube* würde sicherlich völlig verdorben sein.

Jasper hielt ihr eine Halskette aus Opalen hin; Rose eine goldene. Welche höbe sich besser ab von ihrem schwarzen Kleid? Wirklich, welche? fragte sich Mrs. Ramsay geistesabwesend, während sie in den Spiegel auf ihren Hals und ihre Schultern blickte, aber ihr Gesicht mied. Und dann, während die Kinder weiter in ihren Sachen kramten, sah sie durchs Fenster etwas, das ihr immer Spaß machte, – die Krähen, wie sie sich zu entscheiden versuchten, auf welchen Baum sie sich niederlassen sollten. Jedesmal schienen sie es sich anders zu überlegen und flogen wiederum auf, weil, so dachte sie, die alte Krähe, die Vaterkrähe, der alte Joseph, das war ihr Name für sie, ein sehr heikler und schwierig veranlagter Vogel war. Er war ein unreputierlicher alter Geselle, dem die Hälfte der Schwungfedern fehlte. Er glich einem herabgekommenen alten Herrn im Zylinder, den sie einmal vor einem Wirtshaus das Klappenhorn hatte spielen sehn.

»Schaut nur!« sagte sie lachend. Die zwei rauften tatsächlich. Joseph und Maria rauften miteinander. Jedenfalls flogen sie alle wieder auf, und die Luft wurde von ihren schwarzen

Flügeln beiseitegedrängt und in herrliche Krummsäbelformen zerschnitten. Dieses Flügelschlagen, auswärts, auswärts, auswärts – sie konnte es nie so gut beschreiben, daß die Beschreibung ihr Freude machte, – war für sie eine der allerschönsten Bewegungen. »Schau dir das an!« sagte sie zu Rose und hoffte, Rose werde es deutlicher sehn, als sie selbst es vermochte. Denn Kinder trieben die Wahrnehmungen, die man hatte, oft ein kleines Stück vorwärts.

Aber welchen Schmuck sollte sie tragen? Die beiden hatten jetzt alle Fächer ihrer Schmuckkassette herausgezogen. Die goldene Halskette, die aus Italien stammte, oder die mit den Opalen, die Onkel James ihr aus Indien mitgebracht hatte? Oder lieber ihre Amethyste?

»Wählt doch, meine Lieben, wählt!« sagte sie und hoffte, sie würden sich beeilen.

Sie ließ ihnen jedoch Zeit, eine Wahl zu treffen; sie ließ besonders Rose erst das eine Stück, dann das andre ergreifen und die Juwelen an das schwarze Kleid halten, denn diese kleine Zeremonie des Schmuckwählens, die sich jeden Abend abspielte, hatte Rose, wie sie wußte, am liebsten. Rose hatte irgendeinen geheimen Grund, diesem Auswählen dessen, was ihre Mutter tragen sollte, große Wichtigkeit beizulegen. Welchen wohl? fragte sich Mrs. Ramsay, während sie stillstand, damit Rose die Schließe des Halsbands, das sie gewählt hatte, einschnappen lassen könne, und sie erriet aus ihrer eigenen Vergangenheit ein tiefes, ein verschüttetes, ein ganz unaussprechliches Gefühl, das man in Roses Alter für seine Mutter hegte. Wie alle Gefühle, die einem selbst galten, dachte Mrs. Ramsay, machte es einen traurig. Was man als Gegengabe geben konnte, war so unzulänglich; und was Rose für sie fühlte, stand so ganz außer Verhältnis zu allem, was sie tatsächlich war. Und Rose würde erwachsen werden; würde, mit solchen tiefen Gefühlen, viel zu leiden haben, vermutete sie. Und sie sagte, jetzt sei sie fertig und sie würden nun hinuntergehn und Jasper, als der Herr, solle ihr den Arm reichen und Rose, als die Dame, solle ihr das Taschentuch tragen (sie gab ihr das Taschentuch), und was noch? O ja, es könnte kühl werden: einen Schal. »Wähl mir einen Schal aus!« sagte sie zu Rose, denn das würde sie freuen, die dereinst einmal so viel leiden müßte. »Da«, sagte sie, am Fenster des Treppenabsatzes stehnbleibend, »da sind sie wieder.« Joseph hatte sich auf eine andre Baumkrone niedergelassen. »Glaubst du, sie machen sich nichts daraus?« sagte sie zu Jasper. »Wenn ihnen die Flügel gebrochen werden?« Warum wolle er auf den armen alten Joseph und Maria schießen? Er trat auf der Treppenstufe ein wenig hin und her und fühlte sich getadelt, aber nicht ernstlich, denn sie konnte natürlich nicht verstehn, daß es einem Spaß machte, auf Vögel zu schießen; auch nicht, daß die nichts fühlten; und da sie seine Mutter war, lebte sie fern in einem andern Teil der Welt. Doch er hatte ihre Geschichten von Maria und Joseph recht gern. Sie brachte ihn mit ihnen zum Lachen. Aber woher wisse sie, daß die dort Maria und Joseph seien? Glaube sie, dieselben Vögel kämen jeden Abend zu denselben Bäumen zurück? fragte er. Da aber hörte sie, wie alle Erwachsenen, plötzlich auf, ihm auch nur die geringste Aufmerksamkeit zu schenken. Sie horchte auf Geräusche in der Halle.

»Sie sind zurück!« rief sie aus und empfand sogleich mehr Ärger als Erleichterung. Dann fragte sie sich, ob es wohl so weit gekommen sei? Sie wollte hinuntergehn, und die zwei würden es ihr erzählen – aber nein, sie könnten ihr gar nichts erzählen, wenn die andern dabeiwären. Also müßte sie hinuntergehn und das Abendessen auftragen lassen und warten. Und wie eine Königin, die ihre Untertanen in der Halle versammelt findet, auf sie hinunterschaut und dann hinabsteigt unter sie und schweigend für den Tribut von Verehrung, den sie ihr zollen, dankt und ihre kniefällige Ergebenheit entgegennimmt (Paul verzog keinen Muskel, sondern blickte geradeaus vor sich hin, als sie vorbeikam), stieg sie hinab und ging durch die Halle und neigte den Kopf ein ganz klein wenig, als nähme sie in Empfang, was sie nicht aussprechen konnten: den Tribut für ihre Schönheit.

Aber sie blieb stehn. Ein brenzliger Geruch lag in der Luft. Hatten die in der Küche am Ende das *Bœuf en daube* anbrennen lassen? fragte sie sich und schickte ein Stoßgebet zum Himmel, da verkündete das Dröhnen des Gongs feierlich, gebieterisch, daß sie alle, die in Dachkammern und in Schlafzimmern verstreut waren, jedes auf seinem besonderen Plätzchen, und lasen, schrieben, sich noch einmal das Haar glätteten oder Kleider zuhakten, dies alles sein lassen müßten, und auch alle die Dinge auf ihren Waschtischen und Ankleidetischen und die Romane auf den Nachtkästchen und die Tagebücher, die so geheimen, und sich nun im Eßzimmer zum Dinner versammeln sollten.

17

Doch was habe ich aus meinem Leben gemacht? dachte Mrs. Ramsay, während sie ihren Platz am obern Ende des Tisches einnahm und auf alle die weißen Kreise der Teller blickte. »William, setzen Sie sich neben mich«, sagte sie. »Lily«, sagte sie mit müder Stimme, »du sitzt dort.« Die zwei – Paul Rayley und Minta Doyle – hatten jenes andre, sie nur dies: einen unendlich langen Tisch und darauf Teller und Messer und Gabeln. Am andern Ende setzte sich ihr Mann, sank in sich zusammen, runzelte die Stirn. Worüber? Sie wußte es nicht. Es war ihr gleichgültig. Sie konnte nicht begreifen, wie sie je irgendein Gefühl der Zuneigung für ihn hatte hegen können. Während sie Suppe auszuteilen begann, hatte sie die Empfindung, über alles hinaus, mit allem fertig, aus allem heraus zu sein, als wäre da ein Stromwirbel und man könnte darin sein oder außerhalb, und sie wäre außerhalb. Es ist alles zu Ende, dachte sie, während sie einer nach dem andern eintraten, Charles Tansley – »Setzen Sie sich dorthin, bitte«, sagte sie – und Augustus Carmichael, und sich setzten. Und unterdessen wartete sie teilnahmslos, daß jemand ihr darauf antworte; daß etwas geschehe. Aber das ist nicht etwas, dachte sie, den Suppenschöpfer handhabend, das man ausspricht.

Die Augenbrauen hochziehend über dieses Auseinanderklaffen – dessen, was sie dachte, dessen, was sie tat, – und Suppe in Teller schöpfend, hatte sie immer mehr ein Gefühl, als wäre sie außerhalb des kleinen Wirbels; oder als wäre ein Schatten darauf gefallen und sie sähe alle Dinge, ihrer Farbe beraubt, nun erst, wie sie wirklich waren. Das Zimmer (sie blickte umher) war sehr schäbig. Nirgends war Schönheit. Sie unterließ es, Mr. Tansley anzusehn. Nichts schien verschmolzen zu sein. Alle saßen sie gesondert da. Und die ganze Mühe, es zu verschmelzen und in Fluß zu bringen und etwas zu erschaffen, ruhte auf ihr. Wieder empfand sie, als eine Tatsache, ohne sie übelzunehmen, wie unschöpferisch die Männer waren; denn wenn sie selbst es nicht täte, täte es niemand. Und so begann denn, indem sie sich ein wenig schüttelte, wie man eine stehngebliebene Uhr schüttelt, der alte, wohlbekannte Puls wieder zu schlagen, wie die Uhr zu ticken beginnt – eins, zwei, eins, zwei, eins, zwei – und so weiter und so weiter, wiederholte sie, während sie ihm lauschte und den noch immer schwachen hütete und hegte, wie man ein schwaches Flämmchen im Kamin mit einer Zeitung schützt. Und somit gut, dachte sie abschließend, und sich ein wenig zu William Banks hinneigend, wandte sie sich ihm wieder zu – dem armen! der weder eine Frau noch

Kinder hatte und allein in einem gemieteten Zimmer zu Abend aß, ausgenommen heute; und aus Mitleid mit ihm, und da das Leben nun stark genug war, sie wieder weiterzutragen, begann sie es alles von neuem, wie ein Seemann nicht ohne Überdruß den Wind sein Segel füllen sieht und doch nicht wieder in Fahrt kommen möchte und sich ausmalt, wie er, wäre das Schiff gesunken, rundum und rundum gewirbelt worden und endlich auf dem Meeresgrund zur Ruhe gelangt wäre.

»Haben Sie Ihre Post gefunden? Ich habe sie Ihnen auf den Hallentisch legen lassen«, sagte sie zu William Banks.

Lily Briscoe beobachtete sie, wie sie in dieses befremdliche Niemandsland hineintrieb, wohin man einem Menschen nicht folgen kann, und doch verursacht sein Weggehn denen, die ihm nachsehn, ein solches Erschauern, daß sie immer versuchen, ihm wenigstens mit den Augen zu folgen wie einem entschwindenden Schiff, bis die Segel unter den Himmelsrand gesunken sind.

Wie alt sie aussieht, wie abgespannt, dachte Lily, und wie weit weg. Aber als sie sich dann lächelnd William Banks zuwandte, war es, als hätte das Schiff gewendet und das Sonnenlicht wäre wieder auf die Segel gefallen, und Lily dachte, mit einiger Belustigung, weil sie sich erleichtert fühlte, warum bemitleidet sie ihn? Denn das war der Eindruck, den Mrs. Ramsay ihr machte, als sie ihm sagte, seine Post liege in der Halle. Armer William Banks, schien sie zu sagen, als käme ihre Erschöpfung zum Teil daher, Leute zu bemitleiden, und als wäre das Leben in ihr, ihr Entschluß, wieder aufzuleben, von Mitleid geweckt worden. Aber das ist nicht wahr, dachte Lily; es ist eins ihrer Fehlurteile, die instinktiv zu sein und ihrem eigenen Bedürfnis und nicht dem andrer Menschen zu entspringen scheinen. Er ist nicht im geringsten bedauernswert. Er hat seine Arbeit, dachte Lily. Sie erinnerte sich, ganz plötzlich, als hätte sie einen Schatz gefunden, daß auch sie ihre Arbeit hatte. Blitzartig sah sie ihr Bild vor sich und dachte: Ja, ich werde den Baum weiter in die Mitte rücken; um diesen ungeschickten freien Raum zu vermeiden. Das ist's, was ich tun werde. Das ist's, was mich so ratlos gemacht hat. Sie ergriff das Salzfaß und stellte es auf ein Zweiglein im Damastmuster des Tischtuchs, damit es sie erinnere, den Baum zu verschieben.

»Es ist verwunderlich, daß man kaum je irgend etwas Besitzenswertes mit der Post bekommt. Und doch will man immer seine Briefe bekommen«, sagte Mr. Banks.

Was für verdammten Blödsinn sie redeten, dachte Charles Tansley und legte den Löffel genau auf die Mitte seines Tellers, den er leergegessen hatte, als wäre er, dachte Lily (er saß ihr gegenüber, mit dem Rücken zum Fenster, genau in der Mitte der Aussicht), entschlossen, sich seiner Mahlzeiten zu vergewissern. Alles an ihm hatte diese hagere Festigkeit, diese kahle Unschönheit. Dennoch war es unleugbar, daß es fast unmöglich war, jemand nicht zu mögen, wenn man ihn ansah. Ihr gefielen seine Augen; sie lagen tief in den Höhlen und waren sehr blau und einschüchternd.

»Schreiben Sie viele Briefe, Mr. Tansley?« fragte Mrs. Ramsay, nun auch ihn bemitleidend, vermutete Lily; denn es war schon so – Mrs. Ramsay bemitleidete Männer immer, als mangelte ihnen etwas, – Frauen nie, als besäßen die etwas. Er schreibe seiner Mutter; abgesehn davon schreibe er vermutlich höchstens einen Brief im Monat, antwortete Mr. Tansley kurz.

Denn er hatte nicht die Absicht, die Art von Quatsch zu reden, die er nach dem Willen dieser Leute reden sollte. Er würde sich die gnädige Herablassung dieser Weiber nicht gefallen lassen. Er hatte auf seinem Zimmer gelesen, und nun war er hier heruntergekommen, und es erschien ihm alles albern, oberflächlich, nichtig. Warum kleideten sie sich um? Er war in seinem gewöhnlichen Anzug; er besaß keine Abendkleidung. »Man bekommt nie etwas Besitzenswertes mit der Post« – das war so das Zeug, das sie immer redeten. Sie brachten Männer dahin, solches Zeug zu reden. Ja, es war hübsch genau wahr, dachte er, sie bekamen nie etwas Besitzenswertes, von einem Ende des Jahres zum andern. Sie taten nichts als reden, reden, reden, essen, essen, essen. Die Weiber waren schuld daran. Die Weiber machten alle Zivilisiertheit unmöglich – mit all ihrem »Charme« und ihrer Albernheit!

»Morgen wird nichts aus der Fahrt zum Leuchtturm, Mrs. Ramsay«, sagte er, um sich zur Geltung zu bringen. Sie gefiel ihm; er bewunderte sie; er mußte noch immer daran denken, wie der Mann in der Gossenrinne zu ihr aufgeblickt hatte; aber er empfand es als notwendig, sich zur Geltung zu bringen.

Wirklich, dachte Lily Briscoe, trotz seinen Augen – aber man brauchte sich nur seine Nase anzusehn, seine Hände – war er der wenigst charmante Mensch, dem sie je begegnet war. Warum kümmerte sie sich dann darum, was er sagte? Frauen können nicht schreiben, Frauen können nicht malen – was wollte das besagen aus seinem Mund, da es doch ganz deutlich war, daß er es nicht meinte, es ihm aber aus irgendeinem Grund half und er es deshalb sagte? Warum beugte sich ihr ganzes Wesen wie Weizen unterm Wind und richtete sich nach dieser Erniedrigung nur mit großer und recht mühevoller Anstrengung auf? Sie mußte die abermals machen. Da war dieses Zweiglein im Tischtuchmuster; da war ihr Bild; sie mußte den Baum in die Mitte rücken; darauf kam es an – auf nichts sonst. Konnte sie nicht daran festhalten, fragte sie sich, und ihre Selbstbeherrschung bewahren und nicht streiten; und wenn sie ein wenig Rache haben wollte, sich die verschaffen, indem sie ihn auslachte?

»Ach, Mr. Tansley«, sagte sie, »nehmen Sie mich doch zum Leuchtturm mit. Das möchte ich so gern.«

Sie sprach nicht aufrichtig, das konnte er sehn. Sie sagte, was sie nicht meinte, um ihn aus irgendeinem Grund zu ärgern. Sie machte sich über ihn lustig. Er trug seine alte Flanellhose. Er hatte keine andre. Er fühlte sich sehr ungehobelt und abgeschnitten und einsam. Er wußte, daß sie ihn aus irgendeinem Grund zu necken versuchte; sie wollte gar nicht mit ihm zum Leuchtturm; sie verachtete ihn; das tat auch Prue Ramsay; das taten sie alle. Aber er würde keinen Narren aus sich machen lassen – von Weibern; also wandte er sich absichtsvoll auf seinem Sessel um und blickte durchs Fenster hinaus und sagte ihr, alles mit einem Ruck und sehr grob, das Meer werde morgen für sie viel zu bewegt sein. Sie würde seekrank werden.

Es ärgerte ihn, daß sie ihn dahin gebracht hatte, so zu reden, wenn Mrs. Ramsay zuhörte. Wenn er nur allein in seinem Zimmer sein und arbeiten könnte, dachte er, und nur von seinen Büchern umgeben! Da fühlte er sich unbefangen. Und er hatte nie auch nur für einen Penny Schulden gemacht; er hatte seinen Vater keinen Penny gekostet seit seinem fünfzehnten Lebensjahr; er hatte daheim mit seinen Ersparnissen ausgeholfen; er sorgte für die Erziehung seiner Schwester. Dennoch, er wollte, er hätte Miss Briscoe zu antworten gewußt, wie es sich gehörte; er wollte, es wäre nicht alles so mit einem Ruck herausgekommen. »Sie würden seekrank werden.« Er wollte, es fiele ihm etwas ein, was er zu Mrs. Ramsay sagen könnte, etwas, das ihr zeigen würde, daß er nicht bloß ein fader Tugendbold sei. Dafür hielten sie ihn alle. Er wandte sich zu ihr. Aber Mrs. Ramsay sprach mit William Banks über Leute, von denen er nie gehört hatte.

»Ja, nehmen Sie sie weg«, sagte sie kurz und ihr Gespräch mit Mr. Banks unterbrechend zu dem Mädchen. »Es muß vor fünfzehn – nein, zwanzig Jahren – gewesen sein, daß ich sie zuletzt sah«, sagte sie, sich ihm wieder zuwendend, als dürfte sie keinen Augenblick dieses Gesprächs versäumen, weil sie so völlig darin aufging. Also er habe tatsächlich heute abend von ihr Nachricht gehabt? Und wohne Carrie noch in Marlow und sei alles noch wie immer? Oh, sie könne sich erinnern, als wäre es gestern gewesen, – an eine Bootfahrt auf dem Fluß und, wie sie dabei gefroren habe. Aber wenn die Mannings sich etwas vornähmen, dann führten sie es auch aus. Nie werde sie vergessen, wie Herbert eine Wespe mit einem Teelöffel erschlagen habe! Und es ging noch immer so weiter, dachte Mrs. Ramsay und glitt wie ein Geist zwischen den Tischen und Sesseln jenes Wohnzimmers am Ufer der Themse hindurch, auf der sie vor zwanzig Jahren so fürchterlich gefroren hatte; jetzt aber bewegte sie sich dort wie ein Geist; und es fesselte sie, als hätte, während sie sich verändert hatte, jener bestimmte Tag, der nun sehr still und schön geworden war, alle diese Jahre dort verharrt. Habe Carrie selbst ihm geschrieben?

»Ja. Sie schreibt, sie bauen ein Billardzimmer an«, antwortete er. Nein! Nein! Das gebe es doch nicht! Ein Billardzimmer anbauen! Das scheine ihr ganz unmöglich.

Mr. Banks konnte nichts Verwunderliches daran sehn. Es gehe ihnen jetzt sehr gut. Solle er Carrie von ihr grüßen?

»Oh«, sagte Mrs. Ramsay mit einem kleinen Aufschrecken. »Nein«, fügte sie hinzu nach der Überlegung, daß sie ja diese Carrie, die ein Billardzimmer anbauen ließ, nicht kannte. Aber wie seltsam, wiederholte sie zu Mr. Banks' Belustigung, daß dort alles noch immer den alten Gang gehe. Denn es sei doch außerordentlich, wenn man sich's vorstelle, sie seien imstande gewesen, alle diese Jahre so weiterzuleben, indes sie selbst kaum mehr als einmal an sie gedacht habe während all der Zeit. Wie ereignisreich ihr eigenes Leben während dieser selben Jahre gewesen sei! Aber vielleicht habe Carrie Manning auch nicht an sie gedacht; ein befremdlicher und unangenehmer Gedanke.

»Menschen geraten bald auseinander«, sagte Mr. Banks, empfand jedoch einige Befriedigung, da er bedachte, daß er schließlich beide kannte, die Mannings *und* die Ramsays. *Er* war mit niemand auseinandergeraten, dachte er, legte den Löffel hin und wischte sich fein säuberlich die glattrasierten Lippen. Aber vielleicht war er recht ungewöhnlich darin, dachte er; er fuhr sich nie in einem einzigen Geleise fest; er besaß Freunde in allen möglichen Kreisen... Mrs. Ramsay hatte das Gespräch unterbrechen müssen, um dem Mädchen etwas übers Warmhalten von Speisen zu sagen. Das war einer der Gründe, daß er es vorzog, allein zu Abend zu essen: diese vielen Unterbrechungen gingen ihm auf die Nerven. Nun ja, dachte William Banks, ein Benehmen von außerordentlicher Höflichkeit wahrend und sich nur gestattend, die Finger der Linken auf dem Tischtuch zu spreizen, wie ein Mechaniker ein wunderschön poliertes und gebrauchsfertiges Werkzeug in einer Arbeitspause prüfend betrachtet, das waren eben die Opfer, die Freunde von einem verlangten. Es hätte Mrs. Ramsay verletzt, wenn er es ihr abgeschlagen hätte, zu kommen. Aber für ihn lohnte es sich nicht. Seine Hand betrachtend dachte er, daß er nun schon mit dem Dinner fertig wäre, wenn er allein gegessen hätte; er wäre wieder frei gewesen zu arbeiten. Ja, dachte er, es ist eine schreckliche Zeitvergeudung. Von den Kindern kamen immer noch welche nach Hause, und: »Ich wollte, eins von euch würde hinauflaufen in Rogers Zimmer«, sagte Mrs. Ramsay. Wie nichtig das alles war, wie langweilig, dachte er, verglichen mit jenem andern – der Arbeit. Hier saß er, trommelte mit den Fingern auf das Tischtuch, wenn er doch – er überschaute mit einem schnellen Blick seine Arbeit. Was für eine Zeitvergeudung das alles da sicherlich war! Und doch, dachte er, gehört sie zu meinen ältesten Freunden. Ich bin ihr schon fast völlig ergeben. Und doch bedeutete ihm in diesem Augenblick ihre Gegenwart überhaupt nichts: ihre Schönheit bedeutete ihm nichts; wie sie mit ihrem kleinen Buben in der Tür saß – nichts, nichts. Er wünschte nur, allein zu sein und an seinem Buch weiterzuarbeiten. Er fühlte sich unbehaglich; er kam sich wie ein Verräter vor, weil er hier neben ihr saß und nichts für sie zu empfinden vermochte. Die Wahrheit war, daß er keine Freude am Familienleben hatte. Und in einem solchen Gemütszustand fragte man sich, wozu man lebe. Warum, so fragte man sich, alle diese Mühe, damit das Menschengeschlecht fortdauere? Ist das so wünschenswert? Sind wir als Spezies anziehend? Nicht sehr, dachte er, auf diese recht schlampigen Knaben blickend. (Sein Liebling Cam war wohl schon im Bett.) Törichte Fragen, müßige Fragen, Fragen, die man niemals stellte, wenn man beschäftigt war. Ist das Menschenleben dies? Ist das Menschenleben das? Man hatte nie Zeit, darüber nachzudenken. Aber hier stellte er sich nun diese Art von Fragen, weil Mrs. Ramsay Dienstboten Aufträge gab, und auch, weil ihm bei dem Gedanken, wie überrascht Mrs. Ramsay gewesen sei, daß Carrie Manning noch existierte, plötzlich aufgegangen war, daß Freundschaften, sogar die allerbesten, etwas sehr Gebrechliches seien. Man geriet auseinander. Er machte sich abermals Vorwürfe. Hier saß er nun neben Mrs. Ramsay und hatte ihr nicht das geringste zu sagen.

»Entschuldigen Sie, bitte!« sagte Mrs. Ramsay, sich ihm endlich wieder zuwendend. Er kam sich steif und brach vor, wie ein Paar Schuhe, durchnäßter und dann trocken gewordener, in das man kaum die Füße hineinzwängen konnte. Und doch mußte er seine Füße hineinzwängen. Er müßte sich zum Reden zwingen. Wenn er nicht sehr vorsichtig wäre, käme sie ihm auf seinen Verrat: daß ihm rein gar nichts an ihr lag; und das wäre durchaus nicht angenehm, dachte er. Und darum neigte er höflich den Kopf zu ihr hin.

»Wie zuwider es Ihnen sein muß, in diesem Bärenzwinger zu essen«, sagte sie und machte, wie stets, wenn sie zerstreut war, Gebrauch von ihren Gesellschaftsmanieren. So schlägt, wenn bei einer Versammlung ein Sprachenkampf entsteht, der Vorsitzende, um Einigkeit zu erzielen, vor, jedermann solle französisch sprechen. Es mag schlechtes Französisch sein; das Französische enthält vielleicht nicht die Wörter, die die Gedanken des Sprechers ausdrücken; dennoch auferlegt französisch zu sprechen eine gewisse Ordnung, eine gewisse Gleichförmigkeit. Ihr in derselben Sprache erwidernd sagte Mr. Banks: »O nein, ganz und gar nicht«, und Mr. Tansley, der diese Sprache nicht beherrschte, auch nicht, wenn sie so, nur mit einsilbigen Worten, gesprochen wurde, argwöhnte sogleich ihre Unaufrichtigkeit. Sie redeten Unsinn, die Ramsays, dachte er; und er stürzte sich mit Wonne auf dieses neue Beispiel und machte sich im Geist eine Anmerkung, die er eines Tags ein paar Freunden vorlesen würde. Ihnen, Leuten, zu denen man frei heraus sprechen konnte, würde er sarkastisch beschreiben, was es heiße, »bei den Ramsays auf Besuch zu weilen«, und, was für Unsinn sie redeten. Es sei der Mühe wert, das einmal erlebt zu haben, würde er sagen. Aber nie wieder. Die Weiber ödeten einen so an, würde er sagen. Natürlich habe sich Ramsay eingetunkt, indem er eine schöne Frau heiratete und acht Kinder in die Welt setzte. So ungefähr würde sich seine Schilderung gestalten, aber jetzt, in diesem Augenblick, wo er, einen leeren Sessel neben sich, hier festsaß, hatte sich gar nichts gestaltet. Es war alles in Fetzchen und Bruchstücken. Er fühlte sich außerordentlich, sogar körperlich unbehaglich. Er wünschte, jemand gäbe ihm eine Gelegenheit, sich zur Geltung zu bringen. Er wünschte das so dringend, daß er auf seinem Sessel hin und her rutschte, erst die eine, dann eine andre Person ansah, sich in ihre Gespräche einzumischen versuchte, schon den Mund öffnete und ihn dann wieder schloß. Sie sprachen von der Fischerei als Wirtschaftszweig. Warum fragte niemand ihn um seine Meinung? Was wußten sie schon von der Berufsfischerei?

Lily Briscoe erkannte das alles. Ihm gegenüber sitzend konnte sie da nicht wie auf einer Röntgenaufnahme sehn, daß bei diesem jungen Mann Rippen und Schenkelknochen seines Wunsches, Eindruck zu machen, dunkel inmitten seines Fleisches lagen – dieses dünnen Schleiers, den Konvention über sein brennendes Verlangen gezogen hatte, sich an dem Gespräch zu beteiligen? Aber, dachte sie, ihre Chinesenaugen zusammenkneifend und sich erinnernd, wie er Frauen verhöhnt hatte, »sie können nicht malen, sie können nicht schreiben«, warum sollte sie ihm dazu helfen, sich zu entspannen?

Es gab einen Kodex des Benehmens, das wußte sie, dessen (vielleicht) siebenter Paragraph besagte, daß es bei einer Gelegenheit wie dieser einer Frau, womit immer sie grade beschäftigt sein mochte, gezieme, dem ihr gegenüber sitzenden jungen Mann zu Hilfe zu kommen, damit er die Schenkelknochen, die Rippen seiner Eitelkeit, seines Geltungsdrangs bloßlegen und von dem Druck erleichtern könne; wie es auch wahrhaftig die Pflicht solcher junger Männer ist, überlegte sie in ihrem altjüngferlichen Gerechtigkeitsgefühl, uns zu helfen, wenn etwa in einem Wagen der Untergrundbahn Feuer ausbräche. Da würde ich sicherlich von Mr. Tansley erwarten, daß er mich heraushole. Aber wie wäre es, dachte sie weiter, wenn keins von uns dergleichen täte? Und so saß sie da und lächelte bloß.

»Du hast doch nicht etwa die Absicht, zum Leuchtturm mitzufahren, nicht wahr, Lily?« sagte Mrs. Ramsay. »Denk an den armen Mr. Langley! Er ist ein Dutzendmal um die ganze Welt gereist, aber er erzählte mir, er habe nie so gelitten wie damals, als mein Mann ihn dahin mitnahm. Vertragen Sie Seereisen gut, Mr. Tansley?« fragte sie.

Mr. Tansley erhob einen Hammer, schwang ihn hoch in die Luft; aber da er, als der Hammer sich schon senkte, einsah, daß er diesen Schmetterling nicht gut mit einem solchen Werkzeug erschlagen könne, antwortete er nur, daß er nie im Leben seekrank gewesen sei. Doch in diesem einen Satz lag, zusammengepreßt wie Schießpulver, daß sein Großvater Fischer gewesen war; daß sein Vater Drogist war; daß er selbst sich ganz allein heraufgearbeitet hatte; daß er stolz darauf war; daß er Charles Tansley war – eine Tatsache, die niemand hier zu begreifen schien, aber eines Tags jeder und jede einzelne von ihnen wissen würde. Er starrte finster und verdrossen vor sich hin. Er vermochte sie fast zu bemitleiden, diese milden, kultivierten Leute, die eines Tags wie Wollballen und Äpfelfässer in die Luft gesprengt werden würden durch das Schießpulver, das in ihm war.

»Wollen *Sie* mich mitnehmen, Mr. Tansley?« fragte Lily schnell, freundlich, denn natürlich, wenn Mrs. Ramsay zu ihr sagte, was sie ihr ja so gut wie gesagt hatte: »Ich ertrinke, meine Liebe, in einem Meer von Feuer. Wenn du nicht der Qual dieser Stunde irgendeinen Balsam auflegst und etwas Nettes zu diesem jungen Mann da sagst, wird das Leben an den Felsen stranden – tatsächlich höre ich in diesem Augenblick schon das Knirschen und das Knacken. Meine Nerven sind so gespannt wie Violinsaiten. Noch eine Berührung und sie werden reißen« – wenn Mrs. Ramsay das alles sagte, wie der Ausdruck ihrer Augen es sagte, dann mußte natürlich Lily Briscoe zum hundertfünfzigsten Mal auf das Experiment – was geschähe, wenn man nicht nett zu diesem jungen Mann wäre, – verzichten und nett sein.

Den Umschwung in ihr – daß sie nun freundlich gegen ihn gestimmt war - richtig beurteilend, fühlte er sich von seiner Ichsucht befreit und erzählte ihr, wie er als ganz kleines Kind aus einem Boot geworfen zu werden pflegte; wie sein Vater ihn immer mit einem Bootshaken herausfischte; so habe er schwimmen gelernt. Einer seiner Onkel sei Leuchtturmwärter auf einem Felsen vor der schottischen Küste gewesen, erzählte er. Er sei einmal während eines Sturms dort bei ihm gewesen. Das wurde laut in eine Gesprächspause hinein gesagt. Sie mußten ihm alle zuhören, als er sagte, er sei während eines Sturms bei seinem Onkel in einem Leuchtturm gewesen. Ah, dachte Lily Briscoe, als das Gespräch diese günstige Wendung nahm, und spürte dabei Mrs. Ramsays Dankbarkeit (denn der war es nun für einen Augenblick möglich, selber zu reden), ah, dachte sie, aber was habe ich nicht dafür bezahlen müssen, das für dich zu erreichen? Sie war unaufrichtig gewesen!

Sie hatte den üblichen Trick ausgeführt – sie war nett zu ihm gewesen. Sie würde ihn nie kennenlernen. Er würde sie nie kennenlernen. Alle menschlichen Beziehungen waren so, dachte sie, und am schlimmsten (wenn die zwischen ihr und Mr. Banks nicht bestanden hätte) waren die zwischen Männern und Frauen. Unvermeidlich waren die äußerst unaufrichtig. Dann traf ihr Blick das Salzfaß, das sie hingestellt hatte, damit es sie gemahne, und sie erinnerte sich, daß sie morgen vormittag den Baum weiter gegen die Mitte zu rücken wollte, und ihre Stimmung hob sich so bei dem Gedanken an ihr morgiges Malen, daß sie laut herauslachte über das, was Mr. Tansley sagte. Mochte er die ganze Nacht reden, wenn es ihm gefiel!

»Aber wie lange läßt man Leute in einem Leuchtturm?« fragte sie. Er sagte es ihr. Er wußte erstaunlich gut Bescheid. Und weil er ihr dankbar war und weil er sie nun gut leiden mochte und weil er sich gut zu unterhalten begann, konnte sie nun, dachte Mrs. Ramsay, in jenes Traumland zurückkehren, an jenen unwirklichen aber fesselnden Ort, in den Salon der Mannings in Marlow vor zwanzig Jahren; worin man sich ohne Hast oder Ängstlichkeit umherbewegte, denn es gab keine Zukunft, um die man sich sorgen mußte. Sie wußte, was die dort erlebt hatten, und, was sie selbst erlebt hatte. Es war, als läse man ein gutes Buch zum zweitenmal, denn sie kannte das Ende dieser Geschichte, da sie sich vor zwanzig Jahren ereignet hatte, und das Leben, das sogar von diesem Eßzimmertisch in Kaskaden herabschoß, der Himmel mochte wissen, wohin, war dort versiegelt und lag wie ein See still und friedlich zwischen seinen Ufern. Er hatte erzählt, sie hätten dort ein Billardzimmer angebaut, – war es möglich? Würde William weiter von den Mannings erzählen? Sie wünschte, er täte es. Aber nein – aus irgendeinem Grund war er nicht mehr in der Stimmung dazu. Sie machte einen Versuch. Er sprach nicht darauf an. Sie konnte ihn nicht zwingen. Sie war enttäuscht.

»Die Kinder benehmen sich schändlich«, sagte sie seufzend. Er sagte etwas davon, daß Pünktlichkeit eine der kleineren Tugenden sei, die wir erst später im Leben erwerben.

»Wenn überhaupt«, sagte Mrs. Ramsay, bloß als Fülle, und dachte dabei, wie altjüngferlich William werde. Seiner Untreue gegen sie bewußt, ihres Wunsches bewußt, von etwas Intimerem zu sprechen, aber gegenwärtig nicht in der Stimmung dazu, fühlte er die Unannehmlichkeit des Lebens über sich kommen, wie er so hier saß und wartete. Vielleicht sprachen die andern von etwas Interessantem? Wovon sprachen sie?

Daß dieses Jahr der Fischfang schlecht sei; daß die Männer auswanderten. Sie sprachen von Löhnen und Arbeitslosigkeit. Der junge Mann schimpfte auf die Regierung. William Banks, der dachte, was für eine Erlösung es sei, sich an so etwas zu halten, wenn das Privatleben unangenehm wurde, hörte ihn etwas von »einer der skandalösesten Handlungen der gegenwärtigen Regierung« sagen. Lily hörte zu; Mrs. Ramsay hörte zu; alle hörten sie zu. Aber schon gelangweilt, empfand Lily, daß etwas fehlte; Mr. Banks empfand, daß etwas fehlte. Ihren Schal um sich ziehend, empfand auch Mrs. Ramsay, daß etwas fehlte. Sie alle, während sie sich vorneigten, um zuzuhören, dachten: »Gebe der Himmel, daß meine innersten Gedanken nicht aufgedeckt werden!« Denn jedes von ihnen dachte: »Die andern fühlen das wirklich. Sie sind empört und ungehalten über die Regierung wegen der Fischer. Wogegen ich gar nichts fühle.« Aber vielleicht, dachte Mr. Banks, während er Mr. Tansley ansah, war der da der kommende Mann. Man wartete immer auf den. Es gab immer eine Möglichkeit. Jeden Augenblick mochte der Führer erscheinen, der Mann von Genie; in der Politik wie in allem andern. Wahrscheinlich wird er uns alten Krachern äußerst unangenehm werden, dachte Mr. Banks und bemühte sich, Zugeständnisse zu machen, denn er erkannte an einer merkwürdigen körperlichen Empfindung, als sträubten sich ihm die Nerven im Rückgrat, daß er eifersüchtig war, teils seinetwegen, teils, wahrscheinlicher, seiner Arbeit wegen, seines Standpunkts, seiner Wissenschaft wegen; und daher war er nicht ganz vorurteilslos oder überhaupt fair, denn Mr. Tansley schien zu sagen: Ihr alle habt euer Leben vergeudet. Ihr alle habt unrecht. Arme alte Kracher, ihr seid hoffnungslos hinter der Zeit zurückgeblieben! Er schien seiner Sache sehr sicher zu sein, dieser junge Mann, und er hatte schlechte Manieren, aber Mr. Banks hielt sich vor, daß er Mut besaß; Fähigkeiten besaß; außerordentlich gut in den Tatsachen bewandert war. Wahrscheinlich, dachte Mr. Banks, als Tansley auf die Regierung schimpfte, ist ziemlich viel an dem, was er da vorbringt.

»Aber sagen Sie mir doch...« begann er. So gerieten sie in ein Für und Wider über Politik, und Lily blickte auf das Zweiglein im Tischtuch; und Mrs. Ramsay überließ den Meinungsstreit ganz den zwei Männern und fragte sich, warum dieses Gespräch sie so langweile, und wünschte, auf ihren Mann am andern Ende des Tisches blickend, er möge etwas sagen. Nur ein einziges Wort. Ein Wort von ihm würde den ganzen Unterschied machen. Er drang zum Kern der Dinge vor. Ihm lag wirklich etwas an Fischern und ihren Löhnen. Der Gedanke an sie ließ ihn nicht schlafen. Es war etwas ganz und gar andres, wenn *er* über etwas sprach; da dachte man sich nicht: Hoffentlich merkt ihr nicht, wie wenig ich mir daraus mache; denn man machte sich etwas daraus. Und dann, als sie begriff, sie warte deshalb darauf, daß er spreche, weil sie ihn sosehr bewunderte, war ihr, als hätte ihr jemand etwas Lobendes über ihren Mann und ihre Ehe gesagt, und sie fühlte sich ganz durchglüht, ohne zu erkennen, daß sie selbst es gewesen war, die ihn gelobt hatte. Sie sah ihn an, weil sie dachte, sie werde das in seinem Gesicht ausgedrückt finden; er werde prächtig aussehn... Aber nicht im geringsten! Er hatte das Gesicht verzogen, er blickte finster und stirnrunzelnd drein, die Wangen von Ärger angeflammt. Warum nur? verwunderte sie sich. Was war denn los? Nur daß der arme alte Augustus um noch einen Teller Suppe ersucht hatte, das war alles. Es war unerhört, es war unausstehlich, so signalisierte er ihr über den Tisch her, daß Augustus ganz von neuem mit seiner Suppe beginne. Er haßte es, wenn jemand weiteraß, sobald er selbst fertig war. Sie sah, wie ihm der Ärger gleich einer Hundemeute in die Augen jagte, in die Stirn jagte, und sie wußte, daß im nächsten Augenblick eine heftige Explosion erfolgen werde, und dann – aber, Gott sei Dank! sie sah ihn sich fassen und eine Bremse ans Rad drücken, und sein ganzer Körper schien

Funken von sich zu geben, aber keine Worte. Er saß finster dreinblickend da. Er habe kein Wort darüber verloren, das, wollte er, solle sie vermerken. Das solle sie ihm zugutehalten. Aber weshalb sollte schließlich der arme Augustus nicht einen zweiten Teller Suppe verlangen? Er hatte doch nur Ellen am Arm berührt und gesagt:

»Ellen, bitte, noch einen Teller Suppe!« Und deswegen sah ihr Mann so finster drein.

Und warum nicht? wollte Mrs. Ramsay wissen; sie konnten doch gewiß Augustus seine Suppe haben lassen, wenn er Lust darauf hatte. Er hasse es, wenn Leute im Essen schwelgten, das gab Mr. Ramsay ihr durch sein Stirnrunzeln zu verstehn. Er hasse alles, was sich so durch Stunden hinziehe, aber er habe sich beherrscht, so abstoßend der Anblick auch sei; das, wollte Mr. Ramsay, solle sie vermerken. Aber warum es so deutlich zeigen? wollte Mrs. Ramsay wissen (sie sahen einander über den langen Tisch hinweg an, sandten einander diese Fragen und Antworten zu und wußten jedes genau, was das andre empfand). Jedermann konnte es sehn, dachte Mrs. Ramsay. Dort saß Rose und blickte auf ihren Vater, und da saß Roger und blickte auf seinen Vater; beide würden sie im nächsten Augenblick in ein Gelächter ausbrechen, das wußte sie, und darum sagte sie sogleich und wahrhaftig nicht zu früh:

»Zündet die Kerzen an!«, und sie sprangen augenblicklich auf und gingen zur Anrichte und hantierten dort herum.

Warum konnte er nie seine Gefühle verbergen? fragte sich Mrs. Ramsay, und auch, ob Augustus Carmichael es bemerkt hatte. Vielleicht hatte er es bemerkt; vielleicht nicht. Sie konnte nicht anders, als Achtung zu hegen vor der Gelassenheit, mit der er dasaß und seine Suppe löffelte. Wenn er Suppe wollte, verlangte er sie. Ob die Leute über ihn lachten oder sich erzürnten, er blieb der gleiche. Er hatte sie nicht sehr gern, das wußte sie; aber zum Teil aus ebendiesem Grund achtete sie ihn. Und während sie ihn so ansah, wie er seine Suppe löffelte, sehr massig und monumental in dem schwindenden Licht und gelassen und nachdenklich, fragte sie sich, was er denn also empfinde und wieso er immer zufrieden und würdevoll sei; und sie dachte daran, wie sehr er Andrew zugetan war und ihn oft in sein Zimmer rief und, so sagte Andrew, »ihm Sachen zeigte«. Und da lag er nun den ganzen Tag lang auf dem Rasen und brütete vermutlich über seinen Dichtungen, bis er einen an eine Katze gemahnte, die Vögel belauert, und wenn er dann ein Wort gefunden hatte, schlug er die Pfoten zusammen, und ihr Mann sagte: »Der arme alte Augustus – er ist ein echter Dichter«, was von ihrem Mann hohes Lob war.

Nun wurden acht Kerzen den Tisch entlang gestellt, und erst sich duckend, richteten sich ihre Flammen dann auf und zogen den ganzen langen Tisch mit in Sicht, und in seiner Mitte eine gelb und dunkelrote Schüssel mit Obst. Was hatte Rose nur mit der gemacht? verwunderte sich Mrs. Ramsay, denn der Aufbau der Trauben und Birnen und Bananen in der hornigen, rosa gefütterten Muschel ließ sie an eine vom Meeresgrund heraufgeholte Trophäe denken, an Neptuns Festmahl, an das Traubenbüschel samt dem Weinlaub, das (auf manchen Bildern) Bacchus über die Schulter hängt, zwischen den Pardelfellen und den hüpfenden Lichtern der rotgoldenen Fackeln ... Auf diese Weise plötzlich ins Helle heraufgeholt, schien die Schüssel große Ausdehnung und Tiefe zu besitzen, war wie eine Welt, in der man seinen Stock nehmen und Berge erklimmen konnte, dachte sie, und in Täler niedersteigen; und zu ihrer Freude (denn es brachte sie beide für den Augenblick in Sympathie) sah sie Augustus seine Augen an derselben Obstschüssel weiden, sich hineinstürzen, hier an einer Blüte, da an einer Rispe naschen und nach dem

Schmaus in seinen Korb zurückkehren. Das war seine Art zu sehn; eine andre als die ihre. Aber gemeinsam zu sehn vereinte sie.

Nun waren alle Kerzen angezündet, und die Gesichter zu beiden Seiten des Tisches wurden durch ihr Licht nähergebracht und, was sie vorher in dem Zwielicht nicht gewesen waren, zu einer Gesellschaft um den Tisch herum komponiert, denn die Nacht war jetzt durch Glasscheiben ausgeschlossen, die, weit davon, einen genauen Anblick der Außenwelt zu bieten, ihn so seltsam wellten, daß hier innen im Zimmer Ordnung und Festland zu sein schien; dort außen aber eine Spiegelung, in der alle Dinge wässerig schwankten und schwanden.

Sogleich durchlief eine Veränderung sie alle, als wäre es wirklich so und sie wären sich alle bewußt, miteinander eine Gesellschaft in einer Mulde auf einer Insel zu bilden; gemeinsame Sache gegen diese Verflüssigung dort draußen zu machen. Mrs. Ramsay, die unruhig gewesen und darauf gewartet hatte, daß Paul und Minta endlich hereinkämen, und sich unfähig gefühlt hatte, sich mit irgend etwas zu befassen, fühlte nun, wie ihre Unruhe sich in Erwartung verwandelte. Denn nun mußten sie doch bald kommen. Und Lily Briscoe verglich diese plötzliche Aufheiterung, bei dem Versuch, ihren Grund zu finden, mit dem Augenblick auf dem Tennisplatz, als alle Festigkeit plötzlich schwand und so ungeheure Weiten zwischen ihnen lagen; und nun wurde dieselbe Wirkung erzielt durch die vielen Kerzen in dem spärlich möblierten Zimmer und die vorhanglosen Fenster und die Helligkeit, das Maskenhafte bei Kerzenlicht erblickter Gesichter. Irgendeine Last war von ihnen genommen; alles mögliche mochte geschehn, so fühlte sie. Sie mußten nun kommen, dachte Mrs. Ramsay, zur Tür hinsehend, und in diesem Augenblick kamen Minta Doyle, Paul Rayley und ein Dienstmädchen, das eine große Schüssel trug, hintereinander herein. Sie hätten sich schrecklich verspätet; sie hätten sich ganz fürchterlich verspätet, sagte Minta, während sie und Paul sich jedes an ein andres Ende des Tisches begaben.

»Ich hab' meine Brosche verloren – die Brosche meiner Großmutter«, sagte Minta in einem jammernden Ton und mit einem Feuchtwerden ihrer großen braunen Augen, senkte den Blick und hob ihn wieder, als sie sich neben Mr. Ramsay setzte, was seine Galanterie weckte, und er begann sie zu necken.

Warum sei sie denn so ein törichtes Ding gewesen, fragte er sie, juwelengeschmückt in den Klippen herumzuklettern?

Sie war anfangs nah daran gewesen, sich vor ihm zu fürchten, – er war so schrecklich gescheit, und am ersten Abend, als sie neben ihm saß und er von George Eliot sprach, hatte sie sich wirklich vor ihm gefürchtet, denn sie hatte einmal den dritten Band von *Middlemarch* im Zug vergessen und nie erfahren, wie es ausging; später aber hatte sie sich glänzend mit ihm vertragen und sich noch unwissender gestellt, als sie war, denn er sagte ihr gern, sie sei eine Närrin. Und daher fürchtete sie sich heute abend, als er sie sogleich auslachte, nicht mehr vor ihm. Überdies spürte sie, schon, als sie das Zimmer betrat, daß das Wunder geschehn war; sie trug ihren goldenen Glorienschein. Manchmal hatte sie ihn; manchmal nicht. Warum er sich zeigte oder warum er verschwand, oder ob sie ihn hatte, das wußte sie nie, bevor sie nicht in ein Zimmer eintrat, und dann erkannte sie es augenblicklich an der Art, wie irgendeiner der Männer sie ansah. Ja, heute abend hatte sie ihn, einen ganz gewaltigen; sie erkannte das daran, wie Mr. Ramsay ihr sagte, sie solle doch keine Närrin sein. Sie saß neben ihm und lächelte.

Es muß sich also ereignet haben, dachte Mrs. Ramsay; sie haben sich verlobt. Und einen Augenblick lang verspürte sie, was noch einmal zu fühlen sie nie erwartet hatte, – Eifersucht. Denn er, ihr Mann, merkte es auch – wie Minta heute abend glühte; er hatte solche junge Mädchen gern, solche mit goldrotem Haar, die etwas Flatterhaftes, etwas ein wenig Wildes und Sausewindiges hatten; die sich nicht »die Haare abschoren« und nicht, wie er von der armen Lily Briscoe sagte, »dürftig« waren. Es war das ein gewisses Etwas, das sie selbst nicht besaß, etwas Schimmerndes, etwas Üppiges, das ihn anzog, belustigte, ihn dahin brachte, Mädchen wie Minta zu seinen besonderen Lieblingen zu machen. Sie durften ihm die Haare schneiden, ihm Uhrketten aus den ihren flechten oder ihn bei der Arbeit unterbrechen, ihm zurufen (sie konnte sie hören): »Kommen Sie doch, Mr. Ramsay, jetzt ist's an uns, die andern zu schlagen!«, und schon kam er heraus, um Tennis zu spielen.

Aber tatsächlich war sie gar nicht eifersüchtig; nur dann und wann, wenn sie sich überwand, in den Spiegel zu sehn, empfand sie ein wenig Groll, daß sie, vielleicht, vorzeitig gealtert war, durch ihre eigene Schuld. (Die Rechnung für das Glashaus und alles dergleichen.) Sie war diesen Mädchen dankbar dafür, daß sie ihn auslachten (»Wieviele Pfeifen haben Sie denn heute wieder geraucht, Mr. Ramsay?« und so weiter), bis er ein junger Mann zu sein schien; ein für Frauen sehr anziehender, nicht gebeugt von der Last seiner Mühen und dem Kummer der Welt und seinem Ruhm oder seinem Versagen, sondern wieder so, wie sie ihn kennengelernt hatte; hager aber hochgemut; als er ihr aus einem Boot geholfen hatte, so erinnerte sie sich; mit einer gewinnenden Art gleich dieser jetzt (sie blickte zu ihm hin: er sah erstaunlich jung aus, wie er Minta so neckte). Ihr selbst jedoch – »Stellen Sie's hierher!« sagte sie, dem Schweizermädchen helfend, die riesige braunglasierte Terrine mit dem *Bœuf en daube* behutsam vor sie hinzustellen, – ihr waren ihre Dummriane lieber. Paul müsse sich neben sie setzen, sie habe ihm diesen Platz aufgespart. Wirklich, manchmal glaubte sie, Dummriane waren ihr am liebsten. Sie belästigten einen nicht mit ihren Doktorarbeiten. Wieviel ihnen doch entging, diesen superklugen Männern! Was für vertrocknete Gesellen aus ihnen wurden! Ganz gewiß, dachte sie, als er sich setzte, Paul hatte etwas ungemein Charmantes. Seine Manieren entzückten sie, und seine scharfgeschnittene Nase und seine leuchtend blauen Augen. Und er war so rücksichtsvoll. Würde er ihr erzählen – nun, da alle wieder im Gespräch waren, – was vorgefallen war?

»Wir sind zurückgegangen, um Mintas Brosche zu suchen«, sagte er, sich neben sie setzend. »Wir« – das genügte. Sie erkannte an der Anstrengung, am Ansteigen seiner Stimme, um über das schwere Wort hinüberzukommen: es war das erstemal, daß er »wir« sagte. »Wir« taten dies, »wir« taten das; sie werden das ihr ganzes Leben lang sagen, dachte sie. Und ein köstlicher Geruch von Oliven und Öl und Saft stieg aus der großen braunen Terrine auf, als Marthe fast schwungvoll den Deckel abhob. Und sie müßte sehr behutsam, dachte Mrs. Ramsay, in die weiche Masse hinabtauchen und darauf achten, ein besonders zartes Stück für William Banks herauszufischen. Sie guckte in die Schüssel mit den schimmernden Wänden und dem Durcheinander von würzigen braunen und gelben Fleischstücken, und den Lorbeerblättern und dem Wein und dachte: Dies wird den Anlaß feiern – wobei das wunderliche Gefühl in ihr erwachte, ein zugleich koboldhaftes und zärtliches, ein Fest zu feiern; als wären zweierlei Gemütsbewegungen in ihr hervorgerufen worden, eine tiefe – denn was konnte ernster sein als die Liebe eines Mannes zu einer Frau, was zwingender, eindrucksvoller, da sie den Keim des Todes in sich trug; gleichzeitig aber mußte dieses Liebespaar, mußten diese zwei Menschen, die da glänzenden Auges in eine Illusion eintraten, mit Geneck umtanzt, mit Girlanden geschmückt werden.

»Ein Triumph der Kochkunst«, sagte Mr. Banks und legte einen Augenblick sein Messer hin. Er hatte mit Aufmerksamkeit von dem Gericht gegessen. Es war üppig, es war zart. Es war tadellos zubereitet. Wie bringe sie so etwas nur zustande, meilenweit weg von allem? fragte er. Sie war eine wundervolle Frau. Seine ganze Liebe, seine ganze Verehrung kehrten zurück; und sie erkannte das.

»Nach einem französischen Rezept meiner Großmutter«, antwortete Mrs. Ramsay, und in ihrer Stimme schwang ein Ton großer Freude mit. Selbstverständlich sei es ein französisches. Was in England für Kochkunst gelte, sei ein Graus (stimmten sie überein). Es bestehe darin, Kohlköpfe in siedendes Wasser zu werfen; Fleisch zu braten, bis es wie Leder sei; die köstlichen Häute von Gemüsen abzuschälen. »In welchen«, sagte Mr. Banks, »alle vegetabilischen Kräfte enthalten sind.« »Und diese Vergeudung!« sagte Mrs. Ramsay. Eine ganze französische Familie könne davon leben, was eine englische wegwerfe. Angespornt von ihrer Empfindung, daß Williams Zuneigung sich ihr wieder zugewendet hatte, alles wieder in Ordnung, die Spannung zwischen ihnen vorbei war und es ihr nun wieder freistand, zugleich zu triumphieren und zu spotten, lachte sie, gestikulierte sie, bis Lily dachte, wie kindisch, wie absurd von ihr, hier zu sitzen, in all ihrer wiedererschlossenen Schönheit, und von Gemüsehäuten zu reden! Es war etwas Furchteinflößendes an ihr. Sie war unwiderstehlich. Immer erreichte sie zuletzt, was sie wollte, dachte Lily. Und nun hatte sie dies zuwege gebracht – Paul und Minta, so durfte man wohl annehmen, hatten sich verlobt; Mr. Banks aß hier bei ihr zu Abend. Sie warf einen Zauber über sie alle, nur indem sie etwas wünschte, ganz einfach, ganz unumwegig wünschte. Und Lily verglich diese Überfülle mit ihrer eigenen seelischen Armut und vermutete (denn Mrs. Ramsays Gesicht leuchtete förmlich, und ohne jung zu sein, hatte sie etwas Strahlendes), es sei zum Teil der Glaube an dieses Seltsame, dieses Furchteinflößende, der Paul Rayley, den Mittelpunkt des Ganzen, durch und durch erbeben ließ und doch entrückte und völlig versonnen und schweigsam machte. Mrs. Ramsay, das empfand Lily, erhob es, während sie von Gemüsehäuten sprach, zu etwas Besonderem, betete es an; hielt die Hände darüber, um sie zu wärmen, um es zu beschirmen, und lachte doch, nachdem sie das Ganze zuwege gebracht hatte, irgendwie darüber und führte ihre Opfer, so empfand es Lily, zum Altar. Es überkam nun auch sie selbst – dieses Gemütsbewegende, dieses Erschütternde der Liebe. Wie unansehnlich sie sich vorkam hier neben Paul! Er so glühend, brennend; sie so abgerückt, satirisch; er auf Abenteuer ausfahrend; sie am Ufer vertäut; er vom Stapel gelassen, unbesonnen; sie einsam, ausgesperrt. Und bereit, einen Anteil an seinem Unheil, wenn es eins wäre, zu erflehen, fragte sie schüchtern:

»Wo hat Minta ihre Brosche verloren?«

Er lächelte das köstlichste Lächeln, ein von Erinnerungen verschleiertes, von Träumen getöntes. Er schüttelte den Kopf.

»Auf dem Strand«, sagte er. »Aber ich werde sie finden. Ich werde morgen frühzeitig aufstehn.« Da dies vor Minta geheimgehalten werden sollte, senkte er dabei die Stimme und wandte seine Augen dahin, wo sie saß und lachend mit Mr. Ramsay scherzte.

Lily hätte gern heftig und überschwenglich ihren Wunsch beteuert, ihm zu helfen, und sah sich im Geist schon bei Morgengrauen auf dem Strand als diejenige, die auf die von einem Stein halb verborgene Brosche losstürzen und so selber mit zu den Seefahrern und Abenteurern gehören würde. Was aber war seine Antwort auf ihr Anerbieten? Sie sagte tatsächlich mit einer Gemütsbewegung, die sie nur selten merkbar werden ließ: »Darf ich mit Ihnen kommen?«; und er lachte. Er meinte ja oder nein – beides vielleicht. Aber nicht, was er meinte, sondern das wunderliche kehlige Lachen, das er ausstieß, das war, als hätte er gesagt: Stürz dich über den Klippenrand, wenn du willst, mir ist's gleich! Er strahlte ihre Wange mit der Glut der Liebe, ihrer Schrecken, ihrer Grausamkeit, ihrer Bedenkenlosigkeit an. Die versengte sie, und wenn sie sah, wie charmant Minta am andern Ende des Tisches zu Mr. Ramsay war, zuckte sie um ihretwillen, die solchen Raubtierfängen ausgesetzt wäre, zusammen und dankte ihrem Schicksal. Denn jedenfalls, sagte sie sich, das Salzfaß auf dem Tischtuchmuster wiedererblickend, brauchte sie selbst nicht zu heiraten. Gott sei Dank, sie brauchte sich dieser Erniedrigung nicht zu unterziehn! Ihr bliebe diese Verwässerung erspart. Sie würde also den Baum ziemlich weit gegen die Mitte rücken.

Ja, so vielfältig zusammengesetzt war alles. Denn was ihr oft widerfuhr, besonders hier bei den Ramsays, war, daß sich ihr gleichzeitig zwei gegensätzliche Empfindungen aufs heftigste aufdrängten: das ist, was *du* fühlst, war die eine; das ist, was *ich* fühle, die andre. Und dann bekämpften die beiden einander, so wie jetzt, in ihrem Gemüt. Sie ist so schön, so erregend, diese Liebe, daß ich bei ihrem Anblick erbebe und mich, ganz gegen meine Gewohnheit, erbötig mache, eine Brosche auf dem Strand suchen zu gehn; und sie ist auch die stumpfsinnigste, die barbarischste aller menschlichen Leidenschaften und verwandelt einen netten jungen Mann mit einem Profil wie eine Gemme (Paul hatte wirklich ein erlesenes Profil) in einen Rohling mit einem Brecheisen (er stolzierte, er war unverschämt) aus dem Eastend. Und doch, sagte sie sich, sind seit Anbeginn aller Zeiten Oden an die Liebe gesungen worden; Kränze und Rosen vor ihr niedergelegt worden; und von zehn Menschen würden, wenn man sie früge, neun antworten, sie wünschten sich nichts als dies; wogegen die Frauen, nach ihrer eigenen Erfahrung zu urteilen, die ganze Zeit fühlen würden, dies sei nicht, was sie sich wünschten; es gebe nichts Öderes, Kindischeres, Unmenschlicheres als die Liebe; und doch sei sie auch schön und notwendig. Also? Also? fragte sie, als erwartete sie gewissermaßen, die andern würden diese Diskussion fortsetzen; wie man bei einer solchen seinen eigenen kleinen Bolzen abschießt, der unverkennbar zu kurz geht, und es den andern überläßt, sie weiterzuführen. Darum hörte sie wieder zu, was die andern sagten, ob die nicht vielleicht doch ein wenig Licht in diese Frage der Liebe brächten.

»Und dann«, sagte Mr. Banks, »gibt's diese Flüssigkeit, die die Engländer Kaffee nennen.«

»Oh, Kaffee!« bestätigte Mrs. Ramsay. Aber es sei viel mehr (sie war nun gründlich angestachelt, das konnte Lily sehn, und sprach mit großem Nachdruck) eine Frage echter Butter und reiner Milch. Mit Wärme und Beredsamkeit beschrieb sie die Schmach des englischen Molkereiwesens und auch, in was für einem Zustand Milch vor die Haustüren geliefert werde, und wollte grade ihre Anschuldigungen beweisen, denn sie habe sich eingehend mit der Sache befaßt, als rings um den Tisch, bei Andrew in der Mitte beginnend, wie ein Feuer von einem Ginsterbusch zum anderen springt, ihre Kinder lachten; ihr Mann lachte. Sie wurde ausgelacht und, so von Feuer umzingelt, gezwungen, ihren Helmbusch abzunehmen, ihre Batterien abzubauen und nur zurückzuschlagen, indem sie die Neckereien und das Gespött hier um den Tisch Mr. Banks als ein Beispiel dafür vor Augen führte, was man erdulden müsse, wenn man die Vorurteile des britischen Publikums angreife.

Mit Bedacht jedoch, denn es bedrückte sie, daß sich niemand um Lily, die ihr, was Mr. Tansley betraf, geholfen hatte, kümmerte, nahm sie sie von den übrigen aus, sagte: »Lily jedenfalls ist meiner Meinung«, und zog die ein wenig Aufgescheuchte, ein wenig Aufgeregte (denn die dachte soeben über die Liebe nach) ins Gespräch. Sie waren beide nicht mit dabei, hatte Mrs. Ramsay gedacht, weder Lily noch Charles Tansley. Beide litten sie unter der Glut der andern zwei. Er, das war klar, empfand sich als völlig draußen in der Kälte stehngelassen; keine Frau hätte einen Blick für ihn übrig, wenn Paul Rayley im Zimmer wäre. Armer Kerl! Immerhin, er hatte seine Doktorarbeit: den Einfluß irgend jemands auf irgendwas; er konnte für sich selbst sorgen. Mit Lily war es anders. Sie verblaßte neben Mintas Glut; sah noch unscheinbarer als sonst aus in ihrem grauen Fähnchen, mit ihrem zusammengekniffenen Gesicht und ihren kleinen Chinesenaugen. Alles an ihr war klein. Und doch, dachte Mrs. Ramsay, sie mit Minta vergleichend, als sie nun Hilfe von ihr verlangte (denn Lily sollte bezeugen, daß sie nicht öfter von ihren Molkereien sprach, als ihr Mann von seinen Schuhen – er konnte stundenlang von seinen Schuhen reden), wird Lily mit vierzig die wertvollere von den beiden sein. In Lily war eine Faser von etwas; eine Fackel von etwas; etwas ganz eigenes, das ihr wirklich sehr gefiel, aber wohl keinem Mann, so fürchtete sie. Ganz gewiß nicht, wenn es nicht ein viel älterer wäre, William Banks etwa. Aber der – nun ja, Mrs. Ramsay dachte manchmal, daß er seit dem Tod seiner Frau vielleicht etwas für sie selbst übrig hatte. Er war nicht »verliebt«, selbstverständlich nicht; es war eine dieser nicht einzuordnenden Neigungen, von denen es so viele gab. Ach was, Unsinn, dachte sie, William müßte Lily heiraten. Sie hatten so vieles gemein. Lily hatte Blumen so gern. Sie waren beide kühl und unnahbar und ziemlich selbstgenügsam. Sie müßte es so einrichten, daß die beiden einmal einen langen Spaziergang machten.

Törichterweise hatte sie Lily und William einander gegenübergesetzt. Das ließe sich morgen wiedergutmachen. Wenn es schön wäre, sollten sie irgendwohin picknicken gehn. Alles schien möglich zu sein. Alles schien zu stimmen. Soeben (aber das kann nicht dauern, dachte sie, sich von dem Augenblick loslösend, während sie alle von Schuhen redeten), soeben hatte sie sich in Sicherheit gebracht; sie schwebte wie ein Habicht hoch über allem, wie eine Fahne, in einem Element von Freude entfaltet, welche jeden ihrer Nerven voll und süß füllte, nicht laut, eher feierlich, denn sie rührte, dachte sie mit einem Blick auf sie alle, wie sie da aßen, von ihrem Mann her und ihren Kindern und Freunden, und das Ganze, das aus dieser tiefen Stille (sie wollte William Banks zu noch einem ganz kleinen Stückchen Fleisch verhelfen und spähte in die irdene Terrine) aufstieg, schien nun aus gar keinem besondern Grund da zu verweilen wie ein Dunst, wie ein aufsteigender Schwaden, und sie alle fest zusammenzuhalten. Es bedurfte keiner Worte; es gab keine Worte dafür. Es war da, es umgab sie alle. Es hatte Teil, so fühlte sie, Mr. Banks ein besonders zartes Stückchen vorlegend, an der Ewigkeit; wie sie das bei etwas anderm schon einmal an diesem Nachmittag empfunden hatte; daß da ein Zusammenhang, etwas Beständiges in den Dingen war; etwas, meinte sie, von keiner Veränderung Antastbares, das hervorleuchtete (sie warf einen Blick aufs Fenster mit seinen welligen gespiegelten Lichtern) wie ein Rubin gegenüber all dem Fließenden, Flüchtigen, Geisterhaften; so daß sie jetzt am Abend abermals dieses Gefühl hatte, wie schon einmal heute, ein Gefühl von Frieden, von Ruhe; aus solchen Augenblicken, dachte sie, besteht das, was nachher für immer bleibt. Dies würde bleiben.

»Ja«, versicherte sie William Banks, »es ist reichlich genug für alle da.«

»Andrew«, sagte sie, »halt deinen Teller etwas tiefer, oder ich werde verschütten.« (Das *Bœuf en daube* war ein vollständiger Triumph.) Hier, so fühlte sie, den Löffel hinlegend, war der stille Raum, der um das Herz der Dinge lag; in dem man sich bewegen oder ruhen konnte; nun warten (sie waren alle versorgt) und lauschen konnte; und dann wie ein Habicht, der sich jäh von seiner Höhe fallen läßt, herunterflattern und sich leicht auf einem Lachen wiegen, sein ganzes Gewicht darauf ruhen lassen konnte, was am andern Ende des Tisches ihr Mann über die Quadratwurzel der Zahl eintausendzweihundertunddreiundfünfzig sagte, die zufällig die Nummer seiner Eisenbahnfahrkarte sei.

Was bedeutete es alles? Bis zum heutigen Tag hatte sie keine Ahnung. Eine Quadratwurzel? Was war das? Ihre Söhne wußten es. Sie verließ sich auf sie; Kubikzahlen und Quadratwurzeln; von denen sprachen sie nun; und von Voltaire und Madame de Staël; vom Charakter Napoleons; von dem französischen System der Landpacht; von Lord Rosebery; von Creeveys Memoiren: sie verließ sich auf das alles und ließ sich davon stützen, von diesem bewundernswerten Gerüst des männlichen Verstands, das hinauf, hinab und kreuz und quer lief, wie Eisenträger das schwankende Gebäude umspannen, und die Welt trug, so daß sie sich ihm völlig anvertrauen, sogar die Augen schließen oder für einen Augenblick blinzeln konnte, wie ein Kind, von seinem Kissen hinaufstarrend, die unendlich vielen Schichten von Blättern eines Baums anblinzelt. Dann erwachte sie. Es wurde noch immer daran gebaut. William Banks rühmte Walter Scotts Romane.

Er lese alle sechs Monate einen von ihnen, sagte er. Und warum sollte das Charles Tansley so erbosen? Er stürzte sich dazwischen (alles nur, dachte Mrs. Ramsay, weil Prue nicht nett zu ihm sein wollte) und machte Walter Scotts Romane herunter, wenn er doch gar nichts davon verstand, ganz und gar nichts, dachte Mrs. Ramsay, ihn mehr beobachtend als ihm zuhörend. Sie konnte an seinem Benehmen erkennen, wie es mit ihm war – er wollte sich zur Geltung bringen, und so würde es immer mit ihm sein, bis er seine Professur bekäme oder eine Frau fände und dann nicht mehr immerzu »Ich – ich – ich« sagen müßte. Denn darauf lief seine Kritik an dem armen Sir Walter, oder war's Jane Austen? hinaus: Ich – ich – ich. Er dachte nur an sich selbst und den Eindruck, den er machte, wie sie am Klang seiner Stimme erkennen konnte und an seiner Nachdrücklichkeit und seiner Unsicherheit. Erfolg zu haben wäre gut für ihn. Jedenfalls redeten sie jetzt wieder drauflos. Sie brauchte nicht mehr hinzuhören. Es konnte nicht von Dauer sein, das wußte sie, aber gegenwärtig sahen ihre Augen so klar, daß sie um den Tisch zu gehn und alle diese Menschen zu enthüllen schienen, ihre Gedanken und ihre Gefühle, mühelos wie ein Licht, das sich unter Wasser stiehlt, so daß die Wellchen und die Schilfstengel und die Pfrillen, die da balancieren, und die schnelle, lautlose Forelle alle beleuchtet sind, wie sie so, leise erbebend, zu schweben scheinen. So sah sie sie alle; hörte sie alle; aber was immer sie sagten, war auch so, als wären die Worte die Bewegungen einer Forelle, bei denen man gleichzeitig die Wellchen und den Kiesgrund sehn kann; etwas rechts davon, etwas links davon; und das Ganze zusammengehalten ist; denn während sie im tätigen Leben Dinge herausfischen und eins vom andern scheiden würde; sagen würde, daß sie die Waverley-Romane gern lese oder sie nicht kenne; sich vorwärtstreiben würde – sagte sie nun gar nichts. Für den Augenblick hing sie in der Schwebe.

»Ah, aber wie lange noch, glauben Sie, werden die gelesen

werden?« fragte jemand. Es war so, als besäße sie zitternd ausgestreckte Fühler, die gewisse Sätze auffingen, sie ihrer Aufmerksamkeit aufzwangen. Dieser war einer von ihnen. Sie witterte Gefahr für ihren Mann. Eine solche Frage müßte fast gewiß dazu führen, daß jemand etwas sagte, was ihn an sein Versagen erinnern würde. Wie lange werde er selbst gelesen werden? – dächte er sogleich. William Banks (der völlig frei von aller solchen Eitelkeit war) lachte und sagte, er lege einem Wechsel der Mode keine Bedeutung bei. Wer könne sagen, was bleiben werde – in der Literatur oder überhaupt?

»Genießen wir doch einfach, woran wir Genuß finden«, sagte er. Seine Ganzheit erschien Mrs. Ramsay als durchaus bewundernswert. Er dachte offenbar keinen Augenblick: Aber auf welche Weise betrifft das mich? Wenn man jedoch die andre Art von Temperament besaß, die Lob haben muß, die Ermutigung haben muß, begann man natürlich (und sie wußte, ihr Mann begann) unsicher zu werden, zu wünschen, jemand solle sagen: Oh, aber *Ihr* Werk wird bleiben, Mr. Ramsay! oder dergleichen. Er zeigte seine Unsicherheit ganz deutlich, indem er mit einiger Gereiztheit erklärte, daß Scott (oder war es Shakespeare?) immerhin lange genug für *seine* Lebenszeit bleiben werde. Er sagte es gereizt. Jedermann, dachte sie, mußte sich wohl ein wenig unbehaglich fühlen, ohne recht zu wissen warum. Dann sagte Minta Doyle, die einen feinen Instinkt hatte, ein wenig plump und albern, sie glaube nicht, daß irgendwer noch mit wirklichem Genuß Shakespeare lese. Mr. Ramsay sagte grimmig (doch sein Geist hatte sich schon wieder anderswohin gewendet), daß sehr wenige Menschen das so gern täten, wie sie behaupteten. Aber, fügte er hinzu, es stecke nichtsdestoweniger beträchtlich viel Wertvolles in einigen der Stücke, und Mrs. Ramsay sah, daß, für den Augenblick jedenfalls, alles gut ginge; er würde über Minta lachen und sie würde begreifen, wie außerordentlich er um sich selbst besorgt war, und auf ihre Weise bestrebt sein, sich seiner anzunehmen, und sein Werk irgendwie rühmen. Aber sie wünschte, das wäre nicht notwendig; vielleicht war es ihre Schuld, daß es notwendig war. Wie immer, sie konnte jetzt unbehindert zuhören, was Paul Rayley über Bücher, die man als Knabe gelesen habe, zu sagen versuchte. Sie blieben einem, sagte er. Er habe einige von Tolstojs Büchern in seiner Schulzeit gelesen. An eines erinnere er sich immer noch, aber den Titel habe er vergessen. Russische Namen seien etwas Unmögliches, sagte Mrs. Ramsay. »Wronsky«, sagte Paul; an den erinnere er sich, denn er sei ihm immer als ein so guter Name für einen Schuft erschienen. »Wronsky«, sagte Mrs. Ramsay; »oh, *Anna Karenina!*« Aber das brachte sie beide nicht viel weiter. Bücher waren weder seine noch ihre starke Seite. Nein, Charles Tansley könnte sie beide im Nu über Bücher belehren, aber bei ihm war alles so vermischt mit: Sage ich auch wirklich, was sich gehört? Mache ich einen guten Eindruck?, daß man schließlich mehr über ihn als über Tolstoj erfuhr, wogegen, was Paul sagte, einfach den Gegenstand betraf und nicht ihn selbst. Wie alle etwas einfältigen Menschen besaß auch er eine Art von Bescheidenheit, eine Rücksichtnahme darauf, was man fühlte, die sie, zumindest gelegentlich, auf gewisse Weise anziehend fand. Nun dachte er nicht an sich selbst oder an Tolstoj, sondern daran, ob ihr nicht zu kühl sei, ob sie die Zugluft spüre, ob sie eine Birne wolle.

Nein, sagte sie, sie wolle keine. Tatsächlich hatte sie eifersüchtig über die Obstschüssel gewacht (ohne sich dessen bewußt zu sein) und gehofft, daß niemand sie berühren werde. Ihre Augen waren zwischen den Wölbungen und Schatten der Früchte ein und aus gewandert, zwischen dem üppigen Blaurot der Trauben aus dem Unterland und zwischen den hornigen Rippen der Muschel, und sie hatte ein Gelb gegen ein Blaurot, eine flach gewölbte gegen eine runde Form gehalten, ohne zu wissen, warum sie das tat oder warum sie sich, so oft sie es tat, immer heiterer fühlte; bis – oh, wie schade! – eine Hand hinlangte, eine Birne ergriff und das Ganze verdarb. Voll Mitgefühls blickte sie zu Rose hin, zu Rose, die dort zwischen Jasper und Prue saß. Wie verwunderlich, daß das eigene Kind so etwas zustandegebracht hatte!

Wie verwunderlich, sie alle der Reihe nach da sitzen zu sehn, ihre Kinder: Jasper, Rose, Prue, Andrew, alle fast stumm, aber sie hatten irgendeinen Spaß miteinander, das erriet sie an dem Zucken um die Mundwinkel. Etwas ganz für sich, etwas, das sie aufsparten, um dann in ihren Zimmern darüber zu lachen. Hoffentlich war es nichts, was ihren Vater betraf. Nein, das nicht, dachte sie. Was konnte es also sein? fragte sie sich fast traurig, denn ihr schien, sie würden erst lachen, wenn sie selbst nicht dabei wäre. Dort war das alles gespeichert, hinter diesen beinahe starren, stillen, maskenhaften Gesichtern, denn sie beteiligten sich nicht so leicht; sie waren wie Beobachter, Aufseher, ein wenig erhaben über die Erwachsenen oder abseits von ihnen. Aber wenn ihr Blick heute abend auf Prue fiel, sah sie, daß das auf die nicht ganz zutraf. Sie stand soeben auf der Schwelle, regte sich soeben, begann soeben herabzusteigen. Ein ganz schwacher Lichtschein lag auf ihrem Gesicht, als würde sich die Glut Mintas, die ihr gegenübersaß, irgendeine Erregung, eine Vorahnung von Glück darauf spiegeln; als ginge die Sonne der Liebe von Mann und Weib über dem Rand des Tischtuchs auf; und als neigte sie sich, ohne zu wissen, was es war, der zu und grüßte sie. Immer wieder sah sie scheu und doch neugierig auf Minta, so daß Mrs. Ramsay von einer zur andern blickte und im Geist zu Prue sagte: Du wirst eines Tags so glücklich sein wie sie; du wirst viel glücklicher sein, fügte sie hinzu; weil du meine Tochter bist, meinte sie; ihre Tochter müßte glücklicher sein als andrer Leute Töchter. Aber das Abendessen war vorbei. Es war Zeit, von Tisch aufzustehn. Sie tändelten alle nur noch mit dem, was auf ihren Tellern war. Sie wollte warten, bis sie aufhören würden, über irgendeine Anekdote zu lachen, die ihr Mann erzählte; er hatte seinen Spaß mit Minta über eine Wette. Dann wollte sie aufstehn.

Sie hatte Charles Tansley gern, dachte sie plötzlich; sie hatte sein Lachen gern. Sie hatte ihn gern dafür, daß er so aufgebracht war über Paul und Minta. Sie hatte sein ungeschicktes Wesen gern. Es stak schließlich eine Menge in diesem jungen Mann. Und Lily, dachte sie und legte ihre Serviette neben den Teller, die hatte immer ihren eigenen, heimlichen Spaß. Man brauchte sich nie viel um Lily zu kümmern. Sie wartete; sie schob ihre Serviette unter den Tellerrand. Also, waren sie nun endlich zu Ende? Nein. Dieses Geschichtchen hatte zu einem zweiten Geschichtchen geführt. Ihr Mann war sehr gut aufgelegt heute abend. Und weil er, so nahm sie an, den Auftritt mit dem alten Augustus wegen der Suppe wiedergutmachen wollte, hatte er ihn ins Gespräch gezogen – sie erzählten einander Geschichten über jemand, den sie beide auf der Universität gekannt hatten. Sie blickte zum Fenster, in dem die Kerzenflammen nun, da die Scheiben schwarz waren, heller brannten, und wie sie so auf dieses Außen blickte, drangen alle die Stimmen sehr befremdlich zu ihr, als wären es Stimmen bei einem Gottesdienst in einer Kathedrale, denn sie horchte nicht auf die Worte. Die plötzlichen Ausbrüche von Gelächter und dann die eine, allein sprechende (Mintas) Stimme erinnerten sie an die Männer- und Knabenstimmen, die in einer katholischen Kathedrale die lateinischen Worte einer Liturgie erschallen ließen. Sie wartete. Ihr Mann sprach. Er sagte etwas her, und sie erkannte, daß es ein Gedicht sein mußte, an dem Rhythmus und dem Ton von Gehobenheit und Schwermut in seiner Stimme:

Komm auf den Gartenweg heraus,
Luriana, Lurilie.
Die Monatsrose ist erblüht,
Die braune Biene summt um sie.

Die Worte klangen, als trieben sie dort draußen (sie blickte zum Fenster) wie Blumen auf dem Wasser, von ihnen allen getrennt, als hätte niemand sie ausgesprochen, sondern als wären sie von selbst entstanden.

Und alle Leben, die wir je
Gelebt, und künftge so wie sie
Sind voller Laub und Blütenstaub.

Sie wußte nicht, was die Worte bedeuteten, aber, wie Musik, schienen sie außerhalb ihrer von ihrer eigenen Stimme gesprochen zu werden und ganz leicht und natürlich zu sagen, was sie den ganzen Abend im Sinn gehabt hatte, während sie andres sagte. Sie wußte, ohne umherzublicken, daß alle am Tisch dieser Stimme lauschten, die:

Ich wüßt gern, ob's dir auch so scheint,
Luriana, Lurilie,

mit derselben Art von Erleichterung und Vergnügen, die sie selbst empfand, sagte, als wäre dies, endlich, das Natürlichste, was sich sagen ließ; als wäre es ihre eigene Stimme, die sprach.

Aber die Stimme verstummte. Mrs. Ramsay blickte umher. Sie zwang sich aufzustehn. Augustus Carmichael war auch aufgestanden, und seine Serviette so haltend, daß sie aussah wie ein langer weißer Talar, stand er da und psalmodierte:

»Daß der Könige Reiterschar
Über die blumigen Fluren zieh
Mit Palmenblatt und Zedernstab,
Luriana, Lurilie«,

und als sie an ihm vorbeikam, wandte er sich ihr ein wenig zu und wiederholte die letzten Worte:

»Luriana, Lurilie«,

und verneigte sich vor ihr, als huldigte er ihr. Ohne zu wissen warum, fühlte sie, daß er sie besser leiden mochte als bisher; und mit einem Gefühl der Erleichterung und Dankbarkeit erwiderte sie seine Verneigung und trat durch die Tür, die er für sie offenhielt.

Es war nun notwendig, alles einen Schritt vorwärtszubringen. Den Fuß auf der Schwelle, verweilte sie noch einen Augenblick länger in einer Szene, die schon schwand, während sie darauf blickte, und, als sie sich wieder regte und Mintas Arm nahm und das Zimmer verließ, sich veränderte, sich anders gestaltete; sie war, erkannte sie mit einem langen Blick über die Schulter, schon Vergangenheit geworden.

18

Wie gewöhnlich, dachte Lily, gab es immer etwas, das genau in diesem Augenblick getan werden mußte, etwas, das Mrs. Ramsay aus nur ihr bekannten Gründen sogleich zu tun beschlossen hatte, während etwa, so wie jetzt, alle umherstanden und witzelten und sich nicht entscheiden konnten, ob sie ins Rauchzimmer oder ins Wohnzimmer oder schon hinauf in die Schlafkammern gehn sollten. Dann sah man Mrs. Ramsay inmitten all dieses Tumults dastehn, Mintas Arm in dem ihren, sich besinnen: »Ja, nun ist's Zeit dafür«, und sich sogleich mit einem Anschein von Heimlichkeit entfernen. Und kaum war sie gegangen, da setzte eine Art von Zerfall ein; alle wanderten sie unschlüssig umher, gingen verschiedene Wege; Mr. Banks ergriff Charles Tansley am Arm und ging mit ihm auf die Terrasse, um dort das bei

Tisch begonnene Gespräch über Politik zu beenden, und verschob so die ganze Ausgewogenheit des Abends, ließ das Gewicht in eine andre Richtung fallen, als wären sie, dachte Lily, als sie den beiden nachblickte und ein paar Worte über die Politik der Arbeiterpartei auffing, zur Kommandobrücke eines Schiffs hinaufgegangen, um die Position zu bestimmen; der Wechsel von Poesie zu Politik machte ihr diesen Eindruck. So entfernten sich denn Mr. Banks und Charles Tansley, während die andern umherstanden und Mrs. Ramsay nachsahn, wie sie im Lampenlicht allein die Treppe hinaufging. Wohin, fragte sich Lily, ging sie so eilig?

Nicht, daß sie tatsächlich lief oder hastete; sie ging sogar recht langsam. Sie wäre fast einen Augenblick stehngeblieben, um, nach all dem Geplapper, etwas Bestimmtes herauszugreifen; das, worauf es ankam; es loszulösen; es auszusondern; es von allen Gemütsbewegungen und Kleinlichkeiten zu reinigen und, es so vor sich hinhaltend, dem Tribunal vorzuweisen, wo, zum Konklave gereiht, die Richter saßen, die sie dazu eingesetzt hatte, über diese Dinge zu entscheiden. Ist es gut, ist es schlecht? Ist es recht oder unrecht? Wohin steuern wir? und so weiter. So richtete sie sich nach dem Schock des Erlebnisses wieder auf und nahm ganz unbewußt und unsinnig die Äste der Ulmen draußen zu Hilfe, um ihren Stand zu festigen. Ihre Welt veränderte sich; sie aber blieben standhaft. Das Erlebnis hatte ihr eine Empfindung fließender Bewegung hinterlassen. Alles müßte geordnet sein. Sie müßte dies zurechtrücken und das zurechtrücken, dachte sie, das würdevolle Stillhalten der Bäume, ohne es zu wissen, billigend und dann wieder den prächtigen Aufwärtsschwung der Ulmenäste (gleich dem eines von einer Welle emporgetragenen Schiffsschnabels), wenn sie vom Wind gehoben wurden. Denn es war windig (sie blieb einen Augenblick stehn, um hinauszublicken). Es war windig, so daß die Blätter dann und wann eine Lücke für einen Stern freifegten, und die Sterne selbst schienen sich zu schütteln und Lichtpfeile zu schleudern und zu versuchen, zwischen den Blatträndern hervorzublinken. Ja, das war also getan und vollbracht; und, wie alles Getane, feierlich geworden. Wenn man nun daran dachte, schien es, gesäubert von Gerede und Gemütsbewegung, immer dagewesen zu sein, wurde nur jetzt erst zum Vorschein gebracht und rückte so mit einem Schlag alles ins Bereich des Dauernden. Sie würden alle, dachte sie im Weitergehn, so lange sie auch lebten, immer wieder zu diesem Abend zurückkommen; zu diesem Mond; diesem Wind; diesem Haus: und auch zu ihr. Es schmeichelte ihr, wo sie am meisten für Schmeichelei empfänglich war, sich zu denken, wie sie, in ihre Herzen eingeflochten, solange sie alle lebten, ihnen verwoben bliebe; und auch dies und dies und dies, dachte sie, treppaufgehend und über das Sofa (ihrer Mutter) auf dem Treppenabsatz lachend, aber liebevoll, über den Schaukelstuhl (ihres Vaters), über die Landkarte der Hebriden. Das alles würde wiederaufleben in Pauls und Mintas Leben; »die Rayleys« – sie sagte sich probeweise den neuen Namen vor; und die Hand schon auf dem Türknauf zum Kinderzimmer, empfand sie diese Gemeinsamkeit des Fühlens mit andern Menschen, wie eine starke Gemütsbewegung sie einem schenkt: als wären die Trennungswände so dünn geworden, daß alles (es war ein Gefühl der Erleichterung und des. Glücklichseins) ein einziges Fließen wurde und Stühle, Tische, Landkarten ihr gehörten, ihnen gehörten, es kam nicht darauf an, wem, und Paul und Minta es weiter in Fluß halten würden, wenn sie tot wäre.

Sie drehte den Türknauf mit fester Hand, damit er nicht kreische, und trat ein, die Lippen ein wenig kräuselnd, als wollte sie sich mahnen, nicht laut zu sprechen. Aber kaum war sie eingetreten, da sah sie mit Verdruß, daß diese Vorsicht nicht nötig gewesen war. Die Kinder schliefen noch nicht. Es war höchst ärgerlich. Marthe hätte sorgsamer sein sollen. James lag hellwach da, und Cam saß kerzengerade aufrecht, und Marthe, bloßfüßig, war noch nicht im Bett, und es war schon fast elf, und sie redeten alle. Was war nur los? Es war wieder dieser gräßliche Schädel. Sie hatte angeordnet, Marthe solle ihn wegschaffen, aber die hatte es natürlich vergessen, und nun saß Cam hellwach im Bett, und James war hellwach, und sie stritten, obwohl sie doch schon stundenlang hätten schlafen sollen. Was war Edward nur eingefallen, ihnen diesen gräßlichen Wildschweinkopf zu senden? Sie war so töricht gewesen, ihnen zu erlauben, ihn dort oben hinzuhängen. Er sei festgenagelt, sagte Marthe, und Cam könne nicht einschlafen, weil das Ding im Zimmer sei, und James schreie, sobald sie das Ding nur angreife.

Dann müsse Cam eben einschlafen (es habe so große Hörner, sagte Cam), müsse einfach einschlafen und von herrlichen Palästen träumen, sagte Mrs. Ramsay und setzte sich auf ihr Bett. Sie könne die Hörner überall im Zimmer sehn, sagte Cam. Es war wahr. Wo immer sie das Nachtlicht hinstellten (und James konnte nicht ohne ein Nachtlicht schlafen), war immer irgendwo ein Schatten.

»Aber denk doch nur, Cam, es ist bloß ein altes Wildschwein«, sagte Mrs. Ramsay. »Ein nettes schwarzes Schwein wie die Schweine auf der Farm.« Aber Cam fand, es sei ein greuliches Ding und stoße nach ihr von überallher im Zimmer.

»Na, gut also«, sagte Mrs. Ramsay, »dann wollen wir's verdecken.« Und sie alle sahen ihr zu, wie sie zu der Kommode ging und die kleinen Laden schnell eine nach der andern öffnete und, da sie nichts erblickte, was dazu taugte, schnell ihren Schal abnahm und um das Ding wand, rund herum und herum, und dann kam sie zu Cam zurück und legte ihren

Kopf fast flach neben den Cams auf das Kissen und sagte, wie wunderschön es nun aussehe; wie es den Elfen gefallen werde. Es sei wie ein Vogelnest; es sei wie ein herrlicher Berg, so einer, wie sie ihn im Ausland gesehn habe, mit Tälern und Blumen und läutenden Glocken und singenden Vögeln und kleinen Zicklein und Antilopen... Sie konnte, während sie sprach, die Worte rhythmisch in Cams Geist widerhallen sehn, und Cam sprach ihr nach, es sehe aus wie ein Berg, wie ein Vogelnest, wie ein Garten mit kleinen Antilopen darin, und ihre Augen öffneten sich und schlossen sich, und Mrs. Ramsay sprach weiter und sagte noch eintöniger und noch rhythmischer und noch unsinniger, daß sie die Augen schließen und einschlafen und von Bergen und Tälern träumen müsse und von Sternschnuppen und Papageien und Antilopen und Gärten und allem, was wunderschön sei, sagte sie und hob den Kopf sehr langsam und sprach immer leiernder, bis sie wieder aufrecht saß und sah, daß Cam eingeschlafen war.

Und nun, flüsterte sie, zu James' Bett hinübergehend, müsse auch er einschlafen, denn, nicht wahr, er sehe doch, daß der Wildschweinschädel noch immer da sei; niemand habe ihn angerührt; es sei genau das geschehn, was er wollte; er hänge noch immer dort, und ganz unbeschädigt. James überzeugte sich, daß der Schädel unter dem Schal noch immer da war. Aber er wollte sie noch etwas fragen. Würden sie morgen zum Leuchtturm fahren?

Nein, sagte sie, nicht morgen; aber bald, versprach sie ihm; am nächsten schönen Tag. Er war sehr folgsam. Er legte sich hin. Sie deckte ihn zu. Aber er würde es nie vergessen, das wußte sie, und sie ärgerte sich über Charles Tansley, über ihren Mann, über sich selbst, denn sie hatte ihm Hoffnungen gemacht. Dann tastete sie nach ihrem Schal, erinnerte sich, daß sie ihn um den Wildschweinkopf gewunden hatte, und stand auf, zog das Fenster noch zwei bis drei Fingerbreit tiefer herab und hörte den Wind und verspürte einen Hauch der völlig gleichgültigen frostigen Nachtluft und murmelte Marthe ein gute Nacht zu und ließ die Türklinke ganz langsam hinter sich einschnappen und ging.

Er werde seine Bücher doch wohl nicht auf den Fußboden über ihren Köpfen schleudern, hoffte sie, noch immer daran denkend, wie lästig Charles Tansley sein konnte. Denn keins von den beiden schlief sehr fest. Sie waren sehr erregbare Kinder, und da er solche Sachen wie über den Leuchtturm sagte, schien es ihr durchaus möglich, er werde, grade wenn sie im Einschlafen wären, einen Stoß Bücher umwerfen, indem er sie ungeschickt mit dem Ellbogen vom Tisch stieße. Denn vermutlich war er hinaufgegangen, um zu arbeiten. Aber er sah so trostlos aus; und doch würde sie sich erleichtert fühlen, sobald er abreiste; aber sie wollte dafür sorgen, daß er morgen besser behandelt würde; und doch hatte er eine wunderbare Art, mit ihrem Mann umzugehn; aber er müßte sich bessere Manieren angewöhnen; und doch hatte sie sein Lachen gern – und während sie das im Hinuntergehn dachte, gewahrte sie, daß nun der Mond selbst durch das Treppenhausfenster sichtbar war – der gelbe Erntemond – und kam um die Biegung, und sie alle sahen sie dort auf der Treppe über ihnen stehn.

»Das ist meine Mutter«, dachte Prue. Ja, Minta sollte sie sich nur ansehn; Paul Rayley sollte sie sich ansehn; die einzig wahre, so fühlte sie, als gäbe es nur ein einziges solches Wesen auf der Welt: ihre Mutter. Und nachdem sie einen Augenblick zuvor eine ganz Erwachsene gewesen war, die mit den andern sprach, wurde sie wieder ein Kind, und was sie alle getan hatten, war ein Spiel, und werde ihre Mutter dieses Spiel gutheißen oder verurteilen? fragte sie sich. Und bei dem Gedanken, was für eine gute Gelegenheit es für Minta und Paul und Lily sei, sie so zu sehn, und in dem Gefühl, was für ein außerordentlicher Glücksfall es für sie selbst sei, sie zur Mutter zu haben, und daß sie nie erwachsen werden und nie ihr Elternhaus verlassen wolle, sagte sie wie ein Kind: »Wir dachten daran, zum Strand hinunterzugehn und den Wellen zuzusehen.«

Augenblicklich, aus gar keinem Grund, wurde Mrs. Ramsay ein Mädchen von zwanzig Jahren und war voller Munterkeit. Eine Stimmung zu Nachtschwärmerei ergriff sie plötzlich. Selbstverständlich müßten sie gehn, rief sie lachend; und schnell die letzten drei oder vier Stufen hinunterlaufend, begann sie sich von einem zum andern zu wenden und lachte und zog Mintas Umhang enger um sie und sagte, sie wollte, sie könnte mitkommen, und würden sie sehr spät zurück sein und habe eins von ihnen eine Uhr bei sich?

»Ja, Paul hat eine«, sagte Minta. Paul ließ eine schöne goldene Uhr aus einem Rehledersäckchen gleiten, um sie ihr zu zeigen. Und als er sie ihr auf der Handfläche hinhielt, fühlte er: Sie weiß es ganz genau. Ich brauche ihr gar nichts zu erzählen. Damit, daß er ihr die Uhr zeigte, sagte er: »Ich hab's getan, Mrs. Ramsay. Ich verdanke es alles Ihnen.« Und als sie die goldene Uhr auf seiner Hand erblickte, fühlte Mrs. Ramsay: Was für ein außerordentliches Glück Minta hat! Sie heiratet einen Mann, der eine goldene Uhr in einem Rehledersäckchen besitzt!

»Wie gern ich mit euch käme!« rief sie aus. Aber sie wurde von etwas so Starkem zurückgehalten, daß sie nicht einmal daran dachte, sich zu fragen, was es sei. Selbstverständlich war es unmöglich für sie, mit ihnen zu gehn. Aber sie wäre gern mitgegangen, wäre nicht dieses andre gewesen, und von der Absurdität ihres Gedankens gekitzelt (was für ein Glück, einen Mann zu heiraten, der ein Rehledersäckchen für seine Uhr besitzt!), ging sie mit einem Lächeln auf den Lippen in das andre Zimmer, wo ihr Mann saß und las.

19

Selbstverständlich, sagte sie sich, als sie ins Zimmer trat, hatte sie hier hereinkommen müssen wegen etwas, das sie wollte. Zuerst einmal wollte sie sich in einen bestimmten Sessel unter eine bestimmte Lampe setzen. Aber sie wollte noch etwas, wenngleich sie sich nicht denken konnte, was. Sie blickte auf ihren Mann (und griff dabei nach dem Strumpf und begann zu stricken) und sah, daß er nicht gestört werden wollte – das war klar. Er las etwas, das ihn sehr bewegte. Er lächelte beinahe, und dann erkannte sie, daß er seine Gemütsbewegung beherrschte. Er schleuderte die Blätter beim Umwenden. Er spielte Theater – vielleicht sah er sich als die Person in dem Buch. Sie fragte sich, was für ein Buch es sei. Oh, eins von Walter Scott, so sah sie, als sie den Lampenschirm verstellte, damit das Licht auf ihren Strickstrumpf falle. Denn Charles Tansley (sie blickte auf, als erwartete sie, das Herabkrachen von Büchern auf den Fußboden über sich zu hören) hatte gesagt, daß Walter Scott heute nicht mehr gelesen werde. Da hatte ihr Mann gewiß gedacht: »Dasselbe wird man einmal von mir sagen«; und darum war er hier hereingegangen und hatte sich eins dieser Bücher geholt. Und wenn er zu dem Schluß käme, »es ist wahr, was Charles Tansley gesagt hat«, würde er es wohl auf Scott gelten lassen (sie konnte sehn, daß er abwog, bedachte, eins zum andern tat, während er las), aber nicht auf sich. Er war immer unsicher, was ihn selbst betraf. Das beunruhigte sie. Er würde sich immer Gedanken machen wegen seiner Bücher – werden sie gelesen werden, sind sie gut, warum sind sie nicht besser, was halten die Leute von mir? Und weil sie sich ihn nicht gern so vorstellte und nicht recht wußte, ob die andern beim Abendessen erraten hatten, warum er plötzlich so reizbar wurde, als sie davon sprachen, ob Ruhm und Bücher von Dauer seien, und sie sich fragte, ob etwa darüber die Kinder gelacht hatten, schüttelte sie den Strumpf, und alle die feinen Linien erschienen wie mit Stahlnadeln eingegraben um ihre Lippen und auf ihrer Stirn, und sie wurde still wie ein Baum, der wild geschwankt und gebebt hat und nun, wenn der Wind sich legt, Blatt für Blatt zur Ruhe kommt.

Darauf kam's nicht an, auf nichts davon, dachte sie. Ein großer Mann, ein großes Buch, Ruhm – wer wüßte das zu sagen? Sie verstand nichts davon. Aber das war nun einmal seine Art, diese Wahrhaftigkeit – bei Tisch zum Beispiel hatte sie ganz instinktiv gedacht: Wenn er nur spräche! Sie vertraute ihm völlig. Und das alles beiseite lassend, wie man beim Tauchen nun an einer Wasserpflanze, nun an einem Strohhalm, nun an einer Luftblase vorbeikommt, fühlte sie, immer tiefer sinkend, abermals, was sie in der Halle gefühlt hatte, als die andern alle redeten: da ist etwas, das ich will, – etwas, das ich haben wollte; und ohne recht zu wissen, was es war, sank sie, mit geschlossenen Augen, tiefer und tiefer. Sie wartete ein wenig, strickte weiter, grübelte, und langsam begannen jene bei Tisch gesprochenen Worte: »Die Monatsrose ist erblüht, die braune Biene summt um sie«, in ihrem Geist rhythmisch von einer Seite zur andern zu fluten, und während sie so hin und her schwankten, begannen andre Worte wie kleine beschirmte Lichter, eins rot, eins blau, eins gelb, im Dunkel ihres Geistes aufzuleuchten und schienen ihre Plätze hoch oben in der Luft zu verlassen und herabzuschießen und vorüber, vorüber zu fliegen und Rufe auszustoßen und ein Echo hervorzurufen; darum wandte sie sich um und tastete auf dem Tisch neben sich nach einem Buch.

»Und alle Leben, die wir je
Gelebt, und künftge so wie sie
Sind voller Laub und Blütenstaub«,

murmelte sie und steckte die Nadeln durch den Strickstrumpf. Sie öffnete das Buch und begann hier und da aufs Geratewohl zu lesen, und dabei hatte sie das Gefühl, rückwärts und aufwärts zu steigen, sich höherzuschieben auf ihrem Weg, unter Blütenblättern, die sich über ihr wölbten, so daß sie nur wußte, dieses ist weiß, dieses ist rot. Sie wußte anfänglich gar nicht, was die Worte bedeuteten.

Lenkt hierher euern beflügelten Baum,
Verschlagene Matrosen,

las sie und wandte die Seite um, schwang sich im Zickzack hierhin und dahin, von einer Zeile zur andern wie von einem Ast zum andern, bis ein kleines Geräusch sie aufstörte – ihr Mann schlug sich auf den Schenkel. Ihre Augen begegneten einander sekundenlang; doch es verlangte sie nicht danach, miteinander zu sprechen. Sie hatten einander nichts zu sagen, aber etwas schien dennoch von ihm zu ihr überzuspringen. Sie wußte, es war das Leben, es war die Kraft darin, es war dieser gewaltige Humor, was bewirkt hatte, daß er sich auf den Schenkel schlug. Unterbrich mich nicht, schien er zu sagen; sag gar nichts; bleib einfach dort sitzen! Und er las weiter. Seine Lippen zuckten. Es erfüllte ihn. Es stärkte ihn. Er vergaß glattweg alle die kleinen Reibungen und Stiche dieses Abends und, wie unaussprechlich es ihn gelangweilt hatte, stillzusitzen, während Leute endlos aßen und tranken, und, daß er so reizbar gewesen war gegenüber seiner Frau und so empfindlich und übelnehmerisch, weil seine Bücher von allen übergangen wurden, als existierten sie gar nicht. Aber jetzt, so fühlte er, lag verdammt wenig daran, wer bis zum Z gelangte (falls das Denken wie ein Alphabet von A bis Z reichte). Irgend jemand würde wohl hingelangen – wenn nicht er, dann ein andrer. Die Kraft und das gesunde Wesen dieses Mannes, sein Sinn für alles Gerade und Schlichte, für diese Fischersleute, dieses arme alte, halb irre Geschöpf in Mucklebackits Hütte gaben ihm ein solches Gefühl der Lebenskraft, des Befreitseins von etwas, daß er sich aufgerüttelt und siegreich fühlte und die Tränen nicht zurückzudrängen vermochte. Das Buch ein wenig höher hebend, um sein Gesicht zu verbergen, ließ er sie rinnen und schüttelte den Kopf und vergaß sich selbst völlig (nicht aber ein paar Erwägungen über Moral und französische Romane und englische Romane und darüber, daß Scott vielleicht die Hände gebunden gewesen waren, seine Lebensauffassung aber vielleicht ebenso richtig war wie die andre), vergaß seine eigenen Mißhelligkeiten und Mißerfolge völlig über Steenies Ertrinken und Mucklebackits Kummer (das war bester Scott) und dem erstaunlichen Entzücken und dem Gefühl von Lebenskraft, die das alles ihm gab.

Na, sollen sie's besser machen, wenn sie können, dachte er, als er das Kapitel zu Ende gelesen hatte. Es war ihm, als hätte er mit jemand disputiert und ihn überwunden. Etwas Besseres als das da konnten sie nicht hervorbringen, was sie auch sagen mochten; und seine eigene Stellung wurde gesicherter. Das Liebespaar war Firlefanz, dachte er, es alles nochmals im Geist zusammenfassend. Dies hier ist Firlefanz, das da ist erstrangig, dachte er, eins neben das andre haltend. Aber er müßte es wieder einmal lesen. Er konnte sich der Form, die es als Ganzes hatte, nicht mehr erinnern. Er mußte sich sein Urteil vorbehalten. Und so kehrte er zu dem andern Gedanken zurück – wenn die Jungen dafür nichts übrig hatten, dann hatten sie natürlich auch für ihn nichts übrig. Man durfte sich nicht beklagen, dachte Mr. Ramsay und versuchte sein Verlangen zu ersticken, sich bei seiner Frau darüber zu beklagen, daß die jungen Männer ihn nicht bewunderten. Aber er war entschlossen; er würde sie nicht wieder belästigen. Er blickte auf sie, wie sie las. Sie sah dabei sehr friedlich aus. Es gefiel ihm, sich vorzustellen, daß die andern sich alle hinwegbegeben hatten und er und seine Frau allein waren. Das Leben bestand nicht bloß darin, mit einer Frau ins Bett zu gehn, dachte er und kehrte zu Scott und Balzac zurück, zum englischen Roman und zum französischen Roman.

Mrs. Ramsay hob den Kopf, und wie jemand in einem leichten Schlummer schien sie zu sagen, wenn er wolle, daß sie aufwache, werde sie aufwachen, das werde sie wirklich, andernfalls aber – dürfe sie nicht weiterschlummern, nur ein wenig länger, grade nur ein wenig länger? Sie klomm diese Äste hinauf, hierhin und dorthin, streckte die Hand nach einer Blüte aus, dann nach noch einer.

Und pries auch nicht der Rose tiefes Rot,

las sie, und im Lesen stieg sie, so fühlte sie, zum Wipfel hinauf, ganz hinauf. Wie befriedigend das war! Wie ruhevoll! Alle die Endchen und Spänchen des Tags blieben an diesem Magnet haften; ihr Geist fühlte sich reingefegt, gesäubert. Und dann war es da, in ihren Händen – auf einmal ganz, gestaltet, schön und vernünftig, klar und vollständig, das Wesentliche aus dem Leben gesaugt und gerundet darin festgehalten, – das Sonett.

Aber sie wurde sich bewußt, daß ihr Mann sie ansah. Er lächelte ihr zu, neckisch, als machte er sich sanft über sie lustig, weil sie am hellichten Tag schlummerte, dabei aber dachte er: Lies nur weiter! Jetzt siehst du nicht mehr traurig drein, dachte er und fragte sich, was sie lese, und übertrieb ihre Unwissenheit, ihre Einfalt, denn er stellte sich gern vor, sie sei nicht sehr gescheit, sei gar nicht belesen. Er fragte sich, ob sie verstehe, was sie lese. Wahrscheinlich nicht, dachte er. Sie war erstaunlich schön. Ihre Schönheit schien ihm, wenn das möglich wäre, nur noch immer zuzunehmen.

Noch Winter war's, und weil du nicht bei mir,
Spielt' ich mit diesen Schatten nur von dir,

las sie und war damit zu Ende.

»Nun?« sagte sie träumerisch, wie ein Echo seines Lächelns, und von dem Buch aufblickend.

»Spielt' ich mit diesen Schatten nur von dir«,

murmelte sie und legte das Buch auf den Tisch zurück.

Was hatte sich ereignet, fragte sie sich, als sie ihre Strickarbeit wieder aufnahm, seit sie letztesmal mit ihm allein war? Sie erinnerte sich, wie sie sich umgekleidet, wie sie den Mond erblickt hatte; Andrew beim Dinner seinen Teller ihr zu hoch hingehalten hatte; wie bedrückt sie gewesen war von etwas, das William sagte; sie erinnerte sich der Krähen auf den Bäumen; des Sofas auf dem Treppenabsatz; und daß die Kinder noch wach gewesen waren und Charles Tansley sie mit seinen herabfallenden Büchern geweckt hatte, – aber nein, das hatte sie jetzt dazu erfunden; und daß Paul ein Rehledersäckchen für seine Uhr besaß. Was von alledem sollte sie ihm erzählen?

»Sie haben sich verlobt«, sagte sie und begann wieder zu stricken, »Paul und Minta.«

»Das hab' ich mir gedacht«, antwortete er. Es gab nicht sehr viel darüber zu sagen. Ihr Geist stieg und fiel noch immer, stieg und fiel mit den Versen; ihr Mann fühlte sich noch immer sehr lebensvoll, sehr schlicht und gerade, nachdem er von Steenies Begräbnis gelesen hatte. So saßen sie da und schwiegen. Dann wurde sie sich ihres Wunsches bewußt, er möge etwas sagen.

Irgend etwas, irgend etwas, dachte sie weiterstrickend. Irgend etwas würde genügen.

»Wie nett es sein muß, einen Mann zu heiraten, der ein Rehledersäckchen für seine Uhr besitzt«, sagte sie, denn das war die Art von Spaß, die sie miteinander hatten.

Er lachte schnaubend auf. Er empfand bei dieser Verlobung, was er immer bei Verlobungen empfand: das Mädel sei viel zu gut für diesen jungen Mann. Allmählich kam ihr der Gedanke, warum wolle man dann, daß Leute heiraten sollten? Welchen Wert, welche Bedeutung hatte überhaupt irgend etwas? (Jedes Wort, das sie nun sagen würden, wäre wahr.) Sag doch etwas, dachte sie und wünschte nur, seine Stimme zu hören. Denn der Schatten, dieses Etwas, das sie beide umfing, begann, so fühlte sie, sich nun wieder um sie allein zu schließen. Sag irgend etwas, bettelte sie und sah ihn an wie um Hilfe.

Er schwieg, ließ den Kompaß an seiner Uhrkette hin- und herpendeln und dachte an die Romane von Scott, an die Romane von Balzac. Aber durch die abendlich dämmernden Mauern ihrer beider Vertrautheit – denn unwillkürlich kamen sie einander näher, befanden sich allmählich Seite an Seite, ganz nah, – konnte sie fühlen, wie sein Geist gleich einer erhobenen Hand ihren Geist beschattete; und ihr Mann begann nun, da ihre Gedanken eine Wendung nahmen, die er nicht mochte, – auf »diesen Pessimismus« hin, wie er das nannte, – unruhig zu werden, obgleich er nichts sagte, nur die Hand an die Stirn hob, eine Haarsträhne um den Finger wickelte, sie wieder losließ.

»Du wirst heute abend nicht damit fertig werden«, sagte er und wies auf den Strickstrumpf. Das war es, was sie wollte, – die herbe Strenge in seiner Stimme, die sie zurechtwies. Wenn er sagt, es ist falsch, pessimistisch zu sein, ist's wahrscheinlich falsch, dachte sie; diese Ehe wird sich schon machen.

»Nein«, sagte sie und strich den Strumpf auf ihrem Knie glatt, »ich werd' ihn nicht fertigkriegen.«

Und was noch? Denn sie fühlte, daß er sie noch immer ansah, sein Blick sich aber verändert hatte. Er wollte etwas

– wollte das, was ihm zu geben sie immer so schwierig fand; wollte, daß sie ihm sage, sie liebe ihn. Und das, nein, das konnte sie nicht sagen. Ihm fiel Reden um so viel leichter als ihr. Er konnte Dinge aussprechen – sie konnte das nie. Also war natürlich immer er es, der etwas aussprach, und dann bedauerte er das plötzlich und machte ihr Vorwürfe. Eine herzlose Frau nannte er sie; sie sage ihm nie, daß sie ihn liebe. Aber es war nicht so – es war nicht so. Es war nur, daß sie nie aussprechen konnte, was sie fühlte. War da kein Krümchen auf seinem Rock? Gab es nichts, was sie für ihn tun konnte? Sie stand auf und trat ans Fenster, den rotbraunen Strumpf in der Hand, teils um sich von ihm wegzuwenden, teils weil sie nun nichts dagegen hatte, von ihm beobachtet, auf den Leuchtturm zu blicken. Denn sie wußte, daß er den Kopf gewendet hatte, als sie sich wegwandte; er beobachtete sie. Sie wußte, daß er dachte: Du bist schöner denn je. Und sie fühlte sich sehr schön. Willst du mir nicht grade nur dies eine Mal sagen, daß du mich liebst? Das dachte er, denn er war erregt, durch Minta und dieses Buch und, weil der Tag zu Ende war und sie darüber gestritten hatten, ob man morgen zum Leuchtturm fahren könnte. Aber sie vermochte es nicht; sie konnte es nicht sagen. Und dann, da sie wußte, daß er sie beobachtete, und statt irgend etwas zu sagen, wandte sie sich um, den Strumpf in der Hand, und sah ihn an. Und während sie ihn ansah, begann sie zu lächeln, denn wenn sie auch kein Wort gesagt hatte, wußte er, selbstverständlich wußte er, daß sie ihn liebte. Er konnte es nicht leugnen. Und lächelnd sah sie zum Fenster hinaus und sagte (und dachte dabei: Nichts auf der Welt kann dieser Glückseligkeit gleichkommen!) –

»Ja, du hast recht gehabt. Es wird morgen regnen.« Sie hatte es nicht ausgesprochen, aber er wußte es. Und lächelnd sah sie ihn an. Denn sie hatte wieder einmal gesiegt.

II

DIE ZEIT VERGEHT

I

»Nun ja, wir müssen eben warten, daß die Zukunft es erweist«, sagte Mr. Banks, von der Terrasse hereinkommend.

»Es ist schon fast zu dunkel, um etwas zu sehn«, sagte Andrew, vom Strand heraufkommend.

»Man kann kaum noch unterscheiden, was Meer ist und was Land«, sagte Prue.

»Sollen wir dieses Licht brennen lassen?« fragte Lily, als sie im Haus die Mäntel ablegten.

»Nein«, sagte Prue, »nicht, wenn alle schon zuhause sind.«

»Andrew«, rief sie zurück, »lösch doch das Licht in der Halle!«

Eine nach der andern wurden alle Lampen gelöscht, nur Mr. Carmichael, der gern noch ein wenig wach lag und im Vergil las, ließ seine Kerze etwas länger brennen als die übrigen.

2

Und nun, als die Lampen alle erloschen waren, der Mond untergegangen war und ein feiner Regen leise auf das Dach trommelte, begann ein Herabströmen ungeheurer Dunkelheit. Nichts, so schien es, konnte diese Flut, diese Fülle von Dunkelheit überstehn, die durch Schlüssellöcher und Spalten hereinkroch, sich um Gardinen schlich, in Schlafzimmer eindrang, hier einen Krug samt Becken verschluckte, da eine Vase mit roten und gelben Dahlien, dort die scharfen Kanten und die feste Masse einer Kommode. Und nicht nur Möbel wurden so zunichte; es blieb kaum etwas von Körper oder Geist übrig, wonach man hätte sagen können: »Das ist er«, oder: »Das ist sie«. Manchmal hob sich eine Hand, als wollte sie etwas ergreifen oder etwas abwehren, oder jemand stöhnte oder jemand lachte laut auf, als lachte er mit dem Nichts über einen Witz.

Weder in Wohnzimmer noch Eßzimmer noch Treppenhaus regte sich etwas. Nur zwischen den rostigen Angeln und dem geworfenen, von der Seeluft feuchten Holzwerk schlichen sich (das Haus war doch schon fast baufällig) manche von der Hauptmacht des Windes abbefohlene Lüftchen ein und um Kanten und wagten sich ins Haus. Man könnte sich beinahe vorstellen, wie sie dann beim Hereinkommen ins Wohnzimmer fragend und verwundert umherblickten, mit einem losen Stück Tapete spielten, wissen wollten, ob es noch viel länger so hängen, wann es ganz herabfallen werde? Und geschmeidig an den Wänden entlangstreichend streiften sie nachdenklich weiter, als erkundigten sie sich bei den roten und gelben Rosen auf der Tapete, ob sie verblassen würden, und verhörten (sanft, denn sie hatten Zeit) die zerrissenen Briefblätter im Papierkorb, die Blumen, die Bücher, die ihnen nun alle zugänglich waren, und fragten sie, ob sie Verbündete seien, ob sie Feinde seien. Wie lange würden sie ausharren?

So vom zufälligen Licht eines enthüllten Sterns oder eines dahinziehenden Schiffs oder gar des Leuchtturms mit seiner blassen Fährte über Stufen und Matte auf den Weg gewiesen, stiegen die kleinen Lüftchen durchs Treppenhaus auf und schnupperten um Schlafzimmertüren. Hier aber müßten sie doch gewiß ablassen. Was immer sonst zugrundegehn und verschwinden mochte, was hier lag, hielte stand. Hier, so könnte man diesen gleitenden Lichtern, diesen tastenden Lüftchen sagen, die sogar über das Bett hinhauchten und sich darüber beugten, hier könnt ihr weder etwas antasten noch zerstören. Worauf sie verdrossen, geisterhaft, als hätten sie federleichte Finger aber die schwerelose Beharrlichkeit von Federn, einen Blick auf die geschlossenen Augen und die lose verschränkten Hände täten, verdrossen ihre Gewänder enger um sich zögen und verschwänden. Und so schlichen sie sich denn schnuppernd, streifend zu dem Fenster im

Treppenhaus, zu den Dienstbotenzimmern, zu den Bretterkammern im Dachboden; schlichen sich wieder hinunter, bleichten die Äpfel auf dem Eßzimmertisch, befingerten die Blütenblätter von Rosen, betasteten prüfend das Bild auf der Staffelei, strichen über die Matte und bliesen ein wenig Sand über den Fußboden hin. Endlich ließen sie allesamt davon ab, sammelten sich, seufzten alle miteinander; alle miteinander stießen sie ein vergebliches, klagendes Stöhnen aus, dem eine Tür in der Küche antwortete; weit klaffte; nichts einließ; und zufiel.

[In diesem Augenblick blies Mr. Carmichael, der im Vergil gelesen hatte, seine Kerze aus. Es war nach Mitternacht.]

3

Aber was ist schließlich eine einzige Nacht? Nur eine kurze Spanne, besonders wenn das Dunkel sich so bald lichtet und so bald schon ein Vogel zu singen, ein Hahn zu krähen beginnt, ein schwaches Grün auf der Wölbung der Welle gleich einem sich wendenden Blatt lebhafter wird. Nacht jedoch folgt auf Nacht. Der Winter hat ein ganzes Spiel dieser dunkeln Karten im Vorrat und teilt sie gleichmäßig und gerecht mit unermüdlichen Fingern aus. Sie werden länger; sie werden dunkler. Einige von ihnen halten funkelnde Planeten hoch, Scheiben von Helligkeit. Die herbstlichen Bäume, die geplünderten, nehmen etwas vom Flackern zerfetzter Fahnen an, die im Dämmer kühler Dome aufleuchten, wo goldene Lettern auf Marmorseiten den Tod in der Schlacht schildern und das Bleichen und Dörren von Gebeinen fern im Sande Indiens. Die herbstlichen Bäume gleißen in dem gelblichen Mondlicht, im Licht des Erntemonds, der den Arbeitseifer reift und mürbe macht und die Stoppeln glättet und die Wellen blau ans Ufer rollen läßt.

Es schien nun, als hätte, gerührt von der büßenden Menschheit und all ihrer Mühsal, göttliche Güte den Vorhang geteilt und dahinter, einzeln und deutlich, den aufrechtsitzenden Hasen enthüllt, die überschäumende Welle, das schaukelnde Boot; die alle, verdienten wir sie bloß, allezeit unser sein sollten. Aber göttliche Güte zieht leider die Schnur und schließt den Vorhang. Es beliebt ihr nicht; sie verbirgt ihre Schätze hinter einem Hagelschauer, zerbricht sie so sehr, bringt sie so durcheinander, daß es unmöglich zu sein scheint, ihre abgeklärte Ruhe werde je wiederkehren oder wir könnten aus den Bruchstücken je ein vollständiges Ganzes zusammensetzen oder aus den verstreuten Teilen je klare Worte der Wahrheit herauslesen. Denn unsre Buße verdient nur einen flüchtigen Blick auf das alles; unsre Mühsal nur Aufschub.

Die Nächte sind nun voller Sturm und Zerstörung; die Bäume biegen und beugen sich, und die Blätter fliegen kopfüber, kopfunter, bis der Rasen von ihnen gefleckt ist und sie dicht gepackt in den Rinnsteinen liegen und die Dachtraufen verstopfen und feuchte Wege bepflastern. Das Meer wirft sich unruhig hin und her und gegen das Ufer, und sollte einer der Schläfer, weil er sich einbildet, er könnte unten auf dem Strand eine Antwort auf seine Zweifel finden, einen Genossen seiner Einsamkeit, die Bettdecke abwerfen und allein hinabgehn, um auf dem Sand hin- und herzuwandeln, wird sich kein Bild mit etwas wie dienstfertiger und göttlicher Unverzüglichkeit einstellen und die Nacht bändigen und bewirken, daß die Welt den Umkreis der Seele spiegelt. Die Hand schrumpft in der seinen; die Stimme brüllt ihm ins Ohr. Fast will es zwecklos scheinen, in solchem nächtlichen Tumult jene Fragen nach dem Wie und Warum und Wofür zu stellen, die den Schläfer aus seinem Bett und auf die Suche nach einer Antwort locken.

[Mr. Ramsay streckte eines dunkeln Morgens (einen Gang

entlangstolpernd) die Arme aus, aber da Mrs. Ramsay in der vergangenen Nacht ganz plötzlich gestorben war, streckte er sie vergeblich aus. Sie blieben leer.]

4

So drangen denn in das leere Haus mit den verschlossenen Türen und den zusammengerollten Matratzen jene umherstreifenden Lüftchen, die Vorhuten großer Heere, auftrumpfend ein, strichen über kahle Dielen, knabberten und fächelten, stießen in den Schlafzimmern wie im Wohnzimmer auf nichts, was ihnen völlig widerstand, sondern nur auf flatternde Behänge und knarrendes Holz, auf die kahlen Beine von Tischen, auf Pfannen und Porzellan, schon bepelzt von Staub, matt geworden, gesprungen. Was Menschen abgestreift und zurückgelassen hatten – ein Paar Schuhe, eine Jagdmütze, einige verblichene Frauenröcke und Männerjacken in Kleiderschränken – das allein behielt menschliche Gestalt und zeigte in seiner Leere an, wie es einst ausgefüllt und belebt war; wie einst Hände mit Häkchen und Knöpfen geschäftig gewesen waren; wie einst der Spiegel ein Gesicht enthalten hatte, einen Ausschnitt der Welt enthalten hatte, darin eine Gestalt sich hin und her wendete, eine Hand aufblinkte, die Tür sich öffnete und Kinder hereingestürmt und getollt kamen; und alle wieder daraus verschwanden. Nun warf Tag auf Tag das Licht wie eine im Wasser gespiegelte Blume seinen klaren Widerschein auf die gegenüberliegende Wand. Nur die Schatten der im Wind schwankenden Bäume machten ihm ihre Reverenz auf der Wand und verdunkelten einen Augenblick den Teich, darin sich das Licht spiegelte; oder der Flug eines Vogels ließ einen schummerigen Fleck langsam über den Boden des Schlafzimmers flattern.

So herrschten Schönheit und Stille, und miteinander bildeten sie die Gestalt der Schönheit selbst, eine Form, von der das Leben sich geschieden hatte; einsam wie ein Teich, der abends von sehr fern aus dem Fenster eines Eisenbahnzugs erblickt, so schnell verschwindet, daß er, blaß im Spätlicht daliegend, kaum, obgleich nun gesehn, seiner Einsamkeit beraubt wird. Schönheit und Stille reichten einander in dem Schlafzimmer die Hand, und zwischen den umhüllten Krügen und zugedeckten Sesseln konnten nicht einmal die spähenden Finger des Windes und die weiche Nase der feuchtkalten Meereslüftchen, streifend, schnuppernd, immer wieder ihre Fragen stellend – »Wirst du verblassen? – Wirst du vergehn?« – diesen Frieden, diesen Gleichmut, dieses Ansehn völliger Unantastbarkeit stören, als bedürften ihre Fragen kaum der Antwort: Wir bleiben.

Nichts, so schien es, konnte dieses Spiegelbild zerbrechen, diese Unschuld schänden oder den leise schwankenden Mantel von Stille zerzausen, der, Woche auf Woche, in dem leeren Zimmer die herabtönenden Stimmen der Vögel in sich verwob, das Tuten der Schiffe, das Summen und Surren der Wiesen und Felder, das Gebell eines Hundes, den Ruf eines Mannes, und sich schweigend um das Haus faltete. Einmal nur sprang eine Diele auf dem Treppenabsatz; einmal, mitten in der Nacht, mit einem Sausen, einem Reißen, wie ein Felsblock sich nach Jahrhunderten der Reglosigkeit vom Berghang losreißt und polternd zu Tal kollert, löste sich eine Windung des Schals und schwang hin und her. Dann senkte sich abermals Friede auf alles; und ein Schatten schwankte, ein Licht neigte sich anbetend vor seinem eigenen Abbild; bis, den Schleier von Stille mit Händen, die lange im Waschtrog geweilt hatten, zerreißend, ihn mit Schuhen zertretend, unter denen die Strandkiesel geknirscht hatten, Mrs. McNab, wie ihr befohlen war, kam, um die Fenster zu öffnen und die Zimmer zu entstauben.

5

Während sie torkelte (denn sie schlingerte wie ein Schiff auf hoher See) und schielte (denn sie sah nie geradeaus auf etwas, sondern mit einem Seitenblick, der der Verachtung und dem Zorn der Welt Abbitte leistete, – sie war ein wenig dämlich und wußte das), während sie das Treppengeländer umklammerte und sich hinaufzog und von Zimmer zu Zimmer schlingerte, sang sie vor sich hin. Als sie das Glas des langen Spiegels rieb und seitwärts auf ihre schaukelnde Gestalt schielte, kamen Töne zwischen ihren Lippen hervor – etwas, das vor zwanzig Jahren auf der Bühne vielleicht lustig geklungen hatte, das überall gesummt und nach dem getanzt worden sein mochte, das aber jetzt, aus dem Mund der zahnlosen, einen Kapotthut tragenden Hauswärterin, alles Sinns beraubt war, die Stimme der Dämlichkeit, des Humors, der Beharrlichkeit selbst zu sein schien, niedergetreten aber sich wieder aufrichtend, so daß es, während sie umhertorkelte, abstaubte, aufwischte, auszudrücken schien, wie das Leben doch nur eine einzige lange Kümmernis und Sorge sei, ein ewiges Aufstehnmüssen und Wiederzubettgehn, ein Hervorholen und Wiederwegräumen von Sachen. Sie war nicht bequem oder kosig, diese Welt, die sie fast an die siebzig Jahre kannte. Und sie selbst war gebeugt und krumm von Müdigkeit. Wie lange, fragte sie, auf knackenden Knien unter dem Bett stöhnend und die Dielen wischend, wie lange sollte das noch dauern? Aber dann kroch sie wieder hervor, zog sich hoch und stand wieder da mit ihrem schielenden Seitenblick, der abglitt und sich sogar von ihrem eigenen Gesicht und ihren eigenen Kümmernissen abwandte, und gaffte grundlos lächelnd in den Spiegel und begann abermals zu hatschen und zu humpeln und Matten hochzuheben, Porzellan abzustauben und hinzustellen und schielte in den Spiegel, als hätte sie schließlich doch ihre Tröstungen, als rankte sich wahrhaftig um ihren Trauergesang irgendeine unverbesserliche Hoffnung. Visionen von Freude mußte es schließlich auch am Waschtrog gegeben haben oder durch ihre Kinder (doch zwei waren unehelich und eins hatte sie verlassen); oder in der Kneipe beim Trinken oder beim Umwenden von altem Kram in Schubladen. Ein heller Spalt mußte sich im Dunkel gezeigt haben, ein Schacht in die Tiefen der Finsternis, durch den genug Licht eindrang, daß sich ihr Gesicht jetzt zu einem Grinsen verzerrte und sie, als sie sich wieder ihrer Arbeit zuwandte, das alte Tingeltangellied hervormümmelte. Unterdessen wandelten der Mystiker, der Visionär auf dem Strand auf und ab, stocherten in einem Tümpel, besahen einen Stein und fragten sich: »Was bin ich?« »Was ist dies?«, und plötzlich wurde ihnen eine Antwort gewährt (worin sie bestand, vermochten sie nicht zu sagen), so daß sie es warm hatten im Frost und behaglich in der Wüste. Mrs. McNab aber trank und tratschte weiter wie zuvor.

6

Ohne ein Blatt, das er sprießen lassen konnte, nackt und hell wie eine Jungfrau voll wilden Stolzes auf ihre Keuschheit, verachtungsvoll in ihrer Reinheit, lag der Frühling großäugig und wach über Wiesen und Felder gestreckt und war völlig gleichgültig gegen alles, was, die ihn erblickten, tun oder sich denken mochten.

[Prue Ramsay, auf den Arm ihres Vaters gelehnt, wurde im Mai von ihm zur Ehe gegeben. Was, sagten die Leute, hätte passender sein können? Und, fügten sie hinzu, wie schön sie aussah!]

Als der Sommer sich näherte, als die Abende länger wurden, da kamen den Wachenden, den Hoffnungsvollen, die auf dem Strand hin- und herwandelten, in dem Tümpel stocherten, Vorstellungen der seltsamsten Art – daß Leiber, in Atome verwandelt, im Wind einherwehten, Sterne in ihren Herzen blinkten, Klippen, Wogen und Wolken nur zu dem Zweck versammelt seien, um äußerlich die verstreuten Teile dieser inneren Vision zusammenzubringen. In diesen Spiegeln, den Seelen der Menschen, diesen Tümpeln unruhigen Wassers, in welchen ewiglich Wolken sich wendeten und Schatten sich bildeten, verharrten solche Träume, und es war unmöglich, den seltsamen Ahnungen zu widerstehn, die jede Möwe, jede Blume, jeder Baum, jeder Mann und jede Frau und die bleiche Erde selbst zu bestätigen schienen (aber kaum befragt, zogen sie sich sogleich zurück), daß das Gute triumphiere, Glücklichsein überwiege, Ordnung herrsche; oder dem außerordentlichen Ansporn zu widerstehn, hierhin und dahin zu schweifen auf der Suche nach einem absoluten Guten, einem Kristall von Intensität, weitab der vertrauten Freuden und bekannten Tugenden, etwas den Vorgängen des häuslichen Lebens Fremdem, etwas Einzelnem, Hartem, wie ein Diamant im Sand Glänzendem, das seinem Besitzer Sicherheit gäbe. Überdies warf sich, besänftigt und einwilligend, der Frühling mit seinen summenden Bienen und tanzenden Mücken den Mantel um die Schultern, verhüllte seine Augen, wandte den Kopf ab und schien mit den vorüberziehenden Schatten und leichten Regenschauern auch ein Wissen von dem Kummer und dem Leid der Menschheit auf sich genommen zu haben.

[Prue starb in diesem Sommer an einer mit ihrem Kindbett zusammenhängenden Erkrankung, was wahrhaftig eine Tragödie war, sagten die Leute. Sie sagten, niemand hätte es mehr verdient, glücklich zu werden.]

Und nun, in der Sommerhitze, sandte der Wind abermals seine Späher im Haus umher. Fliegen woben ihre Netze in den besonnten Räumen; Unkräuter, die in der Nacht nahe ans Fenster herangewachsen waren, tappten beharrlich an die Glasscheiben. Wenn die Dunkelheit herabsank, kam der Strahl des Leuchtturms, der sich mit solcher Selbstherrlichkeit im Finstern über den Teppich gestreckt und dessen Muster nachgezeichnet hatte, nun mit dem milderen Licht des Mondes gemischt, sacht und wie liebkosend hereingeglitten und verweilte sich verstohlen und sah sich um und kam liebevoll abermals. Aber noch im Eingelulltwerden durch diese liebevolle Liebkosung, und während der lange Strahl sich über das Bett lehnte, barst der Felsen; noch eine Windung des Schals löste sich; da hing er und schwankte hin und her. Die kurzen Sommernächte und die langen Sommertage hindurch, während in den unbewohnten Räumen Echos der Laute von den Feldern und Fliegengesumm zu murmeln schienen, winkte der lange Wimpel sacht und schwang ziellos hin und her; indes die Sonne solche Streifen und Balken durch die Zimmer schob und sie mit gelbem Dunst füllte, daß Mrs. McNab, als sie hier einbrach und fegend und staubwischend umhertorkelte, aussah wie ein tropischer Fisch, der in sonnedurchschossenem Wasser dahinpaddelt.

Aber wenn der Schal auch schlummern und schlafen mochte, es kamen später im Sommer unheilkündende Laute wie gemessene, dumpf auf Filz fallende Hammerschläge, die mit ihren wiederholten Erschütterungen ihn noch mehr lockerten und noch mehr Sprünge in den Teetassen hervorbrachten. Dann und wann klirrte ein Glas im Geschirrschrank, als hätte eine Riesenstimme ihre Qual so laut herausgeschrien, daß auch in einen Geschirrschrank gestellte Becher erzitterten. Dann sank wieder Stille auf alles herab. Und da schien dann Nacht für Nacht, und manchmal auch am hohen Mittag, wenn die Rosen leuchteten und das Licht seinen Umriß deutlich an die Wand warf, in diese Stille, diesen Gleichmut, diese Unantastbarkeit der dumpfe Aufschlag von etwas Fallendem zu tropfen.

[Eine Granate barst in Frankreich und zerriß zwanzig oder dreißig junge Männer, unter ihnen Andrew Ramsay, den sie barmherzigerweise sogleich tötete.]

Um diese Zeit gab es für sie, die zum Strand hinuntergegangen waren, um dort hin- und herwandelnd das Meer und den Himmel zu befragen, welche Botschaft sie brächten oder welche Vision sie bestätigten mit all den üblichen Zeichen göttlicher Freigebigkeit – dem Sonnenuntergang über dem Meer, der Blässe der Morgendämmerung, dem aufgehenden Mond, den Fischerbooten davor und den Kindern, die einander mit Händenvoll Gras bewarfen, – manches zu betrachten, das nicht im Einklang stand mit dieser Fröhlichkeit, dieser Heiterkeit. Zum Beispiel das lautlose Erscheinen eines aschenfarbenen Schiffs, das kam und verschwand; den rötlich dunkeln Fleck auf der unschuldig aussehenden Oberfläche des Meeres, als hätte etwas unsichtbar in der Tiefe gebrodelt und geblutet. Dieses Eindringen in eine Szene, die dazu angetan war, die erhabensten Gedanken zu erwecken und zu den behaglichsten Schlußfolgerungen zu führen, hemmte ihre Schritte. Es war schwierig, es unbefangen zu übersehn, seine Bedeutung aus dem Landschaftsbild zu beseitigen; sich, während man dem Meer entlang dahinschritt, noch weiter zu verwundern, wie die äußere Schönheit hier die innere spiegelte.

Ergänzte die Natur, was der Mensch vorschlug? Vollendete sie, was er begann? Mit der gleichen Gelassenheit sah sie sein Elend, sah ihm seine Gemeinheit nach und sah ruhig seiner Folterung zu. Dieser Traum davon, etwas miteinander zu teilen, etwas zu vervollständigen, in der Einsamkeit auf dem Strand unten eine Antwort zu finden, war er nur eine Spiegelung in einem Spiegel, und der Spiegel selbst nur die glasige

Oberfläche, die sich bei Untätigkeit bildet, wenn die tiefer liegenden, edleren Kräfte schlummern? Voll Ungeduld verzweifelnd und sich doch nur ungern abwendend (denn Schönheit bietet ihre Lockungen, gewährt ihre Tröstungen), war es unmöglich, auf dem Strand hin- und herzuwandeln; Kontemplation war unerträglich geworden; der Spiegel war zerbrochen.

[Mr. Carmichael brachte in diesem Frühling einen Band Gedichte heraus, der unerwarteten Erfolg hatte. Der Krieg, sagten die Leute, habe ihr Interesse für Poesie wiederbelebt.]

7

Nacht für Nacht, sommers und winters, hielten das Getümmel der Stürme, die pfeilgleich schwirrende Stille schönen Wetters ungestört Hof. Von den oberen Zimmern des Hauses aus hätte man (wäre jemand dort gewesen, um zu lauschen) nur ein gigantisches, von Blitzen durchzucktes Chaos poltern und toben gehört, wenn die Winde und Wellen sich tummelten wie formlose Massen von Leviathanen, deren Stirn von keinem Licht der Vernunft durchdrungen wird, und die, einer dem andern auf den Rücken geklettert, in der Dunkelheit wie im Tageslicht (denn Nacht und Tag, Monat und Jahr flossen gestaltlos ineinander) bei ihren täppischen Spielen schwuppten und schwappten, bis es schien, daß das Weltall in roher Verwirrung und mutwilliger Lust ziellos mit sich selbst rang und raste.

Im Frühling waren die steinernen Urnen, vom Zufall mit windvertragenen Samen gefüllt, so bunt wie je. Veilchen kamen hervor und Narzissen. Aber die Stille und Helle der Tage waren so befremdlich wie das Chaos und der Aufruhr der Nächte, wenn die Bäume so dastanden und die Blumen so dastanden und vor sich hinsahen, aufsahen und doch nichts wahrnahmen, augenlos und daher grauenerregend.

8

Ohne sich etwas Böses dabei zu denken, denn die Familie käme nicht wieder her, nie wieder her, sagten einige, und das Haus würde vielleicht auf Michaelis verkauft werden, bückte sich Mrs. McNab und pflückte einen Blumenstrauß, um ihn heimzunehmen. Sie legte ihn auf den Tisch, während sie Staub wischte. Sie hatte Blumen gern. War doch schade, sie hier so unnütz verblühen zu lassen. Wenn das Haus wirklich verkauft würde (sie stand, die Arme in die Seiten gestemmt, vor dem Spiegel), würde es einiges nötig haben – weiß Gott! Da hatte es alle diese Jahre gestanden, und keine Menschenseele darin. Die Bücher und alle andern Sachen waren schimmelig geworden, denn weil doch Krieg war und eine Hilfe schwer zu bekommen, war das Haus nie so gereinigt worden, wie sich's gehört hätte. Es war mehr, als eine einzige Person leisten konnte, es jetzt wieder auf gleich zu bringen. Sie war schon zu alt. Die Beine taten ihr weh. Alle diese Bücher hatten's nötig, aufs Gras in die Sonne gelegt zu werden; in der Halle war der Gips von der Decke gefallen; die Dachtraufe über dem Studierzimmerfenster war verstopft und ließ das Wasser hinein; der Teppich war ganz ruiniert. Aber die Leute sollten eben selber herkommen; oder wenigstens jemand nachsehn schicken. Denn es hingen noch Kleider in den Schränken; sie hatten Kleider in allen Schlafzimmern zurückgelassen. Was sollte sie mit denen tun? Die Motten waren hineingekommen – in Mrs. Ramsays Sachen. Die arme Dame! Sie würde sie nie wieder brauchen. Sie war gestorben, hieß es; vor Jahren schon, in London. Da hing der alte graue Mantel, den sie immer beim Gärtnern getragen hatte (Mrs. McNab betastete ihn). Sie konnte sie sehn, während sie selbst mit der Wäsche den Zufahrtsweg hinaufging, wie sie sich über ihre Blumen beugte (der Garten war jetzt ein jämmerlicher Anblick, alles ins Kraut geschossen, verwildert, und Kaninchen hoppelten vor einem aus den Beeten) – sie konnte sie sehn, eins der Kinder neben sich, in dem grauen Mantel da. Und Stiefel und Schuhe standen noch hier; und eine Bürste und ein Kamm waren auf dem Ankleidetisch liegen geblieben, für alle Welt, als erwartete sie, morgen zurückzukommen. (Sie war zuletzt ganz plötzlich gestorben, hieß es.) Und einmal hatten sie herkommen wollen, aber hatten's aufgeschoben wegen dem Krieg und weil das Reisen so schwierig war damals; sie waren nie gekommen in all den Jahren; hatten ihr einfach nur Geld geschickt; aber nie geschrieben; waren nie gekommen und erwarteten nun, alles so vorzufinden, wie sie's gelassen hatten. Du meine Güte! die Laden in dem Ankleidetisch waren ja noch voller Sachen (sie zog sie auf), Taschentüchern, Bändern. Ja, sie konnte Mrs. Ramsay vor sich sehn, während sie selbst mit der Wäsche den Zufahrtsweg hinaufging.

»Guten Abend, Mrs. McNab«, würde sie sagen.

Sie hatte eine so viel freundliche Art, die Mädchen konnten sie alle gut leiden. Aber, du liebe Zeit, so vieles war seither anders geworden (sie schob die Lade zu); viele Familien hatten ihr Liebstes verloren. Also sie war gestorben; und Mr. Andrew war gefallen; und Miss Prue war auch gestorben, hieß es, an ihrem ersten Kind, aber jeder Mensch hatte wen verloren in diesen Jahren. Die Preise waren schandbar hinaufgegangen und wollten nicht wieder herunter. Sie konnte sich noch gut an Mrs. Ramsay erinnern, in dem grauen Mantel.

»Guten Abend, Mrs. McNab«, sagte sie und hatte der Köchin gesagt, ihr einen Teller Milchsuppe warmzuhalten. Hatte wirklich dran gedacht, sie würd' so was brauchen können, mit dem schweren Korb den ganzen Weg vom Ort herauf. Sie konnte sie jetzt noch sehn, wie sie sich zu ihren Blumen bückte; (und fahl und flackernd, wie ein gelber Strahl oder der Lichtkreis am Ende eines Fernrohrs, glitt eine Dame in einem grauen Mantel, sich zu ihren Blumen bückend, über die Schlafzimmerwand, den Ankleidetisch hinauf und über den Waschtisch, während Mrs. McNab umherhumpelte und -hatschte, abstaubte und zurechtrückte).

Und wie hatte die Köchin nur geheißen? Mildred? Marian? – oder so ähnlich. Ach, sie hatte es vergessen – sie vergaß so viel. Feurig, wie alle Rothaarigen. Wie oft sie miteinander gelacht hatten! Sie war immer gern gesehn in der Küche. Sie brachte sie alle zum Lachen, das war schon wahr. Damals war alles viel besser gewesen.

Sie seufzte; es war zuviel Arbeit für eine Frau allein. Sie wackelte mit dem Kopf. Das hier war das Kinderzimmer gewesen. Aber es war ja alles feucht hier! Und der Gips bröckelte ab. Und wozu hatten die denn diesen Tierschädel hier aufgehängt? Auch schon schimmelig geworden! Und Ratten in allen Dachkammern. Der Regen kam durch. Aber die schickten nie jemand her; kamen nie selber. Einige von den Schlössern waren kaputt, darum klappten die Türen. Und sie war hier oben auch gar nicht gern allein, wenn's dunkel wurde. Es war zuviel für eine Frau allein, zuviel, zuviel! Ihre Gelenke knackten, sie ächzte. Sie schlug die Haustür hinter sich zu und drehte den Schlüssel um. Und verschlossen, versperrt, war das Haus wieder allein und verlassen.

9

Das Haus stand verlassen; das Haus stand verödet. Es glich einer liegengebliebenen Muschel auf einem Sandhügel, die sich mit trockenen Salzkörnern füllt, nun das Leben sie verlassen hat. Die lange Nacht schien begonnen zu haben; die tändelnden Lüftchen, die knabbernden, die feuchtkalten

Hauche, die tastenden, schienen gesiegt zu haben. Die Bratpfanne war verrostet und die Fußmatte zerfallen. Kröten hatten einen Weg ins Haus gefunden. Müßig, ziellos schwang der herabhängende Schal hin und her. Eine Distel drängte sich zwischen den Fliesen der Speisekammer hervor. Im Wohnzimmer nisteten Schwalben; auf dem Fußboden lagen Strohhalme; der Gips fiel schaufelweise ab; Dachsparren waren sichtbar; Ratten schleppten dies und das weg, um es hinter der Wandtäfelung zu benagen. Perlmutterfalter durchbrachen ihre Puppenhülle und krabbelten sich an der Fensterscheibe flatternd zu Tod. Mohnblumen säten sich zwischen den Dahlien an; auf dem Rasenplatz wellte sich das hochgeschossene Gras; Riesenartischocken türmten sich zwischen den Rosen; eine Fiedernelke blühte mitten unter den Kohlköpfen; indes das leise winternächtliche Tappen eines Unkrauts am Fenster zu einem Trommeln stämmiger Schößlinge und dorniger wilder Rosentriebe geworden war, die im Sommer das ganze Zimmer in Grün tauchten.

Welche Macht konnte nun die Fruchtbarkeit, die Fühllosigkeit der Natur hemmen? Mrs. McNabs Traum von einer Dame, einem Kind, einem Teller Milchsuppe? Er war schwankend über die Wände geflimmert wie ein Kringel Sonnenlicht und war verschwunden. Sie hatte die Haustür verschlossen, sie war gegangen. Es war zuviel für eine Frau allein, sagte sie sich. Die schickten nie jemand her, schrieben nie eine Zeile. Sachen lagen dort oben in den Laden und vermoderten – eine Schande, sie so dort liegen zu lassen, dachte sie. Der ganze Besitz hier verfiel und ging zugrunde.

Nur der Strahl des Leuchtturms betrat die Räume für einen Augenblick, sandte in der winterlichen Dunkelheit ein jähes Starren über Bett und Wand, sah gleichgültig auf die Distel und die Schwalbe, die Ratte und den Strohhalm. Nichts widerstand ihnen nun; nichts verwehrte ihnen etwas. Mochte der Wind wehen; mochte die Schwalbe sich im Wohnzimmer ihr Nest bauen, die Distel die Fliesen beiseitedrücken und der Schmetterling sich auf dem verblichenen Chintz des Armsessels sonnen! Mochten die Scherben von Glas und Porzellan draußen auf dem Rasen liegen und von Gras und wilden Beeren überwuchert werden!

Denn nun war dieser Augenblick gekommen, dieses Zögern, wenn das Morgengrauen anhebt und die Nacht innehält; wenn eine Flaumfeder die Waagschale zum Sinken brächte. Ein einziges Federchen, und das Haus, schon schwankend, schon gleitend, wäre umgekippt und hinabgestürzt in die Tiefen der Finsternis. In den ruinenhaften Räumen hätten Ausflügler Feuer unter ihren Picknickkesseln angezündet; Liebespaare hätten hier Zuflucht gesucht und auf den bloßen Dielen gelegen; der Schäfer hätte seine Mahlzeit auf die Ziegel abgestellt und der Landstreicher hier geschlafen, in seinen Mantel gewickelt, um der Kälte zu wehren. Dann wäre das Dach eingestürzt; Heckenrosen und Schierling hätten Pfad und Stufe und Fenster überwuchert; wären ungleich schnell aber gleich munter über den Trümmerhügel gewachsen, bis ein Eindringling, den Weg verlierend, nur an einer rotgelben Fackellilie zwischen den Nesseln oder einer Porzellanscherbe zwischen den Schierlingstauden hätte erkennen können, daß einmal jemand hier gewohnt hatte; daß hier ein Haus gestanden hatte.

Wäre das Federchen gefallen und hätte die Waagschale zum Sinken gebracht, das ganze Haus wäre in die Tiefe gestürzt und hätte auf dem Sand der Vergessenheit gelegen. Aber eine Kraft war wirksam; etwas nicht sehr Bewußtes; etwas, das schielte, etwas, das schlurrte; etwas nicht dazu Begeistertes, seine Arbeit mit würdevollem Ritual oder feierlichem Psalmodieren zu verrichten. Mrs. McNab ächzte in allen Tonarten; Mrs. Bast knarrte in allen Gelenken. Sie waren beide alt; sie waren beide steif; die Beine schmerzten sie. Sie kamen endlich mit ihren Besen und Eimern und machten sich ans Werk. Wolle Mrs. McNab zusehn, daß das Haus bereit sei, hatte eine der jungen Damen ganz plötzlich geschrieben; wolle sie dies besorgen; wolle sie das besorgen; und alles schleunigst. Sie kämen vielleicht über den Sommer her; hatten alles bis zuletzt gelassen. Erwarteten, alles so vorzufinden, wie sie's verlassen hatten. Langsam und mühselig, mit Besen und Eimer, mit Wischtuch und Scheuerlappen taten Mrs. McNab und Mrs. Bast dem Verfall und der Verderbnis Einhalt; retteten aus dem Tümpel der Zeit, der sich schnell über allem zu schließen drohte, hier eine Waschschüssel, dort einen Geschirrschrank; holten eines Morgens aus der Vergessenheit alle die Waverley-Romane und ein Teeservice hervor; gaben eines Nachmittags einem messingnen Kaminvorsatz und den eisernen Kamingeräten Sonne und Luft wieder. George, Mrs. Basts Sohn, fing die Ratten und mähte das Gras. Sie ließen den Baumeister kommen. Vom Knarren der Angeln und Kreischen der Riegel, vom Hämmern und Hauen gequollenen Holzwerks begleitet, schien sich eine rostige, mühselige Geburt zu vollziehn, während die zwei Frauen, sich bückend, sich streckend, ächzend, singend, schlappten und schlurrten, bald oben im Dachstock, bald unten im Keller. Oh, seufzten sie, die viele Arbeit!

Ihren Tee tranken sie manchmal in einem der Schlafzimmer, manchmal in dem Studierzimmer; unterbrachen ihre Arbeit zu Mittag mit beschmierten Gesichtern, die alten Hände verschränkt und von den Besenstielen verkrampft. Auf Stühle hingeplumpst, betrachteten sie nun die großartige Wiedereroberung von Wasserhähnen und Badewanne; nun den beschwerlichen, mehr schrittweisen Sieg über lange Reihen von Büchern, einst tiefschwarzen, nun weiß gefleckten, Brutstätten bleicher Schwämme und sekrete Verstecke verstohlener Spinnen. Abermals fügte sich, als sie sich dann vom Tee durchwärmt fühlte, das Fernrohr in Mrs. McNabs Augenhöhle, und in einem Ring von Licht sah sie auf dem Rasen den alten Herrn, hager wie ein Rechen, den Kopf schütteln, als sie mit der Wäsche heraufkam, und mit sich selbst sprechen, vermutete sie. Er bemerkte sie nie. Einige sagten, er sei gestorben; einige sagten *sie* sei gestorben. Welches also? Mrs. Bast wußte es auch nicht mit Bestimmtheit. Der junge Herr war tot, das wußte sie gewiß. Sie hatte seinen Namen in der Zeitung gesehn.

Da war auch diese Köchin gewesen, Mildred, Marian oder so ähnlich – eine Rothaarige, Jähzornige wie alle solchen. Die aber auch freundlich sein konnte, wenn man mit ihr umzugehn wußte. Wie oft sie miteinander gelacht hatten! Hatte einen Teller Suppe für sie beiseitegetan, einen Happen Schinken ab und zu; was grade übriggeblieben war. Die ließen sich's gut gehn in jenen Zeiten. Hatten alles, was sie wollten. (Geläufig, gemächlich, den Tee noch warm im Magen, wickelte sie den Knäuel ihrer Erinnerungen ab, während sie in dem Rohrsessel vor dem Kamin im Kinderzimmer saß.) Es war immer viel los gewesen, Logiergäste, zwanzig zu Tisch bisweilen, und Geschirr zu spülen bis lange nach Mitternacht.

Mrs. Bast (sie hatte die Herrschaft nie gekannt, hatte damals in Glasgow gelebt) verwunderte sich, ihre Tasse niederstellend, wozu die denn den Schädel von diesem Vieh dort aufgehängt hatten? Wahrscheinlich irgendwo im Ausland geschossen.

»Schon möglich«, sagte Mrs. McNab, weiter mit ihren Erinnerungen tändelnd; sie hatten Freunde im Orient gehabt; Herren, die hier auf Besuch blieben; Damen im Abendkleid. Sie hatte sie einmal durch die Eßzimmertür alle beim Dinner sitzen sehn. Zwanzig, das konnte sie wohl sagen, die Damen alle mit ihrem Schmuck. Und sie war gebeten worden, zu bleiben und beim Geschirrspülen zu helfen, vielleicht bis nach Mitternacht.

»Ah«, sagte Mrs. Bast, »die werden es alles verändert finden.« Sie beugte sich aus dem Fenster. Sie sah ihrem Sohn George zu, wie er das Gras mit einer Sense mähte. Die hätten gut fragen, ob denn nichts getan worden sei, wo doch der alte Kennedy sich um den Garten hätte kümmern sollen und es dann mit seinem Bein so schlimm geworden war nach seinem Sturz von dem Karren; und dann niemand, vielleicht ein ganzes Jahr lang oder beinahe ein ganzes. Und dann Davie Macdonald, und Samen waren hergeschickt worden, aber wer konnte wissen, ob er sie je gesät hatte? Die würden alles sehr verändert finden.

Sie sah zu, wie ihr Sohn die Sense schwang. Er war einer, wenn's ans Arbeiten ging, – einer von diesen Stillen. Na, sie müßten jetzt wohl weitermachen mit den Schränken. Sie hievten sich von den Stühlen.

Und endlich, nach Tagen des Putzens im Innern, des Mähens und Umstechens draußen, wurden die Staubwedel zum Fenster hinaus ausgeschüttelt, die Fenster überall im Haus geschlossen, die Schlüssel in allen Schlössern umgedreht, die Haustür zugeschlagen; alles war fertig.

Und nun erklang, als hätte das Säubern und das Schrubben, das Mähen und das Stutzen sie bisher übertönt, diese kaum vernehmbare Melodie, diese abgerissene Musik, die das Ohr halb auffängt, aber fallen läßt; ein Bellen, ein Blöken, mit unregelmäßigen Pausen, aber doch irgendwie verbunden; das Summen eines Insekts, das Seufzen gemähten Grases, gesondert und doch irgendwie dazugehörend; das Surren eines Mistkäfers; das Kreischen eines Rads, laut oder leise aber geheimnisvoll verwandt; die alle zusammenzubringen das Ohr angestrengt lauscht und immer nahe daran ist, sie zu harmonisieren, aber sie werden nie ganz vernommen, nie voll harmonisiert, und endlich, am Abend, einer nach dem andern, ersterben die Klänge, die Harmonie wird ungewiß, und Schweigen sinkt herab. Mit der untergehenden Sonne verlor sich alle Schärfe, und wie ein aufsteigender Nebel breitete sich Stille über alles, und der Wind legte sich; gelöst ließ sich die Welt in Schlaf sinken, dunkel hier, ohne ein Licht darin, außer dem, das grün getönt durch das Laub kam oder bleich auf die weißen Blumen vor dem Fenster.

[Lily Briscoe ließ eines Abends im September ihre Reisetasche zum Haus hinauftragen. Mr. Carmichael war mit demselben Zug angekommen.]

10

So war denn wirklich der Friede da. Das Meer hauchte Friedensbotschaften ans Ufer. Nie mehr seinen Schlaf zu unterbrechen, ihn eher noch tiefer zur Ruhe zu wiegen und, was immer die Träumenden träumten, heilige, weise Träume, zu bekräftigen – was sonst murmelte es? – als Lily Briscoe den Kopf auf das Kissen legte, in dem sauberen, stillen Zimmer, und es hörte, das Meer. Durch das offene Fenster murmelte die Schönheit der Welt, zu leise, um genau vernommen zu werden, aber was machte das, wenn der Sinn klar war? – diese Stimme beschwor die Schläfer (das Haus war wieder voll; Mrs. Beckwith war hier und auch Mr. Carmichael), wenn sie schon nicht wirklich auf den Strand herunterkommen wollten, wenigstens die Gardine zu heben und hinauszublicken. Sie sähen dann die Nacht dunkelblau herabfließen; mit bekröntem Haupt; ihr Szepter juwelenbesetzt; und wie sogar ein Kind ihr ins Auge sehn könnte. Und wenn sie dann noch immer unschlüssig säumten (Lily war müde von der Reise und schlief fast sogleich ein, aber Mr. Carmichael las bei Kerzenlicht in einem Buch), wenn sie dann noch immer sagten, nein, diese Pracht sei nur Wasserdunst und der Tau sei mächtiger, und sie zögen es vor, zu schlafen, dann sang sanft, ohne sich zu beklagen, ohne zu widersprechen, die Stimme ihr Lied. Sanft rollten die Wellen ans Ufer (Lily hörte sie im Schlaf); zärtlich strömte das Licht herab (es schien durch ihre Augenlider zu dringen). Und alles sah so aus, dachte Mr. Carmichael, sein Buch schließend, im Einschlafen, sah ganz so aus, wie es vor Jahren immer ausgesehn hatte.

Wahrhaftig – so mochte die Stimme ihr Lied wohl wieder anheben, als die Vorhänge der Finsternis sich über das Haus breiteten, über Mrs. Beckwith und Mr. Carmichael und Lily Briscoe, so daß sie mit mehreren Falten von Schwärze über den Augen dalagen, – warum dies nicht hinnehmen, warum nicht zufrieden sein damit und sich fügen und bescheiden? Das Seufzen aller Seen, die im Takt rings an die Insel rollten, besänftigte sie alle, wiegte sie ein; die Nacht umhüllte sie; nichts unterbrach ihren Schlaf, bis die Vögel und die Morgendämmerung begannen, ihre dünnen Stimmen in das heller werdende Grau zu verweben, ein Karren knarrte, ein Hund irgendwo bellte, die Sonne die Vorhänge zu heben schien, den Schleier über den Augen zerriß, und Lily Briscoe, sich im Schlaf regend, ihre Bettdecke umklammerte wie ein Stürzender den Rasen am Rand einer Klippe. Ihre Augen öffneten sich weit. Hier war sie also wieder, dachte sie, sich im Bett aufsetzend und hellwach.

III

DER LEUCHTTURM

I

Was bedeutete es also, was konnte es bedeuten? fragte sich Lily Briscoe, im Zweifel, ob es sich, da sie alleingelassen worden war, für sie schicke, in die Küche zu gehn und sich noch eine Tasse Kaffee zu holen oder hier zu warten. Was bedeutete es? – ein Schlagwort war das, aus irgendeinem Buch aufgefischt und nur lose in ihre Gedanken passend, denn sie konnte an diesem ersten Morgen bei den Ramsays ihre Gefühle nicht verdichten, konnte nur eine Phrase widerhallen lassen, damit sie die Leere ihres Geistes verdecke, bis diese Nebeldünste sich niedergeschlagen hätten. Denn was fühlte sie wirklich, nach so vielen Jahren wieder hergekommen, und Mrs. Ramsay nicht mehr am Leben? Nichts, nichts – nichts, was sie überhaupt auszudrücken vermöchte.

Sie war gestern spätabends angekommen, als alles geheimnisvoll und dunkel war. Nun war sie wach, saß auf ihrem alten Platz am Frühstückstisch, aber allein. Es war auch noch sehr früh, noch nicht acht. Dieser Ausflug nun – sie wollten zum Leuchtturm fahren, Mr. Ramsay und Cam und James. Sie hätten schon weg sein sollen – sie mußten die Flut erwischen oder sonstwas. Aber Cam war noch nicht fertig, und James war noch nicht fertig, und Nancy hatte vergessen, die Sandwiches vorbereiten zu lassen, und Mr. Ramsay war in Zorn geraten und hatte die Tür des Frühstückszimmers hinter sich zugeknallt.

»Welchen Zweck hat es, jetzt noch hinzufahren?« hatte er gepoltert.

Nancy war verschwunden. Dort war er nun, auf der Terrasse, und marschierte wütend hin und her. Man glaubte, im ganzen Haus Türen zuschlagen und Stimmen rufen zu hören. Und nun platzte Nancy herein und fragte, sich im Zimmer umsehend, auf eine wunderliche, halb betäubte, halb verzweifelte Art: »Was soll man nur den Leuten im Leuchtturm schicken?«, als zwänge sie sich, etwas zu tun, verzweifelte aber an ihrer Fähigkeit, es auszuführen.

Was sollte man nun aber wirklich den Leuten dort schicken? Zu jeder andern Zeit hätte Lily ganz vernünftig Tee, Tabak und Zeitungen vorgeschlagen. Heute morgen aber schien alles so außerordentlich seltsam zu sein, daß eine Frage wie die Nancys – was solle man nur den Leuten im Leuchtturm schicken? – einem Türen im Geist öffnete, die immer wieder zufielen und hin- und herschwangen und einen mit erstauntem Augenaufreißen immerzu fragen ließen: Was schickte man? Was tat man? Warum saß man überhaupt hier?

Während sie so, allein (denn Nancy war wieder gegangen), hier zwischen den noch unbenützten Tassen an dem langen Tisch saß, fühlte sie sich abgeschnitten von andern Menschen und nur fähig, immerzu weiter zu beobachten, sich zu fragen, sich zu verwundern; das Haus, der Ort, der Morgen – alles schien ihr fremd zu sein. Sie hatte keine Bindungen hier, fühlte sie, keine Beziehungen dazu; alles mögliche mochte sich ereignen, und was immer es wäre, ein Schritt draußen, eine Stimme, die etwas riefe (»Nein, nicht im Schrank; es ist auf dem Treppenabsatz«, rief jemand), klänge wie eine Frage, als wäre die Verknüpfung, die für gewöhnlich die Dinge zusammenhielt, durchgeschnitten worden und sie trieben hierhin, dorthin, davon, irgendwohin. Wie ziellos es alles war, wie chaotisch, wie unwirklich, dachte sie, auf ihre leere Kaffeetasse blickend. Mrs. Ramsay tot; Andrew gefallen; Prue auch tot – sie mochte es sich noch so oft vorsagen, es erregte kein Gefühl in ihr. Und wir alle kommen hier zusammen, in einem solchen Haus, an einem solchen Morgen, sagte sie sich und sah zum Fenster hinaus – es war ein wunderschöner, stiller Tag.

Plötzlich hob Mr. Ramsay im Vorbeigehn den Kopf und

blickte gerade auf sie her, mit seinem verstörten, wilden Blick, der doch so durchdringend war, als sähe er einen, sekundenlang, zum erstenmal, für immer; und sie tat, als tränke sie aus ihrer leeren Kaffeetasse, um ihm zu entkommen – um seinem Anspruch an sie zu entkommen, um diese gebieterische Not einen Augenblick länger beiseitezuschieben. Er schüttelte den Kopf, während er sie ansah, und schritt weiter (»Allein«, hörte sie ihn sagen, »untergegangen«, hörte sie ihn sagen), und wie alles andre an diesem seltsamen Morgen wurden die Wörter zu Symbolen, schrieben sich überall auf die graugrünen Wände. Wenn sie sie nur zusammensetzen könnte, fühlte sie, sie als einen Satz hinschreiben könnte, dann käme sie den Dingen auf den Grund.

Der alte Mr. Carmichael kam leise hereingetappt, schenkte sich Kaffee ein, nahm seine Tasse und machte sich davon, um sich in die Sonne zu setzen. Diese außerordentliche Unwirklichkeit von allem war erschreckend; aber sie war auch aufregend. Zum Leuchtturm fahren! Aber was schickte man den Leuten dort? Untergegangen! Allein! Das graugrüne Licht auf der Wand gegenüber; die leeren Plätze. Das waren einige der Teile. Aber wie sie zusammensetzen? fragte sie sich. Als könnte jede Unterbrechung das zarte Gebilde, das sie da auf dem Tisch aufbaute, zerstören, wandte sie dem Fenster den Rücken, damit Mr. Ramsay sie nicht sähe. Sie mußte irgendwie entkommen, irgendwo allein sein. Plötzlich erinnerte sie sich. Als sie letztesmal hier saß, vor zehn Jahren, war in dem Tischtuch ein kleines Zweig- oder Blattmuster gewesen, auf das sie in einem Augenblick der Offenbarung schaute. Es hatte sich um das Problem eines Vordergrunds für ein Bild gehandelt. Rück den Baum in die Mitte! hatte sie sich gesagt. Sie hatte dieses Bild nie beendet. Es war ihr alle diese Jahre im Geist herumgekollert. Sie wollte nun dieses Bild malen. Wo waren ihre Malsachen? Ja, ihre Malsachen; sie hatte sie gestern abend in der Halle gelassen. Sie wollte sogleich damit beginnen. Schnell stand sie auf, bevor Mr. Ramsay wieder vorbeikäme.

Sie holte sich einen Stuhl. Mit ihren exakten, altjüngferlichen Bewegungen stellte sie ihre Staffelei auf den Rand des Rasens, nicht zu nahe bei Mr. Carmichael, aber nahe genug, um sich in seinem Schutz zu fühlen. Ja, dies mußte genau die Stelle sein, wo sie vor zehn Jahren gestanden hatte. Dort war die Mauer; die Hecke; der Baum; es hatte sich um das Verhältnis dieser Massen zueinander gehandelt. Sie hatte das Problem alle diese Jahre im Sinn gehabt. Es schien ihr, die Lösung sei ihr eingefallen: sie wußte nun, was sie tun wollte.

Aber wenn Mr. Ramsay so auf sie losgeprescht kam, vermochte sie gar nichts zu tun. Sooft er sich näherte – er ging wieder auf der Terrasse hin und her – näherte sich das Verderben, das Chaos. Sie vermochte nicht zu malen. Sie bückte sich; sie wendete sich; sie griff nach einem Lappen; sie drückte auf eine Tube. Aber alles, was sie tat, tat sie nur, um ihn für einen Augenblick abzuwehren; er machte es ihr unmöglich, irgend etwas zu tun. Denn wenn sie ihm nur die geringste Gelegenheit böte, wenn er sie für einen Augenblick unbeschäftigt sähe, zu sich herblicken sähe, würde er sich sogleich auf sie stürzen und wie gestern abend sagen: »Sie finden uns gewiß sehr verändert.« Gestern abend war er aufgestanden, vor ihr stehngeblieben und hatte das gesagt. Stumm und vor sich hinstarrend, wie sie alle dagesessen hatten, die sechs Kinder, die nach den Königen und Königinnen Englands, der Rote, die Schöne, die Schlimme, der Rücksichtslose genannt wurden, hatten sie, das empfand sie, innerlich dagegen getobt. Die gute Mrs. Beckwith hatte irgend etwas Vernünftiges gesagt. Aber es war ein Haus voller verschwiegener Leidenschaften – sie hatte das den ganzen Abend empfunden. Und obendrein zu diesem ganzen Chaos war Mr. Ramsay aufgestanden, hatte ihr die Hand gedrückt und gesagt: »Sie werden uns sehr verändert finden«, und keins von den Kindern hatte sich gerührt oder gesprochen; sondern sie hatten alle dagesessen, als wären sie gezwungen, ihn das sagen zu lassen. Nur James (gewiß »der Mürrische«) machte der Lampe ein finsteres Gesicht; und Cam wickelte ihr Taschentuch eng um den Finger. Dann erinnerte er die beiden, daß sie morgen zum Leuchtturm fahren würden. Sie müßten punkt halb acht in der Halle bereit sein. Und dann blieb er, die Hand schon auf dem Türknauf, stehn; wandte sich barsch nochmals an sie. Wollten sie etwa nicht fahren? fragte er. Hätten sie gewagt, nein zu sagen (er hatte einigen Grund, das zu wünschen), hätte er sich tragisch rücklings in die bittere Flut der Verzweiflung gestürzt. Eine solche Begabung hatte er für Gesten. Er sah aus wie ein König im Exil. Verbissen sagte James ja. Cam stammelte kläglicher: Ja, o ja; sie würden beide bereit sein, sagte sie. Und auf einmal hatte sie den Eindruck gehabt: dies ist eine Tragödie – nicht Bahrtücher, Staub und Totenhemd; sondern Kinder, die gezwungen, deren Lebensgeister unterdrückt wurden. James war vielleicht sechzehn, Cam siebzehn. Sie hatte nach jemand umhergeblickt, der nicht da war. Nach ihrer Mutter vermutlich. Aber es war nur die gute Mrs. Beckwith dagewesen, die unter der Lampe in ihren Skizzen blätterte. Und müde und mit dem Gefühl, daß ihr Geist sich noch immer mit dem Meer hob und senkte, und besessen vom Geschmack und Geruch, den Stätten nach langer Abwesenheit haben, und das Flackern der Kerzen in den Augen, hatte sie sich verloren und war versunken. Es war eine ganz wundervolle Nacht gewesen, sternenhell; das Meer hatte gerauscht, als sie alle hinaufgingen; der Mond hatte sie überrascht: riesenhaft, bleich, als sie am Treppenhausfenster vorbeikamen. Sie war sogleich eingeschlafen.

Sie stellte mit fester Hand ihre frische Leinwand auf die Staffelei, als eine Schranke, eine schwache, aber, hoffte sie, genügend substantielle, um Mr. Ramsay, den anspruchsvollen, abzuwehren. Und sie tat ihr möglichstes, sobald er den Rücken kehrte, auf ihr Bild zu schauen; auf diese Linie da, jene Masse dort. Aber es war ganz unmöglich. Auch wenn er zwanzig Schritte weit weg war, nicht einmal zu einem sprach, einen nicht einmal ansah, durchdrang er einen, beherrschte er einen, zwang er sich einem auf. Er verwandelte alles. Sie konnte die Farben nicht sehn; sie konnte die Linien nicht sehn; auch wenn er ihr den Rücken zukehrte, konnte sie nur denken: Aber im nächsten Augenblick wird er über mich herfallen und verlangen – etwas verlangen, das sie, wie sie fühlte, ihm nicht geben konnte. Sie legte diesen Pinsel wieder hin; sie wählte einen andern. Wann würden denn nur die Kinder kommen? Wann würden sie alle endlich abgefahren sein? fragte sie sich ungeduldig. Dieser Mann, dachte sie, und Ärger stieg in ihr hoch, gab nie; dieser Mann nahm nur. Sie hingegen wäre gezwungen, zu geben; auch Mrs. Ramsay hatte immer nur gegeben. Gebend, gebend, gebend war sie gestorben – und hatte dies alles hinterlassen. Wirklich, sie ärgerte sich über Mrs. Ramsay. Der Pinsel zitterte ein wenig zwischen ihren Fingern, während sie auf die Hecke blickte, auf die Türschwelle, auf die Mauer. Es war alles Mrs. Ramsays Schuld. Sie war tot. Und hier stand sie, Lily, mit vierundvierzig, vergeudete ihre Zeit, unfähig, das geringste zu tun, stand da, spielte Malen, spielte mit dem einzigen, mit dem man nicht spielen durfte, und es war alles Mrs. Ramsays Schuld. Sie war tot. Die Türschwelle, auf der sie zu sitzen pflegte, war leer. Sie war tot.

Aber warum sich das ein übers andremal vorsagen? Warum immer wieder versuchen, ein Gefühl heraufzuholen, das nicht da war? Es lag etwas wie ein Frevel darin. Es war alles vertrocknet; alles verdorrt; alles verbraucht. Sie hätten sie nicht einladen sollen; sie hätte nicht kommen sollen. Mit vierundvierzig durfte man seine Zeit nicht vergeuden, dachte sie. Sie haßte es, Malen nur zu spielen. Ein Pinsel, das einzig Verläßliche in einer Welt von Streit, Zerstörung und Chaos – mit dem sollte man nicht spielen, noch dazu bewußt! Sie verabscheute das. Aber Mr. Ramsay zwang sie dazu. Du sollst deine Leinwand nicht anrühren, schien er, während er auf sie lossteuerte, zu sagen, bevor du mir nicht gegeben hast, was ich von dir will. Da war er wieder. Schon ganz nah, gierig, verstört. Also gut, dachte Lily verzweifelt und ließ die rechte Hand sinken, es wäre schließlich einfacher, es hinter sich zu haben. Sie könnte doch gewiß nach der Erinnerung das Erglühn, die Verzückung, die Hingegebenheit nachahmen, die sie auf so vielen Frauengesichtern (auf Mrs. Ramsays Gesicht zum Beispiel) gesehn hatte, wenn sie bei einer Gelegenheit wie dieser – sie konnte sich des Ausdrucks auf Mrs. Ramsays Gesicht erinnern – zu einer Rhapsodie von Mitgefühl aufflammten, von Genuß an dem Lohn, der ihnen wurde, der ihnen, obgleich der Grund dafür ihr entging, offenbar die höchste Seligkeit bescherte, deren die menschliche Natur fähig war. Hier war er nun; war neben ihr stehngeblieben. Sie würde ihm geben, was sie könnte.

2

Sie schien ein wenig eingeschrumpft zu sein, dachte er. Sie sah ein wenig dürftig, ein wenig dürr aus; aber doch anziehend; er konnte sie gut leiden. Es war einmal davon die Rede gewesen, daß sie William Banks heiraten werde, aber es war nichts daraus geworden. Seine Frau hatte sie gerngehabt. Er hatte auch wirklich ein wenig die Beherrschung verloren beim Frühstück. Und dann, dann – dies war einer der Augenblicke, wo eine gewaltige Notwendigkeit, ohne daß er sich bewußt war, was es sei, ihn trieb, sich irgendeinem weiblichen Wesen zu nähern, es zu zwingen, wie, das war ihm gleich, denn seine Not war so groß, ihm zu geben, was er brauchte: Mitgefühl.

Kümmere sich jemand um sie? fragte er. Habe sie alles, was sie brauche?

»Oh, danke, alles«, sagte Lily Briscoe nervös. Nein, sie vermochte es nicht. Sie hätte sich sogleich von einer Woge mitfühlender Gesprächigkeit dahintragen lassen müssen; der Druck auf sie war gewaltig. Aber sie stak fest. Es entstand eine schreckliche Pause. Beide blickten sie aufs Meer hinaus. Warum, dachte Mr. Ramsay, sollte sie aufs Meer blicken, wenn er da war? Sie hoffe, sagte sie, es werde ruhig genug sein, daß sie beim Leuchtturm landen könnten. Beim Leuchtturm! Was hatte denn der Leuchtturm damit zu tun? dachte er ungeduldig. Sogleich, mit der Gewalt eines urzeitlichen Windstoßes (denn er konnte wirklich nicht länger an sich halten), entrang sich ihm ein solches Aufstöhnen, daß jede andre Frau auf der ganzen Welt etwas getan, etwas gesagt hätte – jede außer mir, dachte Lily, sich verbittert geißelnd; weil ich ja gar keine Frau bin, sondern eine grämliche, übellaunige, vertrocknete alte Jungfer vermutlich.

Mr. Ramsay ließ seinen Seufzer voll ausklingen. Er wartete. Würde sie nicht doch etwas sagen? Sah sie nicht, was er von ihr wollte? Dann sagte er, er habe einen besonderen Grund, zum Leuchtturm zu fahren. Seine Frau habe den Männern dort immer Sachen geschickt. Es sei ein armer Junge mit einem tuberkulösen Hüftgelenk dort gewesen. Der Sohn des Leuchtturmwächters. Er seufzte tief. Er seufzte vielsagend. Das einzige, was Lily sich wünschte, war nur, daß diese Riesenflut von Kummer, dieser unersättliche Hunger nach Mitgefühl, dieses Verlangen, daß sie sich ihm völlig ausliefern solle (und auch so hätte er noch Kummer genug, um sie auf ewig damit zu versorgen), von ihr ließe, abgelenkt würde (sie blickte immer wieder nach dem Haus und hoffte auf eine Unterbrechung), bevor sie von dieser Strömung hinabgerissen würde.

»Solche Expeditionen«, sagte Mr. Ramsay und scharrte mit der Schuhspitze die Erde auf, »sind sehr schmerzlich.« Noch immer sagte Lily nichts. (Sie ist ein Stock, sie ist ein Stein, dachte er.) »Sie nehmen einen sehr her«, setzte er hinzu und blickte mit einem wehleidigen Blick, der ihr übel machte (er spielte Komödie, das fühlte sie, dieser große Mann dramatisierte sich), auf seine schönen Hände. Es war gräßlich, es war unanständig. Würden die denn nie kommen, fragte sie sich, denn sie konnte diese Riesenlast von Kummer nicht mehr tragen, nicht länger diese schweren Draperien von Gram stützen (er hatte eine Pose äußerster Hinfälligkeit angenommen; er taumelte sogar ein wenig, während er so hier stand); nein, keinen Augenblick länger.

Noch immer vermochte sie nicht, etwas zu sagen; der ganze Himmelsrand schien leergefegt zu sein von Dingen, über die man reden könnte; sie vermochte nur, während Mr. Ramsay hier stand, staunend zu empfinden, wie sein Blick schmerzvoll auf das besonnte Gras fiel und es zu entfärben schien, über die rosige, schläfrige, völlig zufriedene Gestalt Mr. Carmichaels, der in einem Liegestuhl einen französischen Roman las, einen Trauerflor zu werfen schien, als genügte ein solches Dasein, das in einer Welt des Wehs prahlerisch sein Wohlbehagen zur Schau stellte, um die trübseligsten Gedanken hervorzurufen. Sieh ihn an, schien er zu sagen, und sieh mich an! und tatsächlich die ganze Zeit zu fühlen: Denk an mich, denk an mich! Ach, könnte dieser Fettwanst doch neben sie beide hergeweht werden, wünschte sich Lily; hätte sie ihre Staffelei nur ein paar Schritte näher von ihm aufgestellt! Ein Mann, irgendein Mann könnte diesen Erguß stauen, dieses Gejammer verstummen machen. Sie als Frau hatte diesen Greuel hervorgerufen; sie als Frau hätte wissen müssen, wie damit fertig werden. Es war eine gewaltige Schande für sie, als eine ihres Geschlechts hier stumm dazustehn. Man sagte – ja, was sagte man? – Oh, Mr. Ramsay! Mein lieber Mr. Ramsay! Das war's, was diese gütige alte Dame, die Aquarellskizzen machte, diese Mrs. Beckwith, sogleich, und ganz wie es sich gehörte, gesagt hätte. Aber nein, dachte sie, sie standen hier ganz abgeschnitten von der übrigen Welt. Sein ungeheures Selbstbedauern, sein Fordern von Mitgefühl ergossen sich und breiteten sich in Tümpeln um ihre Füße, und sie, elende Sünderin, die sie war, tat nichts weiter, als ihren Kleidsaum ein wenig enger um die Knöchel zu ziehn, damit sie nicht naß würde. Völlig stumm stand sie da und umklammerte ihren Pinsel.

Dem Himmel könnte nie genug Dank sein dafür! – sie hörte Geräusche vom Haus her. James und Cam mußten jetzt wohl kommen. Aber als wüßte Mr. Ramsay, daß seine Zeit zu Ende ging, übte er auf ihre einsame Gestalt den ungeheuern Druck seines aufgestauten Ach und Wehs aus; seines Alters; seiner Gebrechlichkeit; seiner Verlassenheit; da gewahrte er plötzlich, ungeduldig und verärgert den Kopf schüttelnd – denn welche Frau könnte ihm schließlich widerstehn? – er gewahrte, daß die Schnürriemen seiner Stiefel sich gelöst hatten. Bemerkenswerte Stiefel waren es überdies, dachte Lily, auf sie hinabblickend: wie gemeißelt; kolossal; und gleich allem, was Mr. Ramsay trug, angefangen von seinem ausgefransten Schlips bis zu seiner nur halb zugeknöpften Weste, unbestreitbar nur ihm eigen. Sie konnte die Stiefel von selbst in sein Zimmer gehn sehn, auch in seiner Abwesenheit ganz Ausdruck von Pathos, Sauertöpfischkeit, Jähzorn und Charme.

»Was für herrliche Stiefel!« rief sie aus. Dann schämte sie sich. Seine Stiefel zu loben, wenn er von ihr wollte, sie solle seine Seele trösten! Wenn er ihr seine blutenden Hände gezeigt hatte, sein zerrissenes Herz, und sie gebeten hatte, die zu bedauern, einfach munter zu sagen: »Ah, aber was für schöne Stiefel du trägst!«, das verdiente, und sie wußte es und erwartete aufblickend, von einem seiner Anfälle brüllenden Jähzorns völlig vernichtet zu werden.

Statt dessen lächelte Mr. Ramsay. Sein Bahrtuch, seine Draperien, seine Gebrechen fielen von ihm ab. Ach ja, sagte er und hob, damit sie ihn besehe, den Fuß, es seien erstklassige Stiefel. Es gebe nur einen einzigen Mann in England, der solche Stiefel machen könne. Schuhe seien einer der größten Flüche für die Menschheit, sagte er. »Schuster lassen es sich angelegen sein«, rief er, »den menschlichen Fuß zu verkrüppeln und zu foltern.« Sie seien auch die hartschädeligsten und eigensinnigsten Leute auf der Welt. Es habe ihn den besten Teil seiner Jugend gekostet, Schuhe so gemacht zu bekommen, wie sie gemacht werden sollten. Wolle sie doch bemerken (er hob erst den rechten Fuß, dann den linken), daß sie wohl noch nie ganz genau in dieser Form gemachte Stiefel gesehn habe. Sie seien auch aus dem feinsten Leder, das es gebe. Das meiste Leder sei bloß Packpapier und Pappendeckel. Er blickte wohlgefällig auf seinen noch immer in der Luft gehaltenen Fuß. Er und sie hatten nun, so fühlte sie, eine sonnige Insel erreicht, wo Friede weilte, Vernunft herrschte und die Sonne ewig lachte: die selige Insel guter Schuhe. Ihr Herz erwärmte sich für ihn. »Nun lassen Sie mich sehn, ob Sie einen Knoten zu knüpfen verstehn«, sagte er. Er äußerte sich geringschätzig über ihre unzulängliche Methode. Er zeigte ihr seine eigene. Wenn man den Knoten so knüpfe, löse er sich nie. Dreimal knüpfte er ihr Schuhband; dreimal entknotete er es wieder.

Warum nur wurde sie in diesem völlig ungeeigneten Augenblick, als er sich über ihren Schuh beugte, warum wurde sie da so von Mitgefühl mit ihm gequält, daß ihr, als auch sie sich bückte, das Blut ins Gesicht schoß und sie beim Gedanken an ihre Hartherzigkeit (sie hatte ihn einen Komödianten genannt) ihre Augen von Tränen schwellen und brennen fühlte? Wie er da so beschäftigt war, erschien er ihr als eine unendlich rührende Gestalt. Er knüpfte Knoten. Er kaufte Stiefel. Man konnte Mr. Ramsay auf der großen Reise, die er unternommen hatte, nicht helfen. Aber nun, grade als sie etwas zu sagen wünschte, vielleicht etwas hätte sagen können, da kamen sie – Cam und James. Sie erschienen auf der Terrasse. Sie kamen schleppenden Schritts, Seite an Seite, näher, ein ernstes, schwermütiges Paar.

Aber warum kamen sie auf *diese* Weise einher? Sie konnte nicht anders, sie ärgerte sich über die beiden; sie hätten munterer einherkommen können; sie hätten Mr. Ramsay geben können, was sie selbst, nun, da sie aufbrachen, ihm zu geben nicht Gelegenheit haben würde. Denn sie empfand eine plötzliche Leere; eine Vereitelung. Ihr Gefühl war zu spät gekommen; es war da, bereit; aber er benötigte es nicht mehr. Er war jetzt ein sehr distinguierter alter Herr, der sie ganz und gar nicht nötig hatte. Sie fühlte sich auf den Mund geschlagen. Er schwang seinen Rucksack auf die Schulter. Er verteilte die Pakete – es waren ihrer eine ganze Zahl – schlecht verschnürte, in braunem Packpapier. Er sandte Cam zurück einen Mantel holen. Er hatte durchaus die Erscheinung eines Führers, der sich für eine Expedition rüstet. Dann machte er eine halbe Wendung und trat mit seinem festen militärischen Schritt an die Spitze, und in diesen wundervollen Stiefeln, ein Paket in braunem Packpapier in der Hand, schritt er vor seinen Kindern den Gartenweg hinunter. Die beiden sahen aus, dachte sie, als hätte das Schicksal sie einer ernsten Unternehmung geweiht und sie gingen an sie heran, noch jung genug, um fügsam im Kielwasser ihres Vaters nachgezogen zu werden, gehorsam, aber mit einer Mattigkeit in den Augen, die ihr das Gefühl gab, daß sie stumm etwas erduldeten, was ihre Jahre überstieg. So kamen sie am Rand des Rasens vorbei, und Lily schien es, sie sehe einen Zug vorüberziehn, den der Zwang eines gemeinsamen Gefühls in Bewegung gesetzt hatte, das ihn, so stolpernd und schleppend er auch dahinzog, zu einer engverbundenen kleinen und für sie seltsam eindrucksvollen Schar machte. Höflich aber sehr distanziert hob Mr. Ramsay die Hand und grüßte sie im Vorbeikommen.

Aber was für ein Gesicht! dachte sie und spürte sogleich wieder, wie das Mitgefühl, das nicht mehr von ihr geforderte, sie Ausdruck heischend bedrängte. Was hatte dieses Gesicht so gemacht? Angestrengtes Nachdenken, Nacht für Nacht, vermutete sie. Über die Wirklichkeit von Küchentischen, fügte sie hinzu, sich des Symbols erinnernd, das Andrew ihr in ihrer Ungewißheit, worüber Mr. Ramsay nachdenke, geboten hatte. (Er war durch einen Granatsplitter auf der Stelle getötet worden, besann sie sich.) Der Küchentisch war etwas Visionäres, Erhabenes; etwas Kahles, Hartes, kein Zierstück. Er war ungefärbt; war ganz Kanten und Winkel; war kompromißlos schlicht. Aber stets hielt Mr. Ramsay die Augen darauf gerichtet, erlaubte sich nie, abgelenkt oder getäuscht zu werden; bis sein eigenes Gesicht ein abgenütztes, asketisches Aussehn bekam und an dieser unverzierten Schönheit, die ihr so tiefen Eindruck machte, teilhatte. Dann, so rief sie sich ins Gedächtnis (und stand, wo er sie verlassen hatte, den Pinsel in der Hand), hatte auch mancherlei Kummer es – nicht ganz so edel – gefurcht. Er mußte seine Zweifel gehabt haben über diesen Tisch, vermutete sie; ob der ein wirklicher Tisch sei; ob er die Zeit wert sei, die er ihm widmete; ob er schließlich imstande wäre, ihn zu finden. Er hatte gezweifelt, das fühlte sie. Oder er würde weniger von Menschen verlangen. Das war es, worüber die beiden manchmal spät nachts noch gesprochen hatten, vermutete sie; und am nächsten Tag hatte Mrs. Ramsay dann müde ausgesehn, und sie selbst war irgendeiner absurden Kleinigkeit wegen über ihn in Wut geraten. Jetzt aber hatte er niemand, mit dem er über diesen Tisch reden konnte, oder über seine Schuhe oder über seine Knoten, und glich einem Löwen, der suchet, wen er verschlinge, und sein Gesicht hatte diesen Zug von Verzweiflung, von Übertreibung, der sie beunruhigte und der bewirkte, daß sie den Saum ihres Kleids enger um sich zog. Und dann kam, so rief sie sich ins Gedächtnis, dieses plötzliche Wiederaufleben, dieses jähe Aufflammen (als sie seine Stiefel gelobt hatte), dieses plötzliche Wiedererlangen von Lebenslust und Anteilnahme an gewöhnlichen menschlichen Dingen, das auch wieder verging und sich (denn er veränderte sich unaufhörlich und verbarg nichts) in diese andre, letzte Phase verwandelte, die ihr neu war und ihr, sie gestand es sich, ein Gefühl der Beschämung über ihre Reizbarkeit verursacht hatte, als ihr schien, daß er alle Sorge und allen Ehrgeiz abgetan hatte, und die Hoffnung auf Mitgefühl und das Verlangen nach Lob, und eine andre Region betreten hatte und wie von Neugier und in stummer Zwiesprache, ob mit sich selbst oder jemand anders, weitergezogen wurde an der Spitze dieser kleinen Schar, bis er außer Sehweite war. Ein außerordentliches Gesicht! Die Gartentür fiel zu.

3

Sie sind also weg, dachte sie mit einem Seufzer der Erleichterung und Enttäuschung. Ihr Mitgefühl schien ihr ins Gesicht zurückzuschnellen wie eine Dornenranke. Sie fühlte sich seltsam gespalten, als würde der eine Teil von ihr dort hinausgezogen – es war ein stiller, dunstiger Tag; der Leuchtturm sah diesen Morgen ungeheuer weit entfernt aus – und der andre hätte sich verbissen, klobig hier auf dem Rasen festgesetzt. Sie sah ihre Malerleinwand gleichsam als wäre die heraufgeschwebt und hätte sich weiß und bedingungslos vor sie hingebreitet. Sie schien ihr mit ihrem kalten, starrenden Blick einen Verweis zu erteilen für all diese Hast und Erregung; diese törichte Vergeudung von Gefühl; sie rief sie drastisch zurück und verbreitete in ihrem Geist zuerst, als ihre ungeordneten Empfindungen (er war gegangen und hatte ihr so leid getan, und sie hatte nichts gesagt) in einem wirren Haufen das Schlachtfeld verlassen hatten, Frieden; und dann Öde. Sie sah mit leerem Blick auf die Leinwand und ihr kompromißloses Starren; von der Leinwand auf den Garten. Es war da etwas (sie stand und zog die Brauen über den kleinen Chinesenaugen des schmalen, verkniffenen Gesichts zusammen), etwas in den Verhältnissen zwischen diesen querüber und herab einander überschneidenden Linien und der Masse der Hecke mit ihrer grünen Höhlung von Blau und Braun, das ihr im Sinn geblieben war; das einen Knoten in ihrem Geist geknüpft hatte, so daß sie sich unwillkürlich, zu den unerwartetsten Zeiten, während sie die Brompton Road entlangging, während sie sich das Haar bürstete, dabei überrascht hatte, wie sie dieses Bild malte, ihre Augen darüber hingleiten ließ und sich vorstellte, daß sie diesen Knoten löste. Aber es bestand der allergrößte Unterschied dazwischen, so leichthin zu planen, wenn sie ihrer Leinwand fern war, und tatsächlich den Pinsel zu ergreifen und den ersten Strich zu tun.

Sie hatte in ihrer Erregung über Mr. Ramsays Anwesenheit den falschen Pinsel ergriffen, und ihre so nervös in den Boden gerammte Staffelei stand nicht im richtigen Winkel.

Und nun, nachdem sie das berichtigt und dabei alles nicht dazu Gehörige und Belanglose unterdrückt hatte, das an ihrer Aufmerksamkeit zerrte und sie zwang, sich zu erinnern, sie sei die und die Person, habe die und die Beziehungen zu Menschen, ergriff und stützte sie ihre Hand mit der andern und hob den Pinsel. Einen Augenblick lang blieb er in schmerzhafter, aber aufregender Ekstase zitternd in der Luft schweben. Wo beginnen? – das war die Frage; wohin den ersten Strich setzen? Ein auf der Leinwand gezogener Strich verpflichtete einen zu unzähligen Wagnissen, zu häufigen und unwiderruflichen Entscheidungen. Alles, was in der Idee einfach schien, wurde in der Ausführung sogleich kompliziert; wie die Wellen sich, vom Klippenrand gesehn, symmetrisch formen, aber für den Schwimmer zwischen ihnen durch tiefe Abgründe und schäumende Kämme getrennt sind. Dennoch mußte das Wagnis unternommen, das erste Zeichen gesetzt werden.

Mit einer seltsamen körperlichen Empfindung, als würde sie vorwärtsgedrängt und müsse sich gleichzeitig zurückhalten, zog sie den ersten schnellen, entscheidenden Strich. Der Pinsel bewegte sich abwärts. Er flackerte braun über die weiße Leinwand; er hinterließ ein fortlaufendes Zeichen. Sie wiederholte das einmal – zweimal. Und so innehaltend und ihn so flackern lassend geriet sie in eine rhythmische Tanzbewegung, als wären die Pausen der eine Teil des Rhythmus' und die Pinselstriche der andre und alle in Beziehung zueinander; und so, leicht und schnell pausierend und wieder pinselnd, strichelte sie die Leinwand mit braunen, darüber hinlaufenden nervösen Linien, die, kaum daß sie sich darauf niedergelassen hatten, schon (sie fühlte ihn ihr entgegengähnen) einen Raum umschlossen. Von unten her, im Tal der einen Welle, sah sie die nächste sich höher und höher über ihr auftürmen. Denn was konnte mächtiger sein als dieser

Raum? Hier war sie nun wieder, dachte sie zurücktretend und hinsehend, aus müßigem Gerede herausgeholt, aus der Gemeinschaft mit Menschen in die Gegenwart dieses mächtigen uralten Feindes – dieses Andern, dieser Wahrheit, dieser Wirklichkeit, die wie mit Händen nach ihr griff und kraß im Hintergrund der Erscheinungen auftauchte und ihre Aufmerksamkeit forderte. Sie war halb unwillig, halb unlustig. Warum immer herausgeholt und hinweggezerrt werden? Warum nicht in Frieden gelassen sein, um mit Mr. Carmichael auf dem Rasen zu plaudern? Es war jedenfalls eine anstrengende Art von Zwiesprache. Andre anbetungswürdige Objekte begnügten sich mit Anbetung. Männer, Frauen, Gott, alle zwangen sie einen, sich auf die Knie hinzuwerfen; aber diese Art, und wäre es auch nur in der Form eines auf einem Tisch aus Rohrgeflecht aufragenden weißen Lampenschirms, reizte einen zu unaufhörlichem Zweikampf, forderte einen zu einem Ringen heraus, bei dem man geworfen werden mußte. Immer (es lag an ihrer Natur oder an ihrem Geschlecht, sie wußte nicht, an welchem von beiden), bevor sie das Fließende des Lebens mit dem Verdichtenden des Malens vertauschte, hatte sie ein paar Augenblicke der Nacktheit, in welchen sie einer ungeborenen Seele zu gleichen schien, einer des Körpers beraubten Seele, die auf einer luftigen Felsspitze zögert und schutzlos allen Windstößen des Zweifels ausgesetzt ist. Warum tat sie es dann? Sie blickte auf die von laufenden Linien leicht gestrichelte Leinwand – die in eine der Dienstbotenkammern gehängt werden würde; zusammengerollt und unter ein Sofa gestopft werden würde. Wozu also doch malen? Und sie hörte eine Stimme sagen, sie könne nicht malen, sie könne nichts schaffen; als wäre sie von einer dieser gewohnten Strömungen erfaßt, die nach einer gewissen Zeit im Geist zu Erfahrung wird, so daß man Worte wiederholt, ohne sich noch bewußt zu sein, wer sie ursprünglich gesprochen hat.

»Können nicht malen, können nicht schreiben«, murmelte sie eintönig und überlegte besorgt, nach welchem Angriffsplan sie vorgehn solle. Denn die Masse da ragte vor ihr auf; sie ragte ihr entgegen; sie fühlte sie auf ihre Augäpfel drükken. Dann begann sie, als würde sich von selbst ein zur Schmierung ihrer Fähigkeiten notwendiger Saft ausspritzen, zunächst noch unsicher zwischen die Blau und Umbra zu fahren, ihren Pinsel hierhin und dahin zu führen, aber er war nun schwer und bewegte sich langsamer, als wäre er in einen Rhythmus verfallen, der ihr von dem, was sie sah (sie blickte immer wieder auf die Hecke, auf die Leinwand), vorgeschrieben wurde, so daß, während ihre Hand vor Leben zitterte, dieser Rhythmus stark genug war, sie auf seiner Strömung mit sich fortzutragen. Sicherlich verlor sie das Bewußtsein von allem außerhalb ihrer. Und als sie so das Bewußtsein von alledem verlor, und von ihrem Namen und ihrer Persönlichkeit und ihrer Erscheinung und davon, ob Mr. Carmichael da war oder nicht, warf ihr Geist aus seinen Tiefen fortwährend Szenen und Namen und Aussprüche und Erinnerungen und Gedanken empor wie ein Springbrunnen, der diesen ihr entgegenstarrenden, gräßlich schwierigen weißen Raum übersprühte, während sie ihn mit grünen und blauen Tönen modellierte.

Charles Tansley pflegte das zu sagen, erinnerte sie sich: Frauen können nicht malen, können nicht schreiben. Hinter ihr herankommend hatte er sich – und wie sie das haßte! – dicht neben sie gestellt, während sie hier auf dieser selben Stelle malte. »Shagtabak«, hatte er gesagt, »zu fünf Pence die Unze«, und so mit seiner Armut, seinen Grundsätzen paradiert. (Aber der Krieg hatte ihrem Feminismus den Stachel genommen. Arme Teufel, dachte man sich, arme Teufel beiderlei Geschlechts, die in solche Schlamassel gerieten!) Er hatte immer ein Heft unterm Arm umhergetragen – ein dunkelrotes Heft. Er hatte »gearbeitet«. Er hatte, erinnerte sie sich, arbeitend in der prallen Sonne gesessen. Beim Essen hatte er immer mitten in der Aussicht gesessen. Und dann, dachte sie weiter, hatte sich diese Szene auf dem Strand abgespielt. Die durfte man nicht aus dem Gedächtnis verlieren. Es war ein windiger Vormittag gewesen. Sie waren alle auf den Strand hinuntergegangen. Mrs. Ramsay saß an einen Felsblock gelehnt und schrieb Briefe. Sie schrieb und schrieb. »Oh«, sagte sie, endlich aufsehend und etwas im Meer Schwimmendes erblickend, »ist das eine Hummernfalle? Ist es ein gekentertes Boot?« Sie war so kurzsichtig, daß sie es nicht wahrnehmen konnte; und dann wurde Charles Tansley so nett, wie er nur zu sein vermochte. Er zeigte ihr, Lily, wie man »plättelte«. Sie suchten sich kleine flache Steine und warfen sie so, daß sie über die Wellen hüpften. Immer wieder blickte Mrs. Ramsay über ihre Brille weg und lachte ihnen zu. Was sie miteinander redeten, dessen konnte sie sich nicht erinnern, sondern nur, daß sie und Charles »plättelten« und sich plötzlich sehr gut miteinander vertrugen und Mrs. Ramsay ihnen zusah. Dessen war sie sich noch sehr bewußt. Mrs. Ramsay! dachte sie, zurücktretend und die Augen zusammenkneifend. (Es mußte die Komposition beträchtlich anders gestaltet haben, daß sie damals mit James dort in der offenen Tür saß. Es mußte ein Schatten dort gewesen sein.) Mrs. Ramsay! Wenn sie an sich und Charles dachte, wie sie Steine übers Wasser hüpfen ließen, und an die ganze Szene auf dem Strand, schien das alles davon bedingt zu sein, daß Mrs. Ramsay am Fuß des Felsens saß, einen Schreibblock auf den Knien, und Briefe schrieb. (Sie schrieb unzählige Briefe, und manchmal wurden sie vom Wind erfaßt, und Charles und sie retteten dann so ein Blatt grade noch vor dem Meer.) Aber welche Macht in der Menschenseele war! dachte sie. Jene Frau, die damals am Fuß des Felsens saß und schrieb, hatte alles sich ganz einfach, wie von selbst lösen lassen; hatte bewirkt, daß aller Zorn und alle Gereiztheit wie Lumpen von einem abfielen; sie hatte dies und das und noch jenes zusammengeholt und so aus diesen jämmerlichen Albernheiten und Gehässigkeiten (wie sie mit Charles stritt und sich zankte, das war albern und gehässig gewesen) etwas geschaffen – diese Szene auf dem Strand zum Beispiel, diesen Augenblick von Freundschaft und gegenseitigem Wohlgefallen – das nach so vielen Jahren noch lebendig war und vollständig, so daß sie darein eintauchen und ihre Erinnerung an Charles ummodeln konnte und diese fast wie ein Kunstwerk in ihrem Gedächtnis fortlebte.

»Wie ein Kunstwerk«, wiederholte sie und blickte von der Leinwand auf die Schwelle zum Wohnzimmer und wieder zurück. Sie mußte einen Augenblick rasten. Und während sie rastete und nur ungefähr zwischen den beiden hin- und herblickte, da stand die alte Frage – die unaufhörlich über den Himmel der Seele wanderte, die ungeheure, die allumfassende, die in solchen Augenblicken wie diesem, wo sie Fähigkeiten, die angespannt gewesen waren, sich entspannen ließ, gewöhnlich zu einer besondern wurde, – dann drohend vor ihr, schwebte über ihr, warf ihren Schatten über sie. Was ist der Sinn des Lebens? Das war alles – eine einfache Frage; eine, die einem mit den Jahren immer näherrückte. Die große Offenbarung war nie gekommen. Die große Offenbarung würde vielleicht nie kommen. Statt der gab es kleine tägliche Wunder, Erleuchtungen, unerwartet im Dunkel aufflammende Streichhölzchen; da war so eins. Dies, das und jenes; sie selbst und Charles Tansley und die heranrollende Welle; Mrs. Ramsay, die sie beide zusammenbrachte; Mrs. Ramsay, die sagte: »Leben, steh still hier!«; Mrs. Ramsay, die aus dem Augenblick etwas Dauerndes machte (wie in einer andern Sphäre sie selbst aus dem Augenblick etwas

Dauerndes zu machen suchte), – alles das hatte das Wesen einer Offenbarung. Inmitten eines Chaos war da etwas Gestaltetes; dieses ewige Vorbeigehn und Vorüberfluten (sie blickte auf die ziehenden Wolken, die zitternden Blätter) wurde mit einem Schlag fest. Leben, steh still hier, hatte Mrs. Ramsay gesagt. »Mrs. Ramsay! Mrs. Ramsay!« wiederholte sie. Ihr verdankte sie diese Offenbarung.

Alles war ruhig. Im Haus schien sich noch nichts zu rühren. Sie blickte hin, wie es dort in der Frühsonne schlief, die Fensterscheiben grün und blau von gespiegeltem Laub. Ihr leises Gedenken an Mrs. Ramsay schien im Einklang zu sein mit diesem stillen Haus; diesem Rauch; dieser frischen Morgenluft. Leise und unwirklich, schien es doch erstaunlich rein und erregend zu sein. Sie hoffte, niemand werde ein Fenster öffnen oder aus der Haustür kommen, sondern sie werde alleinbleiben und weiter nachdenken, weiter malen können. Sie wandte sich ihrer Leinwand zu. Aber getrieben von irgendeiner Neugier, getrieben von dem Unbehagen, ihr Mitgefühl unentladen in sich zu behalten, ging sie die paar Schritte bis zum andern Rand des Rasens, um, wenn sie könnte, dort unten auf dem Strand die kleine Gesellschaft Segel setzen zu sehn. Dort, zwischen den kleinen Booten, manchen mit noch eingerollten Segeln, manchen sich ganz langsam, denn es war ein sehr ruhiger Tag, hinwegbewegenden, lag eins ziemlich abseits von den andern. Und soeben wurde das Segel gehißt. Sie entschied, daß dort, in diesem sehr fernen und völlig stummen kleinen Boot, Mr. Ramsay mit Cam und James saß. Nun war dieses Segel hochgezogen; nun füllten sich, erst noch ein wenig schlaff und zögernd, die Segel, und sie sah zu, wie das Boot, in tiefes Schweigen gehüllt, mit absichtsvoller Entschlossenheit, an den andern Booten vorbei seinen Weg aufs Meer hinaus nahm.

4

Die Segel flappten über ihren Köpfen. Das Wasser gluckste und klatschte an die Wände des Boots, das regungslos in der Sonne döste. Dann und wann wellten sich die Segel unter einer leichten Brise, aber die lief über sie hin und legte sich. Das Boot rührte sich überhaupt nicht. Mr. Ramsay saß in der Mitte des Boots. Im nächsten Augenblick würde er ungeduldig werden, dachte James, und Cam dachte dasselbe und blickte auf ihren Vater, der in der Mitte des Boots zwischen ihnen saß (James steuerte; Cam saß allein im Bug) und die Beine, eng umeinander gehakt, unter sich gezogen hatte. Er haßte es, so herumzuwarten. Und ganz gewiß, nach ein paar Sekunden Hinundherrückens sagte er etwas in scharfem Ton zu Macalisters Jungen, der darauf die Ruder einlegte und zu rudern begann. Ihr Vater aber, das wußten sie, würde sich nicht zufriedengeben, bevor sie nicht dahinflögen. Er würde immer wieder nach einer Brise auslugen, hinundherrücken, halblaut etwas murmeln, was Macalister und dessen Junge hören könnten, und ihnen, ihr und ihm, würde das schrecklich unangenehm sein. Er hatte sie zum Mitkommen veranlaßt. Er hatte sie zum Mitkommen gezwungen. In ihrem Ärger hofften sie, daß die Brise nie aufspringen werde, daß er auf jede mögliche Weise gehindert würde, weil er sie gegen ihren Willen gezwungen hatte mitzukommen.

Den ganzen Weg zum Strand hinunter waren sie immer hinter ihm zurückgeblieben, obgleich er ihnen ohne zu sprechen befahl: »Nur vorwärts, vorwärts!« Sie hatten die Köpfe gesenkt gehalten, wie hinabgedrückt von einem unerbittlichen Sturmwind. Es ihm sagen, das konnten sie nicht. Sie mußten mit; sie mußten ihm folgen. Im Gehn aber gelobten sie sich schweigend, zusammenzuhalten und ihren großen Pakt auszuführen – der Tyrannei Widerstand zu leisten bis in den Tod. Und so saßen sie denn schweigend da, eins an dem einen Ende des Boots und das andre an dem andern. So sprachen sie denn nicht, sahen nur dann und wann dorthin, wo er, die unter sich gezogenen Beine umeinander gehakt, stirnrunzelnd und mit vielen »Pah« und »Puh« saß und vor sich hinmurmelnd ungeduldig auf eine Brise wartete. Wogegen sie hofften, es werde windstill bleiben. Sie hofften, sein Vorhaben werde vereitelt werden. Sie hofften, der ganze Ausflug werde mißglücken und sie würden samt ihren Paketen an den Strand zurücksteuern müssen.

Aber jetzt, nachdem Macalisters Junge ein kleines Stückweit hinausgerudert war, schwangen die Segel langsam herum, das Boot beschleunigte seine Fahrt, machte sich platt und schoß dahin. Sogleich, als hätte sich eine große Spannung gelockert, enthakte Mr. Ramsay die Beine, holte seinen Tabaksbeutel hervor, reichte ihn mit einem Knurrlaut Macalister und war, das erkannten sie, trotz allem, was sie litten, vollkommen zufrieden. Nun würden sie stundenlang so weitersegeln, und Mr. Ramsay würde den alten Macalister irgend etwas fragen – über den großen Sturm im letzten Winter wahrscheinlich, und der alte Macalister würde ihm darauf antworten, und sie würden miteinander ihre Pfeifen rauchen, und Macalister würde ein teeriges Tauende zwischen die Finger nehmen und einen Knoten schlingen und entschlingen, und der Junge würde fischen und kein Wort mit jemand sprechen. James wäre gezwungen, die Augen die ganze Zeit auf das Segel gerichtet zu halten, denn vergäße er das, würde sich das Segel fälteln und erschauern und das Boot seine Fahrt verlangsamen und Mr. Ramsay scharf: »Gib acht! Gib acht!« rufen, und der alte Macalister würde sich langsam auf seinem Hosenboden herwenden. Und so hörten sie, wie Mr. Ramsay irgend etwas über den großen Sturm zu Weihnachten wissen wollte. »Und sie kommt um die Nase herum –«, erzählte der alte Macalister, den großen Sturm zu Weihnachten schildernd, als zehn Schiffe Zuflucht suchend in die Bucht hereingetrieben worden waren und er »eins dort, eins dort und eins dort« gesehn hatte (er wies langsam in der Bucht rundum. Mr. Ramsay folgte, den Kopf wendend, seinem Zeigefinger). Er hatte drei Männer sich an den Mast anklammern sehn. Dann war sie gesunken. »Und endlich konnten wir abstoßen«, fuhr er fort (aber in ihrem Ärger und ihrer Verschlossenheit erhaschten sie nur hie und da ein Wort, wie sie so an den entgegengesetzten Enden des Boots saßen, vereint durch ihren Pakt, Tyrannei bis in den Tod zu bekämpfen). Endlich hatten sie sie 'reingekriegt, sie hatten das Rettungsboot flottgemacht und es über die Nase hinausgebracht – Macalister erzählte die Geschichte, und obwohl die zwei nur hie und da ein Wort auffingen, waren sie sich die ganze Zeit ihres Vaters bewußt – wie er sich vorneigte, wie er die seine auf die Stimme Macalisters abstimmte; wie er, seine Pfeife paffend und dorthin und dahin, wo Macalister grade hinwies, blickend, die Vorstellung von dem Sturm auskostete und von der finstern Nacht und von den Fischern, die sich da geplagt hatten. Er hatte es gern, wenn Männer schwer arbeiteten und schwitzten, auf dem windigen Strand, in der Nacht, und Muskeln und Hirn gegen die Wellen und den Wind einsetzten; er hatte es gern, wenn Männer sich abrackerten und ihre Frauen das Haus besorgten und daheim neben schlafenden Kindern saßen, während draußen die Männer in einem Sturm ertranken. Das konnte James und das konnte Cam (sie blickten auf ihn, sie blickten einander an) am Zurückwerfen seines Kopfs erkennen und an seiner Wachheit und dem Klang seiner Stimme und der Spur von schottischer Aussprache, die in seine Stimme kam und ihm selbst den Anschein eines Bauern gab, während er Macalister über die elf Schiffe ausfragte, die während eines Sturms in die Bucht getrieben worden waren. Drei waren gesunken.

Er blickte stolz dorthin, wohin Macalister wies; und Cam dachte, und war stolz auf ihn, ohne recht zu wissen warum, wäre er dabeigewesen, er hätte das Rettungsboot flottgemacht, er wäre zu dem Wrack hingelangt, dachte Cam. Er war so tapfer, er war so abenteuerlustig, dachte Cam. Aber dann erinnerte sie sich. An diesen Pakt: Tyrannei bis in den Tod zu widerstehn. Der Grund ihres Grolls lastete auf ihnen. Sie waren gezwungen worden; sie waren kommandiert worden. Er hatte sie wieder einmal niedergeworfen mit seinem düstern Blick und seiner Autorität, hatte sie dahin gebracht, sein Geheiß zu tun, an diesem schönen Morgen, mitzukommen, weil er es wünschte, und diese Pakete zum Leuchtturm zu schaffen; an diesen Riten teilzunehmen, die er im Gedenken an Tote zu seinem eigenem Vergnügen vollzog, an diesen Riten, die sie haßten, so daß sie hinter ihm zurückgeblieben waren und ihnen die ganze Freude an diesem Tag verdorben war.

Ja, die Brise frischte auf. Das Boot neigte sich zur Seite, das Wasser wurde scharf durchschnitten, wölbte sich und fiel in grünen Kaskaden, in Blasen, in Katarakten davon weg. Cam blickte in den Schaum hinunter, in das Meer mit all seinen Schätzen darin, und die Geschwindigkeit hypnotisierte sie, und das Band zwischen ihr und James sackte ein wenig; es war nicht mehr ganz so straff. Sie begann sich zu denken: Wie schnell es dahineilt! Wohin fahren wir? Und die Bewegung hypnotisierte sie, während James, die Augen unverrückt auf das Segel und den Horizont gerichtet, verbissen steuerte. Aber unterm Steuern begann er sich zu sagen, daß er entkommen könnte; er könnte das alles loswerden. Sie beide könnten irgendwo landen; und dann frei sein. Beide hatten sie, einen Augenblick einander ansehend, ein Gefühl des Entkommens und des Jubels über diese Geschwindigkeit und diese Veränderung. Die Brise brachte aber auch in Mr. Ramsay eine gleiche Erregung hervor, und als der alte Macalister sich umwandte, um seine Schleppschnur über Bord zu werfen, rief er laut: »Untergegangen«, und dann wieder: »Jeder allein«. Und nahm sich dann, mit seinem gewohnten Anfall von Reue oder Schüchternheit, zusammen und wies mit der Hand zum Ufer.

»Siehst du das kleine Haus?« fragte er und wollte, daß Cam hinsehe. Sie richtete sich widerstrebend auf und sah hin. Aber welches war es? Sie konnte nicht mehr unterscheiden, welches auf dem Abhang dort ihr Haus war. Alle Häuser sahen fern und friedlich und fremd aus. Das Ufer schien verfeinert, weit weg und unwirklich zu sein. Die kurze Strecke, die sie gesegelt waren, hatte sie schon sehr weit davon entfernt und ihm das veränderte, das gelassene Aussehn von etwas Entschwindendem verliehn, an dem man nicht mehr teilhaben konnte. Welches war ihr Haus? Sie konnte es nicht finden.

»Doch ich, in einem wildern Meer«, murmelte Mr. Ramsay. Er hatte das Haus entdeckt, und da er es sah, sah er auch sich selbst dort; hatte sich auf der Terrasse hin- und hergehn gesehn, allein. Er ging dort zwischen den Sandsteinurnen hinundher; und er kam sich sehr alt und gebeugt vor. Hier im Boot sitzend beugte er sich, kauerte er sich, spielte er sogleich seine Rolle – die eines Vereinsamten, Verwitweten, hilflos Zurückgelassenen; rief sich so vor sein inneres Auge ganze Heerscharen von Leuten, die ihn bemitleideten; inszenierte für sich, wie er so hier im Boot saß, ein kleines Drama; das von ihm Gebrechlichkeit und Erschöpfung und Kummer erforderte (er hob die Hände und blickte, um sich seinen Traum zu bestätigen, auf sie, wie abgezehrt sie waren), und da wurde ihm überreichlich das Mitgefühl von Frauen zuteil, und er stellte sich vor, wie sie ihn beruhigten und ihn bedauerten, und als er so in seiner Träumerei einen Abglanz des köstlichen Genusses empfing, den das Mitgefühl von Frauen ihm bot, seufzte er und sagte sanft und traurig:

»Doch ich, in einem wildern Meer,
In tiefre Schlünde sank als er«,

sagte es so, daß die traurigen Worte ganz deutlich von ihnen allen gehört wurden. Cam fuhr halb von ihrem Platz auf. Es schockierte sie; es empörte sie. Diese Bewegung riß ihren Vater aus seinen Gedanken; er erschauerte, unterbrach sich und rief so drängend: »Schaut! Schaut!«, daß James den Kopf wandte, um über die Schulter auf die Insel zurückzublicken. Sie alle blickten hin. Sie alle blickten auf die Insel.

Aber Cam konnte nichts sehn. Sie dachte sich, wie doch alle die Gartenwege und der Rasen, beladen und verknotet mit dem Leben, das ein jedes von ihnen dort gelebt hatte, verschwunden seien; ausgelöscht; vorbei; unwirklich geworden seien, und nun nur dies wirklich sei: das Boot und das Segel mit seinem großen Flicken; Macalister mit seinen Ohrringen; das Geräusch der Wellen – das alles war wirklich. Bei diesen Gedanken murmelte sie, denn die Worte ihres Vaters brachen sich immer wieder in ihrem Geist, vor sich hin: »Untergegangen – jeder allein«, und daraufhin begann ihr Vater, der sie so unbestimmt in die Ferne starren sah, sie zu necken. Kenne sie denn die vier Weltgegenden nicht? fragte er. Könne sie denn nicht Norden von Süden unterscheiden? Glaube sie wirklich, sie wohnten alle dort draußen? Und er wies abermals auf die richtige Stelle und zeigte ihr, wo das Haus stand, dort, bei jenen Bäumen. Er wollte, sie würde versuchen, ein wenig genauer zu sein. »Nun sag mir – wo ist Osten, wo ist Westen?« fragte er, halb sie auslachend, halb sie ausscheltend, denn er könne den Geisteszustand jemandes, der nicht völlig schwachsinnig sei, aber die vier Weltgegenden nicht zu unterscheiden vermöge, nicht verstehn. Und doch vermochte sie es nicht. Und als er sie mit ihrem unbestimmten und nun fast furchtsamen Blick dorthin starren sah, wo gar kein Haus stand, vergaß Mr. Ramsay seinen Traum: wie er zwischen den Urnen auf der Terrasse hin- und hergeschritten war; wie Arme sich ihm entgegengestreckt hatten. Frauen waren immer so; die Verschwommenheit ihres Denkens war hoffnungslos; die war etwas, das er nie hatte verstehn können; aber so war's eben. Es war auch mit ihr so gewesen – mit seiner Frau. Frauen vermochten nichts klar im Geist festzuhalten. Aber er hatte unrecht gehabt, zornig mit ihr zu sein; überdies, hatte er diese Verschwommenheit bei Frauen nicht eher ganz gern? Sie war ein Teil ihres außerordentlichen Charmes. Ich will mich bemühn, daß sie mich anlächelt, dachte er; sie sieht so verängstigt aus. Sie ist so schweigsam. Er krampfte die Finger und beschloß, daß seine Stimme und sein Gesicht und alle die schnellen, ausdrucksvollen Gesten, die ihm immer zur Verfügung gestanden hatten, um in allen diesen Jahren die Leute dahin zu bringen, ihn zu bemitleiden und zu loben, sich bezähmen sollten. Er wollte Cam dahin bringen, ihn anzulächeln. Er würde irgend etwas Leichtes, Einfaches finden, das er zu ihr sagen könnte. Aber was? Denn ganz in seine Arbeit versponnen, wie er immer war, hatte er vergessen, was man da sagte. Aber war da nicht dieser junge Hund? Sie hatten einen jungen Hund. Wer kümmere sich heute um den jungen Hund? fragte er. Ja, dachte James erbarmungslos, während er den Kopf seiner Schwester sich gegen das Segel abzeichnen sah, jetzt wird sie nachgeben. Ihm allein würde es überlassen bleiben, den Pakt zu erfüllen. Cam würde nie Tyrannei bis in den Tod Widerstand leisten, dachte er grimmig, ihr Gesicht beobachtend, dieses traurige, verdrossene, nachgiebige Gesicht. Und wie es manchmal geschieht, wenn der Schatten einer Wolke auf eine grüne Halde fällt und Ernst sich herabsenkt und zwischen all den umgebenden Bergen Düster und Kummer liegt und es den Anschein hat, die Berge selbst müßten über dem Schicksal der wolkenbeschatteten, der verdunkelten grübeln, sei es mitleidig, sei es schadenfroh über ihr Verzagen: so fühlte sich nun Cam überwölkt, wie sie hier zwischen gelassenen, entschlossenen Männern saß und nicht wußte, was sie ihrem Vater über den jungen Hund antworten solle; wie sie seinem Flehen – Verzeih mir doch! Nimm dich meiner an! – Widerstand leisten solle; während James, der Gesetzgeber, die Tafeln ewiger Weisheit offen auf den Knien (seine Hand auf der Ruderpinne war für sie symbolisch geworden), sagte: Leiste ihm Widerstand! Bekämpfe ihn! Er sagte das mit Recht; gerechterweise. Denn sie müßten Tyrannei bis in den Tod bekämpfen, dachte sie. Von allen menschlichen Eigenschaften verehrte sie Gerechtigkeit am meisten. Ihr Bruder war der gottähnlichste Mensch, ihr Vater der demütigst flehende. Und welchem sollte sie nachgeben? dachte sie, als sie so zwischen den beiden saß und zum Ufer hinblickte, dessen Punkte ihr alle unbekannt waren, und dachte, wie doch der Rasen und die Terrasse und das Haus hinweggeglättet waren und Friede dort weilte.

»Jasper«, antwortete sie mürrisch; er werde sich um den Hund kümmern.

Und wie wolle sie ihn nennen? fragte ihr Vater beharrlich weiter. Er habe als kleiner Junge einen Hund besessen, der habe Frisk geheißen. Sie wird nachgeben, dachte James, als er einen Ausdruck in ihr Gesicht kommen sah, dessen er sich erinnern konnte. Sie blicken hinunter, dachte er, auf ihr Strickzeug oder sonst was. Dann plötzlich blicken sie auf. Ein blaues Blitzen fuhr herab, fiel ihm ein, und er war sehr zornig geworden. Es mußte seine Mutter gewesen sein, dachte er, die auf einem niedrigen Sitz saß, während sein Vater vor ihr stand. Er begann unter den unendlich vielen Reihen von Eindrücken zu suchen, die die Zeit, Blatt auf Blatt, Falte auf Falte sacht und unaufhörlich auf sein Gehirn gebreitet hatte; unter Gerüchen, Geräuschen; Stimmen, barschen, wohlklingenden, süßen; vorübergleitenden Lichtern und tappenden Besen; und dem Rauschen und Verstummen des Meers und, wie ein Mann hin- und hermarschiert und plötzlich, hoch aufgerichtet, vor ihnen stehn geblieben war. Unterdessen bemerkte er, daß Cam ihre Finger durchs Wasser gleiten ließ und auf das Ufer starrte; aber sie sagte nichts. Nein, sie wird nicht nachgeben, dachte er; sie ist anders, dachte er. Na, wenn Cam ihm nicht antworten wollte, würde er sie nicht weiter belästigen, entschied Mr. Ramsay und tastete in seiner Tasche nach einem Buch. Aber sie wollte ihm antworten; sie wünschte leidenschaftlich, etwas Hemmendes von ihrer Zunge zu entfernen, um zu sagen: Ach ja, Frisk; ich will ihn Frisk nennen. Sie wollte ihn sogar fragen: War das der Hund, der ganz allein über das Hochmoor zurückfand? Aber wiesehr sie sich auch mühte, ihr fiel nichts ein, was sie sagen könnte, sondern sie hielt sich streng und treu an den Pakt, übermittelte aber dennoch ihrem Vater, ohne daß James es ahnte, ein heimliches Zeichen der Liebe, die sie für ihn empfand. Denn, dachte sie, mit der Hand im Wasser plätschernd (und nun hatte Macalisters Junge eine Makrele gefangen, und die lag zuckend auf dem Boden des Boots, mit Blut an den Kiemen), denn, dachte sie, James anblickend, der die Augen leidenschaftslos auf das Segel gerichtet hielt oder dann und wann eine Sekunde lang zum Himmel aufblickte, du bist dem nicht ausgesetzt, diesem Druck, dieser Spaltung der Gefühle, dieser außerordentlichen Verlockung. (Ihr Vater suchte in seinen Taschen; im nächsten Augenblick würde er das Buch gefunden haben.) Weil niemand eine solche Anziehung für sie besaß; sie empfand seine Hände als schön und seine Füße und seine Stimme und seine Worte und seine Hast und seinen Jähzorn und seine Absonderlichkeiten und seine Leidenschaftlichkeit und, daß er geradeheraus sagen konnte: Wir gehen unter, jeder allein, und seine Entrücktheit. (Er hatte jetzt das Buch geöffnet.) Aber was unerträglich blieb, dachte sie, aufrecht dasitzend und zusehend, wie Macalisters Junge den Haken aus den Kiemen noch eines Fisches zog, das war diese seine sture Blindheit und Tyrannei, die ihre Kindheit vergiftet und bittere Stürme heraufbeschworen hatte, so daß sie sogar jetzt noch in der Nacht vor Wut zitternd erwachte und sich an einen seiner Befehle erinnerte; an ein unverschämtes: »Tu dies!«, »Tu das!«; an seine Gewaltherrschaft, sein »Unterwirf dich mir!«

Also sagte sie nichts, sondern blickte weiter verstockt und traurig zum Ufer hin, dem in seinen Mantel von Frieden gehüllten; als wären die Leute dort eingeschlafen, dachte sie; wären frei und ungebunden wie Rauch, wären frei, zu kommen und zu gehn wie Geister. Die dort kannten kein Leid, dachte sie.

5

Ja, das mußte das Boot sein, entschied Lily Briscoe, die am Rand des Rasens stand. Es war das Boot mit den graubraunen Segeln, das sie nun sich ins Wasser ducken und quer über die Bucht davonschießen sah. Dort sitzt er, dachte sie, und die Kinder schweigen noch immer. Und erreichen konnte sie ihn auch nicht. Das Mitgefühl, das sie ihm nicht hatte schenken können, lastete auf ihr. Das machte ihr das Malen schwierig.

Sie hatte ihn immer schwierig gefunden. Sie war nie imstande gewesen, ihn ins Gesicht zu loben, erinnerte sie sich. Und das verringerte ihre Beziehung zueinander zu etwas Neutralem, ohne das Element von Erotik darin, das ihn in seinem Benehmen Minta gegenüber so galant, ja fast heiter gemacht hatte. Er hatte etwa eine Blume für sie gepflückt, ihr seine Bücher geliehen. Aber hatte er geglaubt, daß Minta sie las? Sie hatte sie mit sich im Garten umhergeschleppt und Blätter hineingesteckt, um die Stelle zu bezeichnen.

»Erinnern Sie sich noch, Mr. Carmichael?« fühlte sie sich versucht zu fragen, auf den alten Mann hinblickend. Der aber hatte den Hut bis in die halbe Stirn gezogen; er schlief oder träumte oder lag einfach da und fing Wörter, vermutete sie.

»Erinnern Sie sich?« fühlte sie sich versucht, ihn zu fragen, als sie an ihm vorbeiging und abermals an Mrs. Ramsay auf dem Strand denken mußte; wie das Faß auf und ab schaukelte; und die Briefblätter davonflogen. Warum war, nach all den vielen Jahren, dieses noch lebendig, wie von einem Kreis umgeben, beleuchtet, sichtbar bis in die allerletzte kleine Einzelheit, und alles vorher leer und alles nachher leer, Meilen und Meilen weit?

»Ist das ein Boot? Ist es ein Kork?« so pflegte sie zu fragen, und Lily wiederholte es im Geist und kehrte zögernd zu ihrer Leinwand zurück. Dem Himmel sei Dank, das Problem des Raums war geblieben! dachte sie, wieder den Pinsel ergreifend. Es starrte ihr entgegen. Die ganze Masse des Bilds wog gegen dieses Gewicht. Schön und hell sollte es an der Oberfläche werden, federleicht und vergänglich, eine Farbe in die andre verschmolzen wie die Farben auf einem Schmetterlingsflügel; darunter aber müßte das Gefüge mit eisernen Klammern zusammengehalten sein. Es sollte etwas werden, das man mit einem Atemhauch kräuseln könnte; und etwas, das man nicht mit einem ganzen Pferdegespann von der Stelle brächte. Und sie begann ein Rot, ein Grau aufzutragen und sich so ihren Weg in diese Höhlung da zu modellieren. Gleichzeitig aber schien es ihr, sie säße neben Mrs. Ramsay auf dem Strand.

»Ist das ein Boot? Ist es ein Faß?« fragte Mrs. Ramsay. Und

sie begann überall ihre Brille zu suchen. Und dann, als sie sie gefunden hatte, saß sie schweigend da und blickte aufs Meer hinaus. Und Lily, die stetig weitermalte, war es, als hätte eine Tür sich geöffnet und sie ginge hindurch und stünde schweigend umherblickend in einem hohen, domartigen Raum, einem sehr dunkeln, sehr feierlichen. Rufe kamen aus einer fernen Welt. Dampfer schwanden hin zu Rauchstengeln am Himmelsrand. Charles Tansley warf Steine und ließ sie über das Wasser hüpfen.

Mrs. Ramsay saß schweigend da. Sie war froh, dachte Lily, schweigend, unmitteilsam zu ruhn; in der äußersten Undurchsichtigkeit menschlicher Beziehungen zu ruhn. Wer weiß, was wir sind, was wir fühlen? Wer weiß, sogar im Augenblick der Vertrautheit: Dies ist Wissen? Wird also nicht etwas dadurch zerstört, mochte Mrs. Ramsay gefragt haben (Lily schien sie so oft erlebt zu haben, diese Schweigsamkeit neben sich), daß man es ausspricht? Sind wir so nicht ausdrucksvoller? Dieser Augenblick zumindest schien außerordentlich fruchtbar zu sein. Sie bohrte ein kleines Loch in den Sand und deckte es zu, als begrübe sie darin die Vollkommenheit des Augenblicks. Die war wie ein Tropfen Silber, in den man eintauchte und so das Dunkel der Vergangenheit erhellte.

Lily trat einen Schritt zurück, um ihre Leinwand – so! – in die richtige Perspektive zu bringen. Es war eine seltsame Wanderstraße, dieses Malen. Immer weiter und weiter hinaus ging es, bis man zuletzt auf einer schmalen Planke zu stehn schien, völlig allein, über dem Meer. Und als sie in die blaue Malfarbe eintauchte, tauchte sie auch in die Vergangenheit ein. Und dann war Mrs. Ramsay aufgestanden, erinnerte sie sich. Es war Zeit, zurückzugehn, Zeit fürs Mittagessen. Und sie gingen alle miteinander vom Strand hinauf, sie selbst hinter William Banks, und vor ihnen Minta mit einem Loch im

Strumpf. Wie dieses kleine runde Loch rosiger Ferse sich zur Schau zu stellen schien! Wie bedauerlich William Banks das fand, ohne, soviel sie sich erinnern konnte, eine Bemerkung darüber zu machen. Es bedeutete für ihn die Vernichtung von Weiblichkeit, bedeutete Schmutz und Unordnung und Dienstboten, die kündigten, und zu Mittag noch ungemachte Betten – lauter Dinge, die er ganz besonders verabscheute. Er hatte eine Gewohnheit zu schaudern und die Finger zu spreizen, wie um etwas Unschönes zu verdecken, was er auch jetzt tat – indem er die Hand vor sich hinhielt. Und Minta ging weiter voraus, und wahrscheinlich kam Paul ihr entgegen, und sie ging mit ihm zusammen weg, in den Garten.

Die Rayleys! dachte Lily Briscoe, Grün aus einer Tube drückend. Sie sammelte ihre Erinnerungen an die Rayleys. Deren Leben erschien ihr als eine Reihe von Szenen; in einer von ihnen, im Treppenhaus, bei Morgengrauen – Paul war nach Hause gekommen und zeitig zu Bett gegangen; Minta hatte sich verspätet – da stand Minta, bekränzt, geschminkt, grell aufgeputzt auf der Treppe, um drei Uhr morgens. Paul kam im Schlafanzug heraus, ein Schüreisen in der Hand, falls es Einbrecher wären. Minta stand, ein Sandwich essend, auf halber Höhe der Treppe an einem Fenster, in dem leichenhaften frühen Morgenlicht, und der Teppichläufer hatte eine schadhafte Stelle. Aber was redeten sie? Lily fragte sich das, als könnte sie es durch Hinsehn hören. Irgend etwas Heftiges. Minta aß, während er sprach, zu seinem Ärger weiter ihr Sandwich. Er sprach entrüstet, eifersüchtig, beschimpfte sie, alles nur gemurmelt, um die Kinder nicht zu wecken, die zwei kleinen Jungen. Er sah eingefallen aus, hohlwangig; sie strotzend, unbekümmert. Denn die Dinge hatten sich gelockert nach dem ersten Jahr oder so; die Ehe war ziemlich schlecht ausgefallen.

Und das, dachte Lily, das Grün auf den Pinsel nehmend,

solche Szenen zu erfinden, das nennen wir, Menschen »kennen«, an sie »denken«, sie »gernhaben«! Kein Wort davon war wahr; sie hatte es sich ausgedacht. Aber es war dennoch das, woran sie sie kannte. Sie bohrte sich weiter einen Stollen in ihr Bild, in die Vergangenheit.

Ein andermal hatte Paul gesagt, er »spiele Schach im Kaffeehaus«. Sie hatte ein ganzes Phantasiegebäude auch auf diesen Worten aufgebaut. Sie erinnerte sich, daß sie, als er sie aussprach, sich ausgedacht hatte, wie er von dort das Dienstmädchen anrief und dieses sagte: »Mrs. Rayley ist ausgegangen, Sir«, und er beschloß, auch nicht nach Hause zu kommen. Sie sah ihn im Winkel irgendeines trübseligen Lokals sitzen, wo der Tabakrauch sich an die roten Plüschsitze heftete und die Kellnerinnen einen mit der Zeit kannten, und da Schach mit einem kleinen Mann spielen, der im Teehandel war und in Surbiton wohnte, aber das war auch alles, was Paul über ihn wußte. Und Minta war also noch immer nicht zu Haus, als er heimkam, und dann hatte es diese Szene auf der Treppe gegeben, als er das Schüreisen ergriff, falls es Einbrecher wären (zweifellos auch, um ihr Furcht einzujagen), und so erbittert war und sagte, sie habe sein Leben zerstört. Jedenfalls herrschte, als sie hingefahren war, um die zwei in einem Häuschen in der Nähe von Rickmansworth zu besuchen, eine schreckliche Spannung zwischen den beiden. Paul führte sie ans Ende des Gartens, um ihr die belgischen Kaninchen zu zeigen, die er züchtete, und Minta folgte ihnen trällernd und legte ihm den bloßen Arm auf die Schulter, damit er nicht vielleicht gar etwas ausplaudere.

Kaninchen langweilten Minta, dachte Lily. Aber Minta verriet sich nie. Sie erwähnte nie etwas von Pauls Schachspielen im Kaffeehaus. Sie war viel zu bewußt, viel zu sehr auf ihrer Hut. Aber um in der Geschichte der zwei fortzufahren – das gefährliche Stadium lag jetzt hinter ihnen. Sie hatte vergangenen Sommer einige Zeit als Gast bei ihnen gewohnt, und einmal hatte das Auto einen Defekt bekommen und Minta hatte Paul die Werkzeuge reichen müssen. Er saß auf der Straße und reparierte den Wagen, und es war die Art, wie sie ihm die Werkzeuge reichte – sachlich, geradeheraus, freundlich – die bewies, daß jetzt alles wieder in Ordnung war. Sie waren nicht mehr »verliebt« ineinander; nein, er hatte sich etwas mit einer andern Frau angefangen, einer seriösen Frau, die das Haar in Flechten und eine Aktenkassette in der Hand trug (Minta hatte sie ihr dankbar, beinahe bewundernd beschrieben), zu Versammlungen ging und Pauls Ansichten (die immer ausgesprochener wurden) über die Besteuerung von Bodenwerten und eine Vermögensabgabe teilte. Weit davon, die Ehe in die Brüche gehn zu lassen, hatte diese Verbindung sie geleimt. Er und Minta waren offenbar die besten Freunde, als er so auf der Landstraße saß und sie ihm die Werkzeuge reichte.

Das also war die Geschichte der Rayleys, sagte sich Lily lächelnd. Sie stellte sich vor, wie sie sie Mrs. Ramsay erzählte, die voller Neugier wäre, zu erfahren, was aus den Rayleys geworden war. Sie würde ein kleines Triumphgefühl dabei haben, Mrs. Ramsay zu erzählen, es sei keine sehr glückliche Ehe geworden.

Aber die Toten, dachte Lily, bei der Anlage ihres Bilds auf ein Hindernis stoßend und darum innehaltend und überlegend und einen kleinen Schritt zurücktretend, oh, die Toten! murmelte sie, die bedauerte man, man streifte sie beiseite, man hegte sogar ein wenig Verachtung für sie. Sie waren einem ausgeliefert. Mrs. Ramsay ist verblaßt und verschwunden, dachte sie. Wir können uns über ihre Wünsche hinwegsetzen, ihre beschränkten, altmodischen Ideen verbessern, bis nichts mehr von ihnen übrig ist. Sie weicht immer weiter und weiter von uns zurück. Spöttisch schien sie sie dort am

Ende des langen Korridors der Jahre zu sehn, wie sie unter allem ungereimten Zeug ausgerechnet »Heiratet! Heiratet!« sagte (und dabei sehr aufrecht am frühen Morgen dasaß und die Vögel im Garten zu zwitschern begannen). Und man würde ihr sagen müssen: Es ist alles anders gekommen, als du es gewünscht hast. Die sind glücklich auf ihre Art; ich auf die meine; das Leben hat sich ganz anders gestaltet. Da hätte ihr ganzes Wesen, sogar ihre Schönheit, für einen Augenblick etwas Verstaubtes und Altmodisches. Für einen Augenblick geschah es, daß Lily, wie sie, die Sonne heiß auf dem Rücken, so dastand und die Rayleys zusammenfassend betrachtete, über Mrs. Ramsay triumphierte, die nie wissen würde, daß Paul ins Kaffeehaus ging und eine Mätresse hatte; wie er auf der Erde saß und Minta ihm die Werkzeuge reichte; wie sie selbst hier stand und malte, nicht geheiratet hatte, nicht einmal William Banks.

Mrs. Ramsay hatte das geplant. Vielleicht hätte sie, wenn sie am Leben geblieben wäre, diese Heirat erzwungen. In jenem Sommer war er bereits »der allergütigste Mensch«. Er war »der erste Wissenschaftler seiner Zeit, sagt mein Mann«. Er war auch »der arme William – es macht mich so unglücklich, wenn ich ihn besuche und in seinem Haus nichts Hübsches finde – niemand, der ihm die Blumen ordnet«. Also wurden sie auf gemeinsame Spaziergänge geschickt, und es wurde einem dann mit dieser leisen Spur von Ironie, die einem Mrs. Ramsay immer durch die Finger gleiten ließ, gesagt, man habe eine wissenschaftliche Denkweise; man habe Blumen gern; man sei so peinlich genau. Was war nur diese Manie von ihr fürs Ehestiften? fragte sich Lily und trat einmal näher zu ihrer Staffelei, einmal weiter weg von ihr.

(Plötzlich, so plötzlich wie eine Sternschnuppe über den Himmel gleitet, schien ein rötliches Licht in ihrem Gemüt aufzuglühn, das Paul Rayley verdeckte, aber von ihm ausging. Es loderte auf wie ein Feuer, das Wilde zur Feier eines Freudenfests auf einer fernen Küste entfacht haben. Sie hörte das Sausen und Knistern. Das ganze Meer glitzerte auf Meilen hinaus rot und golden. Der Geruch von Wein mischte sich irgendwie damit und berauschte sie, denn sie empfand wieder das Verlangen, sich auf der Suche nach einer Perlenbrosche auf dem Strand kopfüber von den Klippen hinunterzustürzen und zu ertrinken. Und das Sausen und Knistern stieß sie ab, flößte ihr Angst ein und Abscheu, als sähe sie beim Anblick seiner Pracht und seiner Gewalt auch, wie es sich von den Kostbarkeiten des Hauses nährte, gierig, abstoßend, und sie verabscheute es. Doch sein Anblick, seine Herrlichkeit übertrafen alles, was sie je erlebt hatte, und es brannte Jahr für Jahr wie ein Signalfeuer auf einer wüsten Insel am Rande des Meers, und man brauchte bloß »verliebt« zu sagen, und sogleich, wie eben jetzt, loderte wieder Pauls Feuer auf. Und dann fiel es in sich zusammen, und sie sagte sich mit einem Auflachen: »Ach, die Rayleys!« und, daß Paul ins Kaffeehaus gehe und dort Schach spiele.)

Sie war grade noch um Haaresbreite davongekommen, dachte sie. Sie hatte auf das Tischtuch geblickt, und ihr war blitzartig eingefallen, daß sie den Baum in die Mitte rücken werde und nie irgendjemand zu heiraten brauche, und sie hatte ungeheuern Jubel empfunden. Sie hatte gefühlt, jetzt werde sie sich Mrs. Ramsay gegenüber behaupten können, – welch ein Tribut für die erstaunliche Macht, die Mrs. Ramsay über einen besaß! Tu dies, sagte sie, und man tat es. Sogar ihr Schatten, mit James dort in der offenen Tür, hatte etwas ungemein Gebieterisches. Sie erinnerte sich, wie Mr. Banks beinahe entsetzt gewesen war, weil sie die Bedeutsamkeit einer Mutter mit Kind nicht genug gewürdigt hatte. Bewundere sie denn nicht, wie schön die zwei miteinander seien? hatte er gefragt. Und hatte ihr doch, so erinnerte sie sich, mit seinen weisen Kinderaugen zugehört, als sie ihm erklärte, daß es nicht Unehrerbietigkeit sei; daß ein Licht hier einen Schatten dort verlange, und so weiter. Sie beabsichtige nicht, ein Sujet herabzusetzen, das, wie sie übereinstimmend fanden, Raffael auf eine göttliche Art behandelt hatte. Sie sei nicht zynisch; ganz das Gegenteil. Dank seiner wissenschaftlichen Denkweise verstand er sie – ein Beweis uneigennütziger Intelligenz, der sie gefreut und ungemein getröstet hatte. Man konnte also ernsthaft mit einem Mann übers Malen reden. Tatsächlich gehörte seine Freundschaft zu den Freuden ihres Lebens. Sie liebte William Banks.

Sie fuhren nach Hampton Court, und er ließ ihr immer, als der vollkommene Gentleman, der er war, reichlich Zeit, sich die Hände zu waschen, während er das Flußufer entlangschlenderte. Das war bezeichnend für ihrer beider Freundschaft. Vieles blieb ungesagt. Dann wanderten sie durch die Höfe und bewunderten, einen Sommer nach dem andern, die Raumverhältnisse und die Blumen, und er sprach ihr im Dahinschlendern von Perspektive, von Architektur und blieb dann wohl vor einem Baum stehn oder vor der Aussicht auf den Teich oder ergötzte sich am Anblick eines kleinen Mädchens (es war sein großer Kummer, keine Tochter zu haben) auf die vage, unpersönliche Art, die nur natürlich war für einen Mann, der so viel Zeit im Laboratorium verbrachte, daß die Welt, wenn er hinauskam, ihn zu blenden schien, so daß er langsam ausschritt, die Hand hob, um seine Augen zu beschatten, und mit zurückgeworfenem Kopf stehnblieb, bloß um die Luft einzuatmen. Dann erzählte er ihr etwa, seine Haushälterin sei auf Urlaub; oder, daß er einen neuen Läufer für das Treppenhaus kaufen müsse. Vielleicht könne sie mitkommen zum Kauf des neuen Teppichs für das Treppenhaus? Und einmal hatte ihn irgend etwas darauf gebracht, von den Ramsays zu sprechen, und er erzählte, sie habe, als er sie kennenlernte, einen grauen Hut aufgehabt; sie sei nicht älter als neunzehn oder zwanzig gewesen. Sie sei erstaunlich schön gewesen. Da stand er und blickte die Allee in Hampton Court entlang, als könnte er sie dort sehn, zwischen den Springbrunnen.

Sie sah jetzt zu der Türstufe des Wohnzimmers hin. Sie sah dort, mit Williams Augen, die Umrisse einer Frauengestalt, friedlich und still, mit gesenktem Blick. Sinnend, grübelnd saß sie dort (sie war in Grau gewesen, damals, glaubte Lily sich zu erinnern). Ihre Augen waren gesenkt. Sie würde sie nie heben. Ja, dachte Lily, angestrengt hinblickend, ich muß sie so gesehn haben, aber nicht in Grau; und nicht so still und nicht so jung und nicht so friedlich. Die Gestalt selbst war bereitwillig genug dort erschienen. Sie sei erstaunlich schön gewesen, hatte William gesagt. Aber Schönheit war nicht alles. Schönheit hatte diesen Nachteil – sie trat zu bereitwillig auf, zu vollkommen. Sie brachte das Leben zum Stillstand – machte es gefrieren. Man vergaß da die kleinen Aufregungen; das Erröten, das Erbleichen, irgendein merkwürdiges Sichverzerren, irgendein Licht oder einen Schatten, die die Gesichter einen Augenblick lang unkenntlich machten und ihnen dennoch etwas hinzufügten, das man nun auf immer vor sich sah. Es war einfacher, das alles unter dem Deckmantel der Schönheit wegzuglätten. Doch wie mochte sie ausgesehn haben, als sie sich hastig den Jägerhut aufstülpte oder über den Rasen lief oder Kennedy, den Gärtner, ausschalt? Wer könnte ihr das sagen? Wer könnte ihr helfen?

Gegen ihren Willen war sie an die Oberfläche gekommen und sah sich nun halb außerhalb des Bilds, sah, ein wenig wie betäubt, als erblickte sie etwas Unwirkliches, Mr. Carmichael an. Er lag in den Liegestuhl zurückgelehnt, die Hände um seinen Wanst verschränkt, und weder las er, noch schlief er, sondern sonnte sich wie ein Geschöpf, das randvoll ist von Dasein. Sein Buch war ins Gras gefallen.

Sie wäre gern gradeswegs zu ihm hingegangen und hätte gesagt: »Mr. Carmichael!« Dann würde er wohlwollend wie immer aufblicken, mit seinen wolkigen, verschwommen dreinsehenden grünen Augen. Aber man weckte Leute nur, wenn man wußte, was man ihnen sagen wollte. Und sie wollte nicht eines, sie wollte alles sagen. Kurze Wörter, die die Gedanken zerbrachen, sie zerpflückten, besagten gar nichts. »Über das Leben, über den Tod, über Mrs. Ramsay« – nein, dachte sie, man konnte nichts und zu niemand sagen. Das Drängende des Augenblicks ließ einen immer das Ziel verfehlen. Wörter verflatterten sich seitwärts und trafen den Gegenstand um Zollbreiten zu tief. Da gab man es auf; da versank die Idee wieder; und dann wurde man, wie alle Leute mittleren Alters, vorsichtig, zaghaft, mit Fältchen zwischen den Augen und einem Anschein beständiger Ängstlichkeit. Denn wie ließen sich in Worten die Gefühlsregungen des Körpers ausdrücken? Diese Leere dort ausdrücken? (Sie blickte auf die Stufe zum Wohnzimmer; die sah außerordentlich leer aus.) Es war der Körper, womit man empfand, nicht das Gemüt. Die körperlichen Empfindungen, die das leere Aussehn der Stufe begleiteten, waren plötzlich äußerst unangenehm geworden. Sich etwas zu wünschen und es nicht zu haben, sandte durch ihren ganzen Körper ein Verhärten, eine Hohlheit, eine Spannung. Und dann, sich etwas zu wünschen und es nicht zu haben – es sich zu wünschen und immer wieder zu wünschen – wie das einem das Herz zerriß und abermals und abermals zerriß! O Mrs. Ramsay! rief sie stumm dieser Wesenheit zu, die dort saß, dieser Abstraktion, zu der man sie machte, diese Frau in Grau, als schimpfte man sie, weil sie dahingegangen und nun, einmal dahingegangen, zurückgekommen war. Es war einem als so ungefährlich erschienen, an sie zu denken. Ein Geist, Luft, ein Nichts, etwas, womit man leicht und gefahrlos zu jeder Tages- und Nachtzeit tändeln durfte, das war sie gewesen, und dann plötzlich streckte sie die Hand aus und zerriß einem dermaßen das Herz. Plötzlich wurden die leere Schwelle dort, die Falbel des Fauteuils drin, der junge, sich auf der Terrasse tummelnde Hund, das ganze Weben und Wispern des Gartens Bogenlinien und Arabesken zur Verzierung eines Mittelstücks völliger Leere.

»Was bedeutet es? Wie erklären Sie sich das alles?« wollte sie fragen, sich wieder Mr. Carmichael zuwendend. Denn die ganze Welt schien sich zu dieser frühen Morgenstunde in einen Teich von Gedanken aufgelöst zu haben, in ein tiefes Becken von Wirklichkeit, und man konnte sich beinahe vorstellen, es würde, wenn Mr. Carmichael gesprochen hätte, ein kleiner Riß die Oberfläche gespalten haben. Und dann? Etwas würde daraus auftauchen, irgend etwas. Eine Hand würde sich heraufstrecken, eine Klinge aufblinken. Alles natürlich Unsinn.

Eine merkwürdige Einbildung überkam sie, daß er am Ende doch alles hören könnte, was sie nicht auszusprechen vermochte. Er war ein undurchschaubarer alter Mann, mit der gelben Verfärbung in seinem Bart und mit seinen Gedichten und seinen Rätseln, der heiter gelassen eine Welt durchschiffte, die allen seinen Ansprüchen genügte, so daß er, dachte sie, nur dort, wo er lag, mit der Hand ins Gras zu langen brauchte, um, was immer er haben wollte, heraufzuangeln. Sie blickte auf ihr Bild. Das wäre seine Antwort gewesen, vermutlich, – daß »du« und »ich« und »sie« vergehn, verschwinden müßten; daß nichts bleibe; alles sich verändere; aber Worte nicht, Malfarben nicht. Und doch würde es in eine Dachkammer gehängt werden, dachte sie; es würde zusammengerollt und unter ein Sofa gestopft werden; aber auch dann, sogar wenn es ein Bild wie dieses betraf, war es wahr. Man könnte sogar von diesem Gepinsel da, nicht von dem tatsächlichen Bild vielleicht, sondern von dem, was es zu sein versuchte, behaupten, es werde »für immer bleiben«, wollte sie grade sagen oder, denn diese Worte, wenn sie ausgesprochen würden, klängen sogar ihr selbst zu prahlerisch, nur wortlos andeuten, da fand sie, auf das Bild blikkend, zu ihrer Überraschung, daß sie es nicht zu sehn vermochte. Ihre Augen waren voll von einer heißen Flüssigkeit (sie dachte zuerst nicht an Tränen), die, ohne der Festigkeit ihrer Lippen etwas anzuhaben, die Luft undurchsichtig machte, ihr über die Wangen lief. Sie hatte sich völlig in der Gewalt – o ja – in jeder andern Weise. Weinte sie also um Mrs. Ramsay, ohne sich eines Unglücklichseins bewußt zu sein? Wieder wandte sie sich stumm an den alten Mr. Carmichael. Was also war es dann? Was bedeutete es? Konnte etwas die Hände heraufstrecken und einen packen? Konnte die Klinge einen verwunden? Die Faust einen umklammern? Gab es nirgends Geborgenheit? Kein Auswendiglernen des Laufs der Welt? Keine Führung, kein Obdach? Sondern war alles ein Wunder und ein in die Luft Hinausspringen von einer Turmspitze? War es möglich, daß, sogar für ältere Leute, das Leben dies war – etwas Überraschendes, Unerwartetes, Unbekanntes? Einen Augenblick hatte sie das Gefühl, wenn sie und er jetzt hier, auf diesem Rasenplatz, aufstünden und eine Erklärung verlangten und wie zwei voll ausgestattete menschliche Wesen sprächen, vor denen nichts geheimgehalten werden sollte, würde Schönheit sich entrollen; die Leere sich füllen; diese nichtssagenden Schnörkel sich zu Gestalten formen; wenn sie nur laut genug riefen, würde Mrs. Ramsay zurückkehren. »Mrs. Ramsay!« sagte sie laut. »Mrs. Ramsay!« Die Tränen liefen ihr übers Gesicht.

6

[Macalisters Junge nahm einen der Fische und schnitt ihm ein Stück aus der Seite, um seinen Angelhaken damit zu beködern. Der verstümmelte Leib (er lebte noch) wurde ins Meer zurückgeworfen.]

7

»Mrs. Ramsay!« rief Lily. »Mrs. Ramsay!« Aber nichts geschah. Der Schmerz wurde stärker. Diese Qual konnte einen zu solch abgrundtiefer Schwachsinnigkeit herunterbringen! dachte sie. Immerhin, der alte Mann hatte sie nicht gehört. Er blieb wohlwollend, gelassen und, wenn man so denken wollte, – erhaben. Der Himmel sei gelobt, niemand hatte ihren schmählichen Aufschrei: Schmerz, hör auf, hör auf! vernommen. Sie war also offenbar nicht von Sinnen. Niemand hatte mitangesehn, wie sie von ihrer schmalen Planke in die Wasser der Vernichtung gestiegen war. Sie blieb eine dürftige alte Jungfer, die hier auf dem Rasen stand und einen Pinsel in der Hand hielt.

Und nun begannen allmählich der Schmerz dieses Herbeiwünschens und die zornige Erbitterung nachzulassen (darüber, zurückgerufen zu werden, grade als sie dachte, sie werde nie wieder Mrs. Ramsays wegen Kummer empfinden. Hatte sie sie vermißt, dort, zwischen den Kaffeetassen beim Frühstück? Nicht im geringsten); und zurück blieb, als Mittel gegen den Schmerz, eine Erleichterung, die selbst schon Balsam war, und auch, aber geheimnisvoller, ein Gefühl, als wäre jemand da: Mrs. Ramsay, für einen Augenblick befreit von der Last, die ihr die Welt auferlegt hatte, Mrs. Ramsay, die schwerelos neben ihr stand und sich dann (denn es war Mrs. Ramsay in ihrer vollen Schönheit) einen Kranz weißer

Blumen aufsetzte und weiterging. Lily drückte wieder Farbe aus ihren Tuben. Sie nahm jetzt das Problem der Hecke in Angriff. Es war sonderbar, wie deutlich sie Mrs. Ramsay vor sich sah, sie mit ihrer gewohnten Behendigkeit über Wiesen schreiten sah, wo sie zwischen den Bodenwellen, den dunkelvioletten, weichen, wo sie zwischen den Blumen, den Hyazinthen und den Lilien, verschwand. Ihr Malerauge spielte ihr wohl einen Streich. Tagelang, nachdem sie erfahren hatte, daß sie gestorben war, hatte sie sie so vor sich gesehn, wie sie sich ihren Blumenkranz um die Stirn legte und ohne Widerspruch neben ihrem Begleiter, einem Schatten, über Wiesen schritt. Der Anblick, die Phrase hatten die Macht, zu trösten. Wo immer sie sich grade befand, hier oder sonstwo auf dem Land oder in London, und malte, hatte sie diese Vision, und ihre halb geschlossenen Augen suchten nach etwas, worauf sie sie gründen könnte. Sie blickte den Eisenbahnwaggon entlang, das Innere eines Omnibusses; holte sich eine Linie von einer Schulter oder Wange; blickte auf die Fenster gegenüber; auf Piccadilly mit seinen abendlichen Lichterketten. Alles hatte zu den Gefilden des Todes gehört. Doch immer hatte sich etwas – es mochte ein Gesicht sein, eine Stimme, ein Zeitungsjunge, der den *Standard*, die *Evening News* ausrief, – herdurchgedrängt, ihr einen Stüber versetzt, sie aufgeweckt, Aufmerksamkeit geheischt und zuletzt erhalten, so daß die Vision immer von neuem gestaltet werden mußte. Nun blickte sie abermals, getrieben von einem instinktiven Verlangen nach Weite und Bläue, auf die Bucht unten und machte Hügel aus den blauen Balken der Wellen und steinige Wiesen aus den mehr violetten Zwischenräumen. Wieder wurde sie, wie stets, auf etwas aufmerksam, das nicht hineinpaßte. Dort, der braune Punkt mitten in der Bucht. Es mußte ein Boot sein. Ja, das erkannte sie nach einer Sekunde. Aber wessen Boot? Mr. Ramsays Boot, antwortete sie sich. Mr. Ramsays, des Mannes, der an ihr vorbeimarschiert war, mit grüßend erhobener Hand, entrückt, in seinen wunderschönen Stiefeln, an der Spitze des kleinen Zugs, Mitgefühl heischend, das sie ihm verweigert hatte. Das Boot war nun halb über die Bucht hinüber.

Bis auf einen vorbeistreichenden Wind hie und da, war es ein so schöner Morgen, daß Meer und Himmel wie aus einem einzigen Gewebe zu sein schienen, als wären Segel hoch oben am Himmel gehißt oder Wolken ins Meer herabgefallen. Ein Dampfer weit draußen hatte in der Luft einen großen Rauchschnörkel gezogen, der verweilte und sich dekorativ kräuselte, als wäre die Luft ein dünner Flor, der Dinge zusammenhielt und sie weich in seinen Maschen verwahrte, sie nur sanft hin- und herwiegte. Und wie es manchmal geschieht, wenn das Wetter sehr schön ist, sahn die Klippen aus, als wären sie sich der Schiffe bewußt, und die Schiffe, als wären sie sich der Klippen bewußt, als signalisierten sie einander eine geheime, nur ihnen verständliche Botschaft. Denn der Leuchtturm, an manchen Tagen dem Ufer ganz nahe, sah in dem Dunst heute morgen unendlich weit entfernt aus.

»Wo sind sie jetzt?« dachte Lily, aufs Meer hinausblickend. Wo war er, dieser sehr alte Mann, der schweigend an ihr vorbeigegangen war, ein braunes Paket unterm Arm? Das Boot war nun in der Mitte der Bucht.

8

Die dort fühlen nicht das geringste, dachte Cam, zum Ufer hinblickend, das, wie es stieg und fiel, immer ferner und friedvoller aussah. Ihre Hand schnitt eine Spur ins Meer, während sie im Geist die grünen und weißen Strudel und Streifen zu Mustern zusammenfügte und benommen und vermummt in dieser Unterwelt von Wasser umherwanderte, wo Perlen in

Trauben an weißen Schaumgebilden hafteten, wo in dem grünen Licht der ganze Geist sich veränderte und der eigene Körper, in einen grünen Mantel gehüllt, halb durchsichtig schimmerte.

Dann ließ das Wirbeln um ihre Hand nach. Das Strömen des Wassers hörte auf; die Welt füllte sich mit leise knarrenden und knirschenden Lauten. Man hörte die Wellen sich brechen und gegen die Flanke des Boots schlagen, als wäre es im Hafen vertäut. Alles kam sehr nahe an einen heran. Denn das Segel, auf das James die Augen gerichtet hielt, bis es für ihn fast zu einer Person wurde, die er kannte, hing ganz schlaff; sie lagen nun völlig still, wurden hin- und hergeschaukelt und warteten in der heißen Sonne, meilenweit vom Ufer, meilenweit vom Leuchtturm, auf eine Brise. Alles auf der ganzen Welt schien stillzustehn. Der Leuchtturm stand unbeweglich, und die ferne Uferlinie lag fest. Die Sonne brannte heißer, und alle schienen sie einander sehr nahe zu rücken und eins des andern Anwesenheit, die sie fast vergessen hatten, zu spüren. Macalisters Schleppschnur sank lotrecht ins Meer. Aber Mr. Ramsay las weiter, die Beine unter sich umeinander gehakt.

Er las in einem kleinen Buch, dessen glänzender Einband gesprenkelt war wie ein Kiebitzei. Dann und wann wendete er, während sie in der gräßlichen Flaute lungerten, eine Seite um. Und James hatte das Gefühl, jede Seite werde mit einer eigentümlichen Bewegung umgewendet, die auf ihn gezielt sei: nun rechthaberisch, nun befehlerisch, nun mit der Absicht, Mitleid zu erregen; und die ganze Zeit, während sein Vater las und eine nach der andern dieser kleinen Seiten umwendete, fürchtete James den Augenblick, wo er aufsehn und in scharfem Ton dies oder jenes zu ihm sagen würde. Weshalb trödelten sie hier herum? würde er fragen, oder irgend etwas andres ebenso Unvernünftiges. Und wenn er das tut, dachte

James, werd' ich ein Messer nehmen und es ihm ins Herz stoßen.

Er hatte immer das einstige Symbol beibehalten, ein Messer zu ergreifen und es seinem Vater ins Herz zu stoßen. Nur daß es jetzt, seit er selbst älter geworden, und wie er so dasaß und seinen Vater mit ohnmächtiger Wut anstarrte, nicht mehr der war, den er töten wollte, der alte Mann, der da las, sondern das, was, vielleicht ohne daß er es wußte, über ihn kam – ein wütend herabstoßender, schwarzgeflügelter Greif, mit seinen eiskalten und harten Fängen und ebensolchem Schnabel, der auf einen einhackte und wieder einhackte (er konnte den Schnabel auf seinem bloßen Schienbein spüren, wo der hingehackt hatte, als er ein kleiner Bub war) und sich dann davonmachte, und wieder er da war, ein alter Mann, ein sehr trauriger, der ein Buch las. Jenen Greif würde er töten, den würde er ins Herz treffen. Was immer er anfinge (und er könnte alles mögliche anfangen, fühlte er, auf den Leuchtturm blickend und auf das ferne Ufer), ob er Kaufmann würde oder Bankbeamter, Rechtsanwalt würde oder an der Spitze eines Unternehmens stehe –, das würde er bekämpfen, das würde er aufspüren und vertilgen – Tyrannei, Despotismus, so nannte er es, Menschen zu etwas zu zwingen, was sie nicht tun wollten, ihnen das Recht auf Redefreiheit zu nehmen. Wie sollte eins von ihnen sagen: Aber ich will nicht! wenn er sagte: Komm mit zum Leuchtturm! Tu dies! Hol das! Die schwarzen Flügel spreiteten sich, der Schnabel hackte und riß. Und im nächsten Augenblick saß er wieder da und las in seinem Buch; und würde – wer weiß – vielleicht auf eine ganz vernünftige Weise aufblicken. Oder mit den Macalisters plaudern. Oder einem alten Bettelweib ein Goldstück in die erstarrte Hand drücken, dachte James; oder irgendwelchen Fischern bei ihren althergebrachten Spielen zurufen und vor Begeisterung mit den Armen in der Luft fuchteln. Oder steif und stumm obenan am Eßtisch sitzen, vom Anfang bis zum Ende der Mahlzeit. Ja, dachte James, während das Boot in der heißen Sonne trödelte und platschte, da war eine Wüstenei von Schnee und Fels, eine sehr einsame und rauhe, wo es, wie er in letzter Zeit recht oft, wenn sein Vater etwas sagte, was die andern überraschte, empfunden hatte, nur zweierlei Fußspuren gab: seine eigenen und die seines Vaters. Sie allein kannten einander. Was also war dieser Schrecken, dieser Haß? In den vielen Lagen von Laub, die die Vergangenheit in ihm übereinandergeschichtet hatte, zurückblätternd und in das Innerste dieses Waldes spähend, das Licht und Schatten miteinander abwechselnd so flecken, daß jede Gestalt verzerrt erscheint und man, bald die Sonne, bald einen dunkeln Schatten im Gesicht, dahintappt, suchte er nach einem Bild, um sein Gefühl in konkreter Gestalt abzukühlen und herauszuschälen und abzurunden. Angenommen, er hätte als kleiner Bub, hilflos in seinem Kinderwagen sitzend, mitangesehn, wie ein Lastwagen ahnungslos und unabsichtlich jemand den Fuß zerquetschte? Angenommen, er hätte zuerst den Fuß glatt und heil im Gras gesehn; dann das Rad erblickt; und dann denselben Fuß blaurot, zerquetscht. Aber das Rad war unschuldig. Und so kam es auch jetzt, wenn sein Vater den Gang entlangschritt und sie frühmorgens aus dem Schlaf klopfte, um zum Leuchtturm zu fahren, über seinen Fuß, Cams Fuß, irgend jemands Fuß gerollt. Man konnte bloß dasitzen und zusehn.

Doch an welchen Fuß dachte er, und in welchem Garten war dies alles geschehn? Denn es gab verschiedene Kulissen für diese Szenen; Bäume, die dort wuchsen; Blumen; eine gewisse Art von Beleuchtung; einige Gestalten. Alles neigte dazu, sich in einem Garten abzuspielen, wo es keine solche Schwermut gab, kein solches Händefuchteln; wo die Menschen mit gewöhnlichem Tonfall sprachen. Sie kamen und gingen den ganzen Tag lang. Eine alte Frau saß in der Küche und schwatzte; und die Gardinen wurden vom Luftzug ein und aus gewölbt; alles wehte; alles blühte; und über alle jene Teller und Schüsseln und hochgereckten rot und gelben Blütenfackeln würde sich bei Nacht ein sehr dünner, einem Weinblatt ähnlicher gelblicher Schleier breiten. Alles wurde stiller und dunkler bei Nacht. Doch der blätterartige Schleier war so zart, daß Lichter ihn zu heben, Stimmen ihn zu knittern vermochten; durch ihn hindurch konnte er eine Gestalt sich herabneigen sehn, konnte hören, wie, nun näherkommend, nun sich entfernend, ein Kleid raschelte, ein Kettchen klirrte.

In jener Welt dort ging das Rad einem über den Fuß hinweg. Etwas, so erinnerte er sich, blieb vor ihm stehn und verdunkelte alles; wollte nicht von der Stelle; etwas durchzuckte die Luft, etwas Bloßes und Schneidendes fuhr sogar dort herab wie eine Klinge, ein Krummsäbel, schlug auf die Blumen und Blätter sogar dieser seligen Welt ein, daß sie vertrockneten und abfielen.

»Es wird regnen«, erinnerte er sich, hatte sein Vater gesagt. »Du wirst nicht zum Leuchtturm fahren können.«

Damals war der Leuchtturm eine silberige, dunstig aussehende Säule gewesen, mit einem gelben Auge, das sich abends plötzlich und sanft auftat. Heute –

James sah zum Leuchtturm hin. Er konnte die weißüberspülten Felsen sehn; den Turm, den kahlen, geraden; er konnte sehn, daß er schwarz und weiß geringelt war; er konnte Fenster darin sehn; er konnte sogar sehn, daß Wäsche auf den Felsen zum Trocknen ausgebreitet lag. Also das war der Leuchtturm, das?

Nein, auch jener andre war der Leuchtturm. Denn nichts war einfach nur ein einziges. Der andre war ebenso der Leuchtturm. Manchmal war er über die Bucht hinweg kaum zu sehn. Abends blickte man auf und sah das Auge sich öffnen und schließen, und das Licht schien bis zu ihnen zu dringen, in den luftigen, sonnigen Garten, wo sie beisammen saßen.

Aber er raffte sich auf. Wann immer er im Geist »sie« oder »man« sagte und dann das Rascheln hörte, wie jemand kam, das Klirren, wie jemand ging, wurde er außerordentlich empfänglich für die Anwesenheit jemands, wer immer es sein mochte. Jetzt war es sein Vater. Der Druck wurde stärker. Denn sogleich, wenn kein Wind aufspränge, würde sein Vater die Deckel des Buchs zusammenklappen und sagen: »Was ist jetzt wieder los? Warum lungern wir hier herum, he?« So, wie er einmal auf der Terrasse mit seiner Klinge zwischen sie beide gefahren war und seine Mutter völlig erstarrte und er selbst, hätte er eine Axt zur Hand gehabt oder ein Messer oder irgend etwas mit einer scharfen Spitze, es ergriffen und seinem Vater ins Herz gestoßen hätte. Seine Mutter hatte ganz steif dagesessen und mußte dann wohl, während ihr Arm schlaff wurde, so daß er spürte, sie höre ihm selbst nicht mehr zu, aufgestanden und weggegangen sein, denn er sah sich dort ohnmächtig, lächerlich auf dem Boden sitzen und eine Schere umklammern.

Kein Lüftchen regte sich. Das Wasser gluckste und gurgelte im Boden des Boots, wo drei oder vier Makrelen in einer Lache, die nicht tief genug war, um sie zu bedecken, mit den Schwänzen schlugen. Jeden Augenblick könnte Mr. Ramsay (James wagte kaum zu ihm hinzusehn) sich aufrichten, das Buch zuklappen und irgend etwas Ätzendes sagen; aber vorläufig las er noch, so daß James behutsam, als schliche er sich verstohlen auf bloßen Füßen hinunter, ängstlich bemüht, einen Wachhund nicht durch das Knarren einer Diele zu wecken, weiter nachdachte, wie sie ausgesehn, wo sie hingegangen an jenem Tag. Er begann ihr von einem Zimmer ins andre zu folgen, und endlich kamen sie in einen Raum, wo sie in einem blauen Licht wie dem Widerschein von vielem Porzellan mit jemand sprach; er hörte sie. Sie sprach mit einem Dienstmädchen, sagte einfach, was ihr grade durch den Kopf ging. »Wir werden heute abend eine große Terrine brauchen. Wo steht sie – die braune Terrine?« Sie allein sprach die Wahrheit; nur zu ihr konnte er die Wahrheit sprechen. Darin lag vielleicht der Ursprung seines ewigwährenden Hingezogenseins zu ihr; sie war jemand, dem man sagen konnte, was einem grade durch den Kopf ging. Aber die ganze Zeit, während er an sie dachte, war er sich bewußt, daß sein Vater seinen Gedanken folgte, ihnen nachspürte, sie stocken und stottern machte.

Schließlich ließ er ab zu denken; er saß, die Hand in der Sonne auf der Ruderpinne, da und schaute zum Leuchtturm hin, unfähig, sich zu rühren, unfähig, diese Körnchen von Elend abzuschütteln, die sich eins nach dem andern in seinem Gemüt festsetzten. Ein Strick schien ihn hier festzubinden, und sein Vater hatte ihn geknüpft, und er könnte nur entkommen, indem er ein Messer nähme und es ihm ins… Doch in diesem Augenblick schwang das Segel langsam herum, füllte sich langsam, das Boot schien sich zu schütteln und wie noch halb im Schlaf zu regen und erwachte dann ganz und schoß durch die Wellen. Die Erleichterung war ungeheuer. Sie alle schienen von einander wegzusinken und sich wieder wohlzufühlen, und die Schleppschnüre spannten sich schräg über die Flanke des Boots. Sein Vater aber richtete sich nicht auf. Er hob nur die rechte Hand geheimnisvoll hoch und ließ sie dann auf sein Knie zurückfallen, als dirigierte er eine geheime Symphonie.

9

[Das Meer ohne jeden Makel, dachte Lily Briscoe, die immer noch dastand und auf die Bucht hinausblickte. Über die Bucht gespannt wie Seide. Entfernung hatte eine ungewöhnliche Macht; sie waren von ihr verschluckt worden, empfand sie, sie waren auf immer dahin, waren ein Teil des Wesens der Dinge geworden. Es war so ruhig; es war so still. Der Dampfer war verschwunden, aber der große Rauchschnörkel schwebte noch immer in der Luft und hing herab wie eine Trauerfahne.]

10

Also so sah sie aus, die Insel, dachte Cam, ihre Finger wieder durch die Wellen gleiten lassend. Sie hatte sie noch nie von der Seeseite gesehn. So also lag sie auf dem Meer, mit einer Einbuchtung in der Mitte und zwei spitz aufragenden Klippen, und das Meer wogte dort hinein und erstreckte sich zu beiden Seiten der Insel Meilen und Meilen weit. Sie sah sehr klein aus; hatte die Gestalt eines vom Stengel her gesehnen Blatts. Und darum nahmen wir ein kleines Boot, dachte sie und begann, sich eine abenteuerliche Geschichte zu erzählen, vom Entkommen aus einem sinkenden Schiff. Aber wie das Meer so zwischen ihren Fingern hindurchströmte, ein Büschel Seetang hinter dem Boot verschwand, hatte sie keine Lust, sich ernsthaft eine Geschichte zu erzählen; es war bloß das Gefühl von Abenteuer und Flucht, was sie wollte, denn sie dachte, während das Boot dahinsegelte, wie alles, der Zorn ihres Vaters der vier Himmelsrichtungen wegen, James' Starrköpfigkeit ihres Bündnisses wegen und ihre eigene Seelenqual, hinweggeglitten war, alles vorbei war, alles hinweggeströmt war. Was geschähe also nun? Wohin fuhren sie? Von ihrer Hand, der eiskalten, tief ins Meer getauchten, sprudelte eine Fontäne der Freude hoch, der Freude über die Veränderung, das Entkommen, dieses Abenteuer (daß sie lebendig, daß sie da war). Und die Tropfen, die von dieser jähen, gedankenlosen Freudenfontäne herabfielen, sprühten hierhin und dahin auf die dunkeln, die schlaftrunkenen Gestalten in ihrem Geist; Gestalten einer noch nicht verwirklichten, aber sich in ihrem Dunkel drehenden Welt, die, hier und da, einen Funken von Licht auffing; Griechenland, Rom, Konstantinopel. So klein sie war, und geformt wie ein auf der Spitze stehendes Blatt, hatte sie also doch, samt dem goldbestreuten Gewässer, das in sie hinein und um sie herum flutete, ihren Platz im All – sogar diese kleine Insel? Die alten Männer im Studierzimmer hätten es ihr wahrscheinlich sagen können. Manchmal kam sie aus dem Garten mit der Absicht hereingeschlendert, sie dabei zu ertappen. Da saßen sie dann (sei es Mr. Carmichael oder Mr. Banks, sehr alt, sehr steif) einander gegenüber, in ihren niedrigen Lehnstühlen. Sie raschelten mit den Blättern der *Times* vor sich, wenn sie aus dem Garten hereinkam, wußten nicht, was sie davon halten sollten, was jemand über Christus geschrieben hatte; oder von einem Mammut, das in einer Londoner Straße ausgegraben worden war; oder vom Charakter des großen Napoleon. Dann ergriffen sie (sie trugen immer graue Anzüge; sie rochen nach Heidekraut) dies alles mit ihren frischgewaschenen Händen und fegten die Schabsel zusammen, wendeten wieder eine Seite um, schlugen ein Bein über und machten dann und wann eine sehr knappe Bemerkung. Wie in einer Trance nahm sie ein Buch aus dem Regal und stand da und beobachtete ihren Vater, der so gleichmäßig, so säuberlich ein Blatt von einem Rand zum andern beschrieb, nur gelegentlich von einem kleinen Hüsteln oder einem kurzen, zu dem alten, ihm gegenübersitzenden Mann gesprochenen Satz unterbrochen. Und sie dachte, während sie so mit dem offenen Buch dastand, hier könnte man, was für ein Gedanke immer einem käme, ihn sich ausbreiten lassen wie ein Blatt im Wasser; und wenn er sich gut entfaltete, hier, zwischen den beiden alten Männern, die rauchten und mit den *Times* raschelten, dann war er schon richtig. Und ihrem Vater zusehend, wie er in seinem Arbeitszimmer schrieb, dachte sie (jetzt, hier im Boot), wie liebenswert er war, wie ungemein weise; er war weder eitel noch tyrannisch. Im Gegenteil, wenn er sie dort stehn und ein Buch lesen sah, fragte er sie so sanft wie nur irgendwer, ob er ihr denn nichts geben könne, was sie sich wünsche?

Um sich zu überzeugen, ob das auch wirklich so sei, sah sie zu ihm hin, wie er das gleich einem Kiebitzei gesprenkelte Buch in dem glänzenden Einband las. Ja, es war wirklich wahr. Schau dir ihn jetzt an! hätte sie gern zu James gesagt. (Aber James behielt das Segel im Auge.) Er sei ein sarkastischer Rohling, würde James sagen. Er wende das Gespräch immer auf sich und seine Bücher, würde James sagen. Er sei ein unerträglicher Egoist. Und, was das Schlimmste sei, ein Tyrann. Aber schau doch! dachte sie, ihren Vater ansehend. Schau ihn jetzt an! Sie sah ihn an, wie er, die Beine untergehakt, in dem kleinen Buch las, dem Buch, dessen gelbliche Seiten sie kannte, ohne zu wissen, was auf ihnen stand. Es war klein; es war eng bedruckt; auf dem Vorsatzblatt, das wußte sie, hatte er vermerkt, daß er fünfzehn Francs für ein Abendessen ausgegeben hatte; der Wein soundsoviel gekostet hatte; er dem Kellner soundsoviel Trinkgeld gegeben hatte; alles war säuberlich unten auf der Seite zusammengerechnet. Doch was in dem Buch selbst stehn mochte, dessen Ecken sich in seiner Tasche rundgewetzt hatten, wußte sie nicht. Was er dachte, wußte keins von ihnen. Aber er war sosehr darein vertieft, daß er, als er, so wie jetzt, einen Augenblick aufsah, es nicht tat, um zu sehn, sondern um einen Gedanken genauer festzunageln. Das getan, flog sein Geist wieder zurück, und er versenkte sich abermals ins Lesen. Er las, dachte sie, als führte er irgend etwas an oder lockte eine große Schafherde weiter oder bahnte sich seinen Weg bergauf, immer bergauf, einen schmalen Steig entlang; und manchmal ging er schnell und geradeaus und drang durch das Dickicht, und manchmal schien es, als hätte ihn ein schnellender Zweig getroffen, eine Dornenranke geblendet, er aber würde sich nicht von so etwas geschlagen geben; weiter, weiter, eine Seite nach der andern umgewendet! Und sie fuhr fort, sich eine Geschichte vom Entkommen aus einem untergehenden Schiff zu erzählen, denn sie war geborgen, solange er hier saß; geborgen, wie sie sich auch geborgen fühlte, wenn sie aus dem Garten verstohlen eintrat und ein Buch aus einem Fach nahm und der alte Mann, der plötzlich seine Zeitung senkte, drüberweg eine knappe Bemerkung über den Charakter Napoleons machte.

Sie schaute zurück auf das Meer, auf die Insel. Aber das Blatt verlor seinen scharfen Umriß. Es war jetzt sehr klein; sehr fern. Das Meer war jetzt beträchtlicher als das Ufer. Wellen waren überall um sie herum, sich auftürmende und überstürzende; ein Balken wälzte sich eine Welle herab; auf einer andern wiegte sich eine Möve. Ungefähr hier, dachte sie, die Finger im Wasser plätschern lassend, war ein Schiff untergegangen; und verträumt, gleichsam halb im Schlaf, murmelte sie, wie wir alle untergegangen, jeder allein.

II

So viel hängt also, dachte Lily Briscoe, aufs Meer hinausschauend, auf dem kaum ein Fleckchen zu sehn und das so ruhig war, daß die Segel und die Wolken in seiner Bläue wie in einer Fassung zu ruhen schienen, so viel hängt also von Entfernung ab; davon, ob Menschen uns nah oder fern sind; denn was sie für Mr. Ramsay empfand, verwandelte sich, während er weiter und weiter weg über die Bucht fuhr. Es schien sich zu verlängern, sich zu strecken; er schien in immer größere Ferne zu entschwinden. Er und die Kinder schienen von dieser Bläue, dieser Ferne verschluckt zu werden; hier aber, auf dem Gras, stieß Mr. Carmichael plötzlich ein Knurren aus. Sie mußte lachen. Er grabbelte sein Buch aus dem Gras auf. Dann machte er sich's wieder in seinem Liegestuhl bequem, pustend und prustend wie ein Meerungeheuer. Das wirkte ganz anders, weil es so nah war. Und jetzt war wieder alles still. Sie mußten doch schon aufgestanden sein um diese Zeit, nahm sie an, zum Haus hinüberblickend, aber dort war nichts zu sehn. Doch sie hatten sich ja alle, kaum daß eine Mahlzeit vorbei war, erinnerte sie sich, immer sogleich verzogen, weil jedes irgend etwas vorhatte. Es stand alles in Einklang mit dieser Stille, dieser Leere und der Unwirklichkeit dieser frühen Morgenstunde. Das war auch so eine Art, wie sich die Dinge manchmal gehabten, dachte sie, einen Augenblick innehaltend und zu der Reihe funkelnder Fenster hinsehend, zu der Fahne blauen Rauchs: sie wurden unwirklich. So empfand man auch, wenn man von einer Reise zurückkehrte, oder nach einer Krankheit, bevor noch die alten Gewohnheiten ihr Netz wieder über die Oberfläche gesponnen hatten, diese selbe Art von Unwirklichkeit, die so verblüffend war; man fühlte der irgend etwas entsteigen. Das Leben war dann am frischesten. Man konnte es sich da wohlsein lassen. Gott sei Dank, brauchte man nicht, wenn man über den Rasen ging, um die alte Mrs. Beckwith zu begrüßen, die herausgekommen war, sich einen Winkel zu suchen, wo sie sich hinsetzen könnte, – man brauchte nicht in seinem flottesten Ton zu sagen: »Oh, guten Morgen, Mrs. Beckwith! Was für ein schöner Tag! Und Sie getrauen sich wirklich, in der Sonne zu sitzen? Jasper hat die Sessel versteckt. Kann ich Ihnen einen holen?« oder sonstwie das übliche Geschwätz von sich zu geben. Man brauchte gar nichts zu sagen. Man glitt dahin, man schüttelte seine Segel (es gab jetzt ziemlich viel Bewegung in der Bucht, Boote begannen auszufahren), glitt zwischen den Dingen hin, über sie hinaus. Man befand sich nicht im Leeren, sondern in etwas Randvollem. Sie schien bis an den Mund in irgendeiner Substanz zu stehn, sich in ihr zu bewegen und darin zu treiben und zu versinken; ja, denn diese Wasser waren unauslotbar tief. So viele Leben hatten sich in sie ergossen. Die der Ramsays; der Kinder; und dazu noch Endchen und Stückchen von allem möglichen: eine Waschfrau mit ihrem Korb; eine Krähe; rot und gelbe Fackellilien; die dunkelvioletten und graugrünen Tönungen von Blumen; ein gemeinsames Gefühl, welches das Ganze zusammenhielt.

Es war vielleicht solch ein ähnliches Gefühl von Vollständigkeit, das sie, vor zehn Jahren, als sie auf beinahe derselben Stelle stand wie jetzt, hatte glauben lassen, sie sei in den Ort verliebt. Die Liebe hatte tausenderlei Gestalt. Es mochte Liebende geben, welche die Gabe besaßen, die Elemente von Dingen auszuwählen und sie zusammenzusetzen und auf diese Weise, indem sie ihnen eine Ganzheit verliehen, die ihnen im Leben nicht eigen war, aus irgendeiner Szene, einer Begegnung mit Leuten (jetzt alle dahin und verstreut) etwas Vollrundes, Festgefügtes zu machen, über dem das Denken verweilte und die Liebe tändelte.

Ihr Blick ruhte auf dem Fleckchen Braun, das Mr. Ramsays Segelboot war. Sie würden um die Mittagszeit beim Leuchtturm ankommen, vermutete sie. Doch es hatte aufgefrischt, und als der Himmel sich ein wenig veränderte und das Meer sich ein wenig veränderte und die Boote ihre Lage änderten, wurde die Aussicht, die einen Augenblick zuvor wunderbar festgefügt zu sein schien, unbefriedigend. Der Wind hatte die Rauchspur verweht; irgend etwas mißfiel einem an der Gruppierung der Boote.

Das Mißverhältnis dort schien eine Harmonie in ihrem Gemüt zu stören. Sie empfand einen unklaren Kummer. Er wurde bestätigt, als sie sich wieder ihrem Bild zuwandte. Sie hatte ihren Morgen vergeudet. Aus welchem Grund immer, sie konnte dieses haargenaue Gleichgewicht zwischen zwei entgegengesetzten Kräften nicht zustandebringen; zwischen Mr. Ramsay und dem Bild; das aber war notwendig. Stimmte vielleicht mit dem Vorwurf irgend etwas nicht? Lag es etwa daran, daß die Linie der Mauer gebrochen zu werden verlangte oder die Masse der Bäume zu wuchtig war? Sie lächelte spöttisch; denn hatte sie nicht, als sie zu malen begann, geglaubt, ihr Problem gelöst zu haben?

Worin bestand also das Problem? Sie mußte irgend etwas zu fassen bekommen, das sich ihr entzog. Es entzog sich ihr, sobald sie an Mrs. Ramsay dachte; es entzog sich ihr, wenn sie an ihr Bild dachte. Phrasen fielen ihr ein. Visionen tauchten vor ihr auf. Schöne Bilder. Schöne Phrasen. Aber was sie zu fassen wünschte, war dieses Zerren an den Nerven, war dieses Etwas selbst, bevor es zu irgend etwas gemacht wurde. Pack's und fang frisch an! Pack's und fang frisch an! dachte sie verzweifelt und pflanzte sich wieder vor der Staffelei auf. Eine elende Maschinerie, eine unzulängliche Maschinerie, dachte sie, war diese menschliche Vorrichtung zum Malen oder zum Fühlen; immer versagte sie im kritischen Augenblick; und heroisch mußte man sie von neuem in Gang bringen. Sie schaute, runzelte die Stirn. Dort war die Hecke, das wußte sie nur zu gut. Doch man erreichte nichts mit solch drängendem Hervorrufenwollen. Man wurde nur geblendet davon, auf die Linie der Mauer zu schauen oder zu denken: sie trug einen grauen Hut; sie war erstaunlich schön. Laß es von selbst kommen, dachte sie, wenn es kommen will. Denn es gab Augenblicke, wo man weder denken noch fühlen konnte. Und wenn man weder denken noch fühlen konnte, wo blieb man da?

Hier auf dem Gras, auf dem Erdboden, dachte sie, sich hinsetzend und mit ihrem Pinsel eine kleine Ansiedlung von Wegerichblättern untersuchend. (Denn der Rasen war sehr verwildert.) Hier auf der Welt saß man, dachte sie, weil sie das Gefühl nicht abschütteln konnte, es geschehe alles heute morgen zum erstenmal; vielleicht zum letztenmal; wie ein Reisender, sogar schon halb eingeschlafen, wenn er aus dem Fenster des Abteils blickt, weiß, daß er jetzt hinausschauen muß, denn nie wieder wird er dieses Städtchen oder diesen Mauleselkarren oder diese Frau bei ihrer Feldarbeit sehn. Der Rasen war die Welt; sie waren beide hier auf diesem erhabenen Standort, dachte sie, zu dem alten Mr. Carmichael hinblikkend, der (obgleich er die ganze Zeit keine Silbe gesprochen hatte) an ihren Gedanken teilzuhaben schien. Und vielleicht würde sie ihn nie mehr wiedersehn. Er wurde alt. Und, so erinnerte sie sich, über den Pantoffel, der von seinem Fuß baumelte, lächelnd, er war auch berühmt geworden. Die Leute sagten, seine Gedichte seien »so schön«. Sie gruben Sachen aus und veröffentlichten sie, die er vor vierzig Jahren geschrieben hatte. Da gab es jetzt also einen berühmten Mann namens Carmichael, und lächelnd dachte sie, wie vielerlei Gestalt ein Mensch haben konnte, wie er ein andrer in den Zeitungen war, hier aber derselbe, der er immer gewesen. Er sah aus wie immer – nur ein wenig grauer geworden. Ja, er sah aus wie immer, aber jemand hatte gesagt, fiel ihr ein, er habe, als er von Andrew Ramsays Tod erfuhr (eine Granate hatte ihn auf der Stelle getötet; es wäre ein großer Mathematiker aus ihm geworden), »jedes Interesse am Leben verloren«. Was hieß das? Hatte er auf dem Trafalgar Square demonstriert, einen dicken Stock in der Hand? Hatte er Seite nach Seite umgewendet, ohne sie zu lesen, allein dort in seinem Zimmer in London? Sie wußte nicht, was er getan hatte, als er von Andrews Tod erfuhr, aber sie konnte es dennoch in ihm spüren. Sie murmelten einander auf der Treppe einen Gruß zu; sie sahn zum Himmel auf und sagten, es werde schön sein, oder, es werde nicht schön sein. Aber dies war auch eine Art, Menschen zu kennen, dachte sie: den Umriß zu kennen, nicht die Einzelheiten; in seinem Garten zu sitzen und zu den Hängen eines Bergs hinüberzusehn, die sich, unten dunkelrot, ins ferne Heidekraut verliefen. Sie kannte ihn auf diese Weise. Sie erkannte, daß er sich irgendwie verändert hatte. Obwohl sie nie eine Zeile seiner Gedichte gelesen hatte, wußte sie, wie sie waren: bedächtig, klangvoll. Sie waren gereift und mild, erzählten von der Wüste und dem Kamel, vom Palmbaum und vom Sonnenuntergang. Sie waren äußerst unpersönlich; sagten etwas über den Tod; sehr wenig über die Liebe. Es war etwas Entrücktes an ihm. Er hatte andre Menschen sehr wenig nötig. War er nicht immer recht verlegen an der offenstehenden Tür vorbeigeschlurft, eine Zeitung unterm Arm, bestrebt, Mrs. Ramsay auszuweichen, die er aus irgendeinem Grund nicht besonders leiden mochte? Darum, natürlich, hatte sie immer wieder versucht, ihn anzuhalten. Er verneigte sich dann vor ihr. Er blieb unwillig stehn und verneigte sich tief. Verärgert, weil er nichts von ihr wollte, fragte ihn dann Mrs. Ramsay (Lily konnte sie hören), ob er nicht einen Mantel brauche, eine Decke, eine Zeitung? Nein, er brauche nichts. (Dabei verneigte er sich.) Es war irgend etwas an ihr, das er nicht mochte. Vielleicht ihr herrisches Wesen, ihre Hartnäckigkeit, etwas nüchtern Sachliches. Sie war so unumwegig.

(Ein Geräusch lenkte ihre Aufmerksamkeit auf die offenstehende Glastür des Wohnzimmers – das Quietschen einer Angel. Ein leichter Luftzug umspielte den Türflügel.)

Es mußte Leute gegeben haben, die sie ganz und gar nicht mochten, dachte Lily (ja, gewiß, sie begriff, daß die Schwelle zum Wohnzimmer leer war, aber das hatte nicht die geringste Wirkung auf sie; sie wünschte Mrs. Ramsay jetzt nicht herbei), – Leute, die sie zu selbstsicher, zu drastisch fanden. Auch an ihrer Schönheit nahmen vermutlich manche Anstoß. Wie eintönig, sagten sie wohl, und immer ein und dieselbe! Sie zogen einen andern Typ vor – den dunkeln, lebhaften. Und sie war ihrem Mann gegenüber zu nachgiebig. Sie ließ es zu, daß er diese Szenen machte. Sie war auch sehr verschlossen. Niemand wußte genau, was sie erlebt hatte. Und (um zu Mr. Carmichael und seiner Abneigung zurückzukehren) man konnte sich nicht vorstellen, daß Mrs. Ramsay dastand und malte, dalag und las, einen ganzen Vormittag lang im Garten verweilte. Es war undenkbar. Ohne ein Wort, ein Körbchen das einzige Zeichen ihres Vorhabens, ging sie weg, in das Städtchen, zu den Armen, um in irgendeinem stickigen kleinen Krankenzimmer zu sitzen. Oft und oft hatte Lily sie mitten aus einem Spiel, mitten aus einem Gespräch, ihren Korb am Arm, sehr aufrecht weggehn sehn. Sie hatte ihr Zurückkommen vermerkt. Sie hatte, halb belustigt (Mrs. Ramsay war so methodisch mit den Teetassen), halb gerührt (ihre Schönheit benahm einem den Atem) gedacht: Augen, vor Schmerz halb geschlossen, haben dich angesehn; du bist wieder bei denen dort gewesen.

Und dann wieder war Mrs. Ramsay imstande gewesen, sich zu ärgern, weil sich eins verspätet hatte oder die Butter nicht völlig frisch oder die Teekanne abgesplittert war. Und die ganze Zeit, während sie sagte, daß die Butter nicht völlig frisch sei, dachte man an griechische Tempel und, daß Schönheit die Menschen damals dort umgeben hatte. Sie sprach nie darüber – sie ging einfach, pünktlich, ohne Umschweife. Sie tat es aus Instinkt, einem Instinkt wie der der Schwalben für den Süden, der Artischocken für die Sonne, der sie trieb, sich unfehlbar den Menschen zuzuwenden, sich ihr Nest in ihrem Herzen zu bauen. Und das war, wie jeder Instinkt, ein wenig zum Verzweifeln für Leute, die ihn nicht teilten; für Mr. Carmichael vielleicht, für sie selbst ganz gewiß. Beide hegten sie eine Vorstellung von der Unwirksamkeit jeder Tätigkeit, von der Überlegenheit des Denkens. Wenn Mrs. Ramsay so plötzlich geschäftig wegging, war das wie ein Vorwurf für sie beide, ließ die Welt in anderm Licht erscheinen und forderte sie zum Widerspruch heraus, wenn sie mitansehn mußten, wie ihre vorgefaßten Meinungen schwanden und sie sich an die schwindenden klammerten. Auch mit Charles Tansley ging es einem so; zum Teil deswegen konnte man ihn nicht leiden. Er warf die Größenverhältnisse dieser Welt über den Haufen. Und was war aus ihm geworden? fragte sie sich, müßig mit ihrem Pinsel zwischen die Wegerichblätter fahrend. Er hatte seine Professur erhalten. Er hatte sich verheiratet; er wohnte in einer Gartenvorstadt.

Sie war einmal während des Kriegs in einen Saal gegangen und hatte ihn eine Rede halten gehört. Er machte irgend etwas herunter; er verurteilte irgend jemand. Er predigte Nächstenliebe. Sie aber empfand nur, wie sei es möglich, daß er seinesgleichen liebte, er, der kein Bild vom andern unterscheiden konnte, der hinter ihr gestanden und Shagtabak geraucht (»fünf Pence die Unze, Miss Briscoe!«) und geglaubt hatte, es sei seine Pflicht, ihr zu sagen, Frauen könnten nicht schreiben, Frauen könnten nicht malen, und es nicht einmal sosehr sagte, weil er es glaubte, sondern, weil er es seltsamerweise wünschte? Da stand er nun, hager und rot im Gesicht und heiser, predigte Liebe von einem Podium herunter (es krochen Ameisen in den Wegerichblättern umher, in die sie mit dem Pinsel gefahren war, – rote, energisch aussehende Ameisen, die einen ein wenig an Charles Tansley gemahnten). Sie hatte ironisch von ihrem Sitz in dem halb leeren Saal zu ihm hingesehn, der dort Liebe in die kühle Leere pumpte, und plötzlich war dieses alte Faß wieder da oder was immer es gewesen war, das auf den Wellen auf und nieder schaukelte, und Mrs. Ramsay, die zwischen den Kieselsteinen nach ihrem Brillenfutteral suchte. »Ach Gott, wie lästig! Wieder eins verloren. Bemühn Sie sich nicht, Mr. Tansley! Ich verliere jeden Sommer tausende«, worauf er das Kinn in den Kragen drückte, als wollte er solche Übertreibungen zwar nicht gutheißen, nähme sie aber ihr, die er gernhatte, nicht übel, und auf eine sehr reizende Art lächelte. Er mußte sich ihr anvertraut haben auf einem dieser langen Ausflüge, wo die Leute immer auseinander geraten und dann allein oder paarweise heimgehn. Er sorge für die Erziehung seiner kleinen Schwester, hatte Mrs. Ramsay ihr erzählt; das gereiche ihm außerordentlich zur Ehre. Die Vorstellung, die sie selbst sich von ihm machte, war grotesk, das wußte sie sehr gut, während sie die Wegerichblätter hin und her wendete. Die Hälfte aller Vorstellungen, welche man sich von andern Leuten machte, war ja schließlich grotesk. Sie dienten höchsteigenen, geheimen Zwecken. Charles ersetzte ihr einen Prügelknaben. Sie ertappte sich dabei, wie sie seine hageren Lenden geißelte, wenn sie schlecht gelaunt war. Wenn sie sich ernsthaft mit ihm beschäftigen wollte, mußte sie Mrs. Ramsays Aussprüche heranziehn, ihn mit deren Augen sehn.

Sie scharrte ein kleines Hügelchen zusammen, damit die Ameisen drüberkriechen sollten. Sie machte sie ganz toll vor Unentschiedenheit durch diesen Eingriff in ihre Schöpfungsgeschichte. Die einen rannten hierhin, die andern dorthin.

Man brauchte fünfzig Paar Augen, überlegte sie. Fünfzig Paar Augen genügten gar nicht, um dieser einen Frau beizukommen, dachte sie. Unter ihnen müßte eines sein, das stockblind für ihre Schönheit wäre. Vor allem aber brauchte man einen geheimen sechsten Sinn, dünn wie Luft, mit dem man imstande wäre, sich durch Schlüssellöcher zu stehlen und sie zu umkreisen, wenn sie saß und strickte, redete oder schweigend allein in der offnen Tür saß; der sich zurückzöge und dann, wie die Luft den Rauch des Dampfschiffs, ihre Gedanken gleich einem Schatz aufbewahrte, ihre Vorstellungen, ihre Wünsche. Was bedeutete ihr die Hecke, was der Garten, was eine ans Ufer rollende Welle? (Lily blickte auf, wie sie Mrs. Ramsay hatte aufblicken sehn; auch sie hörte eine Welle ans Ufer rollen.) Und dann, was hatte sich in ihrem Gemüt geregt und gebebt, wenn die Kinder beim Kricketspielen »Und der? Und der?« riefen? Sie hielt dann eine Sekunde inne. Sah gespannt drein. Ließ sich wieder erschlaffen, und plötzlich blieb dann Mr. Ramsay mitten im Hinundhergehn vor ihr stehn, und eine sonderbare Welle von Erschütterung durchlief sie und schien sie in tiefer Erregung auf ihrem Rücken zu schaukeln, während er dort bei ihr stand und auf sie hinabblickte. Lily konnte ihn vor sich sehn.

Er streckte die Hand aus und zog sie aus dem Sessel hoch. Es war irgendwie, als hätte er das schon einmal getan; als hätte er sich schon einmal auf dieselbe Weise hinabgebeugt und sie aus einem Boot zu sich hochgezogen, das, weil es ein paar Zollbreit von einer kleinen Insel entfernt lag, es notwendig machte, daß den Damen von den Herren ans Ufer geholfen werde. Eine altmodische Szene, die beinahe Krinolinen und eng zulaufende Hosen erforderte. Während sie sich so von ihm beistehn ließ, hatte Mrs. Ramsay (so vermutete Lily) gedacht, der Augenblick sei jetzt gekommen; ja, sie werde es jetzt sagen; ja, sie würde ihn heiraten. Und langsam, gelassen stieg sie ans Ufer. Wahrscheinlich sagte sie nur ein paar Worte und überließ ihm ihre Hand. Ich werde dich heiraten, mochte sie gesagt haben, ihre Hand in der seinen; aber mehr nicht. Wieder und wieder war dasselbe Erschauern von einem zum andern übergesprungen – mußte das offenbar, dachte Lily und glättete dabei den Ameisen einen Weg. Sie erdachte nichts; sie versuchte nur, etwas zu glätten, das ihr vor Jahren zusammengefaltet übergeben worden war;

etwas, das sie mitangesehn hatte. Denn im Gebalge und Getümmel des Alltags, mit allen diesen Kindern, allen diesen Gästen hatte man ständig ein Gefühl von Wiederholung – als fiele ein Ding immer dorthin, wo schon ein andres hingefallen war und ließe so ein Echo ertönen, das durch die Luft hallte und sie in Schwingungen versetzte.

Doch es wäre falsch, dachte sie, sich vorstellend, wie die zwei miteinander weggingen – sie mit ihrem grünen Schal, er mit flatterndem Schlips, Arm in Arm, am Glashaus vorbei, – ihr Verhältnis zueinander zu vereinfachen. Es war keine eintönige Glückseligkeit – sie mit ihrer Impulsivität und Unberechenbarkeit; er mit seinen Schaudern und seinen Verdüsterungen. O nein! Da knallte zum Beispiel die Schlafzimmertür frühmorgens heftig zu. Oder er sprang in einem Anfall von Jähzorn von Tisch auf. Oder schleuderte seinen Teller durchs Fenster. Und dann war im ganzen Haus ein Gefühl von zugeschlagenen Türen und flatternden Gardinen, als wehte ein kräftiger Wind und Leute liefen umher und versuchten hastig, Riegel vorzuschieben und alles wieder in Ordnung zu bringen. Sie war Paul Rayley einmal bei einer solchen Gelegenheit auf der Treppe begegnet. Sie hatten gelacht und gelacht wie zwei Kinder, nur weil Mr. Ramsay, als er beim Frühstück einen Ohrwurm in seiner Milch fand, das Ganze durch die Luft auf die Terrasse befördert hatte. »Ein Ohrwurm«, hatte Prue, starr vor ehrfürchtigem Entsetzen, geflüstert, »in seiner Milch!« Andre mochten Tausendfüßler finden. Doch er hatte um sich herum eine solche Mauer von Geheiligtsein aufgerichtet und innen, in dem freien Raum, mit einem so majestätischen Gehaben Platz genommen, daß einem ein Ohrwurm in seiner Milch als ein Ungeheuer vorkam.

Aber es ermüdete Mrs. Ramsay, es schüchterte sie ein wenig ein – dieses Tellerschleudern und Türenzuschlagen. Und zwischen ihnen gab es dann auch lange Zeiten starren Stillschweigens, wo sie, in einer Gemütsverfassung, die Lily an ihr ärgerte, einer halb kläglichen, halb übelnehmerischen, außerstande zu sein schien, den Sturm gefaßt zu überstehn oder mit ihnen allen mitzulachen, sondern in ihrer Müdigkeit vielleicht etwas verbarg. Da saß sie dann und brütete stumm vor sich hin. Nach einer Weile begann er, sehr verstohlen den Platz zu umkreisen, wo sie grade saß und Briefe schrieb oder mit jemand sprach; denn sie würde es sich angelegen sein lassen, beschäftigt zu sein, wenn er vorüberging, um ihm auszuweichen und vorzugeben, ihn nicht zu bemerken. Dann würde er sanft wie Seide werden, umgänglich, liebenswürdig, und würde versuchen, sie auf diese Weise wiederzugewinnen. Immer noch bliebe sie zurückhaltend und würde nun für eine kleine Weile etwas von dem stolzen Gehaben annehmen, das ihrer Schönheit zukam, woran es ihr aber sonst völlig gebrach; sie würde den Kopf wegwenden; würde nur so über die Schulter zurückblicken, immer eine Minta, einen Paul oder William Banks an ihrer Seite. Zuletzt würde er, am Rand der kleinen Gruppe, das wahre Ebenbild eines ausgehungerten Wolfshunds (Lily stand vom Gras auf, blieb stehn und blickte zu der Türstufe hinüber, wo sie ihn gesehn hatte), sie beim Namen rufen, einmal nur, für alle Welt wie ein Wolf, ein bellender, im Schnee draußen, aber immer noch bliebe sie zurückhaltend, und dann riefe er sie noch einmal, und diesmal würde irgend etwas in seinem Ton sie aufhorchen machen, und sie ginge zu ihm hin, weg von allen den andern, und miteinander würden sie dann dahinschlendern zwischen den Birnbäumen, den Kohlköpfen und den Himbeersträuchern. Sie trügen es miteinander aus. Aber was für eine Haltung würde jedes von ihnen einnehmen, was für Worte gebrauchen? Es war ihnen eine solche Würde eigen in ihrem Verhältnis zu einander, daß sie selbst und Paul und Minta sich abwendeten, ihre Neugier und ihr Unbehagen verbargen und Blumen zu pflücken, Ball zu spielen oder zu schwatzen begannen, bis es Zeit fürs Abendessen wäre, und da säßen die beiden dann wieder, er an dem einen Ende des Tisches, sie an dem andern, wie immer.

»Will denn keins von euch Botanik studieren?... Mit so vielen Armen und Beinen, wie ihr habt, warum will denn keins von euch...?« So würden sie wie sonst reden und lachen, mitten unter ihren Kindern sitzend. Alles wäre wie gewöhnlich, bis auf dann und wann ein Blitzen wie das einer Klinge in der Luft zwischen ihnen, als wäre der vertraute Anblick der vor ihren Suppentellern um den Tisch sitzenden Kinder nach jener Stunde dort zwischen den Birnbäumen und den Kohlköpfen in ihren Augen aufgefrischt worden. Vor allem aber, dachte Lily, würde Mrs. Ramsay zu Prue hinsehn. Die säße mitten unter ihren Geschwistern, scheinbar immer so besorgt, daß nichts schiefgehe, daß sie selber kaum je etwas sagte. Was für Vorwürfe Prue sich gemacht haben mußte wegen dieses Ohrwurms in Mr. Ramsays Milch! Wie weiß sie geworden war, als er seinen Teller durchs Fenster schleuderte! Wie niedergeschlagen sie war, wenn es ein solches langes Stillschweigen zwischen den beiden gab! Jedenfalls, ihre Mutter schien es wieder an ihr gutmachen zu wollen; ihr zu versichern, daß alles in Ordnung sei; ihr zu versprechen, daß sie selbst bald ein ähnliches Glück finden werde. Nicht einmal ein ganzes Jahr hatte Prue es genossen!

Sie hatte die Blumen aus ihrem Korb fallen lassen, dachte Lily, die Augen zusammenkneifend und einen Schritt zurücktretend, als wollte sie ihr Bild betrachten, das sie aber nicht anrührte, da alle ihre Fähigkeiten erstarrt, oberflächlich gefroren waren, darunter aber sich mit äußerster Schnelligkeit bewegten.

Sie hatte die Blumen aus ihrem Korb fallen lassen, hatte

sie ins Gras gekippt und verstreut, und zaudernd und widerstrebend, aber ohne zu fragen oder sich zu beklagen – besaß sie nicht aufs höchste die Gabe der Folgsamkeit? – ging auch sie dahin. Über Wiesen und Täler, weiße, blumenbesäte, – so hätte sie es gemalt. Die Berge waren rauh; dort war's steinig; war's steil. Die Wellen klangen heiser auf den Kieseln unten. Sie gingen miteinander, die drei, Mrs. Ramsay ziemlich schnell voran, als erwartete sie, jemand gleich um die Ecke herum zu begegnen.

Plötzlich wurde die Türöffnung, zu der sie hinsah, durch irgend etwas Weißes dahinter heller. Es war also endlich jemand ins Wohnzimmer gekommen; jemand hatte sich in den Lehnstuhl gesetzt. Der Himmel gebe, flehte sie, daß die dort still säßen und nicht hier herausgeschwärmt kämen, um mit ihr zu reden! Gnädigerweise blieb, wer immer es sein mochte, dort drin; hatte sich zum Glück dort niedergelassen, so daß ein merkwürdig geformter dreieckiger Schatten über die Stufe fiel. Es veränderte ein wenig die Komposition des Bildes. Aber es war interessant; würde vielleicht nützlich sein. Ihre Malstimmung kehrte wieder. Man mußte weiter hinschauen, ohne auch nur eine Sekunde lang die Intensität der Gemütsbewegung zu mindern, den festen Vorsatz, sich nicht davon abbringen, sich nicht an der Nase herumführen zu lassen. Man mußte – so! – die Szene wie in einem Schraubstock festhalten und nichts hineinkommen und sie verderben lassen. Man brauchte bloß, dachte sie, den Pinsel mit Entschiedenheit eintauchend, auf einer Ebene mit dem alltäglichen Erleben zu stehn, um einfach zu fühlen, dies ist ein Sessel, dies ein Tisch, und dennoch gleichzeitig: es ist ein Wunder, es ist eine Ekstase. Das Problem ließe sich vielleicht doch lösen. Ah, aber was war dort vorgegangen? Der Luftzug mußte irgendeine Falbel im Zimmer bewegt haben. Ihr Herz tat einen Sprung und packte sie und folterte sie.

»Mrs. Ramsay! Mrs. Ramsay!« rief sie, und sie spürte das Entsetzliche wiederkehren – etwas immerzu haben zu wollen und doch nicht zu haben. War sie immer noch imstande, einem das anzutun? Und dann, ganz ruhig, als hätte sie davon abgelassen, wurde auch dies ein Teil alltäglichen Erlebens, auf ein und derselben Ebene mit dem Sessel, mit dem Tisch. Mrs. Ramsay – es gehörte zu ihrer restlosen Güte ihr gegenüber – saß ganz einfach dort, in ihrem Lehnsessel, ließ ihre Nadeln flitzen, an dem rotbraunen Strumpf strickend, und warf einen Schatten auf die Stufe. Sie saß ganz einfach dort.

Und als hätte sie nun etwas, das sie mit jemand teilen müßte, ließe jedoch nur ungern ihre Staffelei im Stich – so sehr war ihr Gemüt erfüllt davon, was sie dachte, was sie sah, – ging Lily, den Pinsel in der Hand, an Mr. Carmichael vorbei, bis an den Rand des Rasens. Wo war dieses Boot jetzt? Wo war Mr. Ramsay? Sie brauchte ihn.

12

Mr. Ramsay hatte fast zu Ende gelesen. Seine Hand schwebte griffbereit über der Seite, um augenblicklich, sobald er sie zu Ende gelesen hätte, umzublättern. Er saß barhaupt da, und der Wind wühlte in seinen Haaren. Er sah ungemein allem preisgegeben aus. Er sah sehr alt aus. Er sah aus, dachte James, den Kopf seines Vaters einmal gegen den Leuchtturm, einmal gegen die unendliche, sich zum offenen Meer erstreckende Wasserwüste erblickend, wie ein uralter, auf dem Sand liegengebliebener Stein; er sah aus, als wäre er körperlich das geworden, was sie beide schon immer insgeheim im Geist gegenwärtig gehabt hatten – diese Einsamkeit, die für beide der wahre Kern der Dinge war.

Er las sehr schnell, als wollte er damit zu Ende kommen. Und tatsächlich waren sie dem Leuchtturm schon ganz nah.

Dort ragte er auf, nackt und gerade, grellweiß und schwarz, und man konnte sehn, wie die Wellen sich gleich weißen Splittern von zerschmettertem Glas an den Felsen brachen. Man konnte Risse und Sprünge in den Felsen sehn. Man konnte deutlich die Fenster sehn; einen weißen Tupf auf einem von ihnen, und ein Büschel Grün auf dem Felsen. Ein Mann war herausgekommen und hatte durch ein Fernrohr zu ihnen hergesehn und war wieder hineingegangen. So sah er also aus, dachte James, der Leuchtturm, den man über die Bucht weg alle diese Jahre vor sich gesehn hatte; ein nackter Turm auf einem kahlen Felsen. Er befriedigte ihn. Er bestätigte eine dunkle Ahnung, die er von seinem eigenen Charakter hatte. Die alten Damen, dachte er, sich des Gartens daheim erinnernd, die ihre Liegestühle über den Rasen zerrten, die alte Mrs. Beckwith zum Beispiel, sagten immer, wie nett es sei und wie reizend es sei und daß sie so stolz sein sollten und so glücklich sein sollten, tatsächlich jedoch, dachte James mit einem Blick auf den Leuchtturm da auf dem Felsen, ist's aber *so*! Er sah seinen Vater an, der ungestüm weiterlas, die Beine unter sich umeinander gehakt. Sie wußten es beide. »Wir treiben vor einem Sturm dahin – wir müssen untergehn«, begann er, halblaut, vor sich hinzusagen, genau wie sein Vater es sagte.

Keins von ihnen schien seit unendlich langen Zeiten gesprochen zu haben. Cam hatte es satt, das Meer zu betrachten. Kleine schwarze Korkstückchen waren vorbeigetrieben; die Fische im Boden des Boots waren jetzt tot. Ihr Vater las immer noch, und James sah ihn an, und auch Cam sah ihn an, und sie gelobten, Tyrannei bis in den Tod Widerstand zu leisten, er aber las weiter, ahnungslos, was sie dachten. Und so gelang es ihm, zu entkommen, dachte sie. Ja, mit seiner hohen Stirn und seiner kräftigen Nase, das kleine, gesprenkelte Buch fest vor sich in der Hand, gelang es ihm immer, zu entkommen. Man konnte versuchen, Hand an ihn zu legen, aber dann breitete er wie ein Vogel die Flügel aus und entschwebte, um sich außer Reichweite niederzulassen, irgendwo weit weg, auf einem einsamen Baumstumpf. Sie blickte lange auf die ungeheure Fläche des Meers. Die Insel war jetzt so klein geworden, daß sie kaum noch wie ein Blatt aussah. Sie sah aus wie die Kuppe eines Felsens, die bald von einer hohen Welle bedeckt werden würde. Und doch enthielt sie in ihrer Schmächtigkeit alle jene Wege, jene Terrassen, jene Schlafzimmer – alle jene unzähligen Dinge. Aber so wie sich, kurz vor dem Einschlafen, alles vereinfacht, so daß unter Myriaden von Einzelheiten nur eine stark genug ist, sich zu behaupten, grade so schwanden und verschwanden, empfand sie, schläfrig zu der Insel hinblickend, alle jene Wege und Terrassen und Schlafzimmer und nichts andres blieb übrig als ein mattblauer Weihrauchkessel, der rhythmisch in ihrem Geist hin- und herschwang. Nein, es war ein hängender Garten; es war ein Tal voller Vögel und Blumen und Antilopen... Sie war schon fast eingeschlafen.

»Los jetzt!« sagte Mr. Ramsay und klappte plötzlich das Buch zu.

Los wohin? In welches außerordentliche Abenteuer? Cam schrak aus ihrem Schlummer auf. Um irgendwo zu landen, irgendwas zu ersteigen? Wohin führte er sie und James? Nach seinem ungeheuer langen Schweigen hatten seine Worte sie überrascht. Aber wie lächerlich! Er habe Hunger, sagte er. Es sei Zeit zum Essen. Überdies sagte er: »Schaut, da ist der Leuchtturm! Wir sind beinahe da.«

»Er macht's sehr gut«, sagte Macalister, James lobend. »Er hat sie sehr fest in der Hand.«

Aber sein Vater lobte ihn nie, dachte James grimmig.

Mr. Ramsay öffnete seinen Rucksack und verteilte die Sandwiches an alle. Nun war er glücklich, wie er da Brot und Käse mit den Fischersleuten aß. Er würde gern in einer Hütte wohnen und am Hafen herumlungern, um mit den andern alten Männern um die Wette zu spucken, dachte James, ihn beobachtend, wie er mit dem Taschenmesser sein Stück Käse in dünne gelbe Scheiben schnitt.

So ist's recht, das ist das Richtige, empfand Cam, während sie ihr hartgekochtes Ei schälte. Nun war ihr so wie stets im Studierzimmer, wenn die alten Männer die *Times* lasen. Jetzt kann ich weiter über was ich nur will nachdenken und werde dabei in keinen Abgrund fallen oder ertrinken, denn dort ist er und behält mich im Auge, dachte sie.

Währenddessen segelten sie so schnell an Felsen vorbei, daß es sehr aufregend war – es war einem, als täte man zweierlei zugleich; äße hier seine Sandwiches in der Sonne und suchte gleichzeitig Schutz vor einem großen Unwetter, nach einem Schiffbruch. Würde das Trinkwasser langen? Würden die Vorräte langen? fragte sie sich, sich eine Geschichte erzählend, wußte dabei aber genau, was die Wahrheit war.

Sie beide würden's bald überstanden haben, sagte Mr. Ramsay zu dem alten Macalister; aber ihre Kinder würden einiges sehr Merkwürdige erleben. Macalister sagte, er sei fünfundsiebzig gewesen vergangenen März; Mr. Ramsay war einundsiebzig. Macalister sagte, er sei noch nie beim Arzt gewesen; habe noch keinen einzigen Zahn verloren. Und das wäre das Leben, das ich meinen Kindern wünsche, – Cam war überzeugt, daß sich ihr Vater das dachte, denn er hielt sie davon ab, ein Sandwich ins Meer zu werfen, und sagte ihr, als dächte er an alle die Fischer und ihre Lebensweise, sie solle es, wenn sie es nicht essen wolle, in ihr Proviantpäckchen zurücktun. Sie solle es nicht vergeuden. Er sagte es so weisheitsvoll, als wüßte er so gut, was alles auf der Welt geschehe, daß sie das Sandwich sogleich zurücktat, und dann gab er ihr, aus seinem eigenen Päckchen, eine Pfeffernuß, als wäre er ein spanischer Grande, der einer Dame am Fenster eine Blume überreicht (so galant war sein Gehaben). Aber er war auch ein schäbig gekleideter, schlichter Mann, der Brot und Käse aß; und doch führte er sie alle auf einer großen Entdekkungsreise an, auf der sie, soviel sie wußte, ertrinken würden.

»Hier war's, hier ist sie untergegangen«, sagte Macalisters Junge plötzlich.

»Drei Mann sind ertrunken, wo wir jetzt sind«, sagte der Alte. Er habe selber mitangesehn, wie sie sich an den Mast klammerten. Und Mr. Ramsay, der einen Blick auf die Stelle warf, würde, so fürchteten James und Cam, sogleich loslegen:

Doch ich, in einem wildern Meer,

und täte er's, wär's ihnen unerträglich; sie würden laut herausschreien; sie würden nicht noch einen Ausbruch der Leidenschaft, die in ihm kochte, über sich ergehn lassen; doch zu ihrer Überraschung war ein »Ah!« alles, was er sagte, als dächte er insgeheim: Aber weshalb deswegen ein Getue machen? Natürlich ertrinken Männer in einem Sturm, aber das ist eine ganz offenkundige Sache und die Tiefen des Meers (er streute die Krümel aus seinem Butterbrotpapier über sie aus) sind schließlich bloß Wasser. Dann, nachdem er sich seine Pfeife angezündet hatte, zog er seine Uhr hervor. Er sah aufmerksam auf das Zifferblatt; vielleicht stellte er eine mathematische Berechnung an. Endlich sagte er triumphierend:

»Gut gemacht!« James habe sie wie ein geborener Seemann hergesteuert.

Na also! dachte Cam, sich stumm an ihren Bruder wendend. Du hast's endlich erreicht. Denn sie wußte, daß es das war, was James sich gewünscht hatte, und sie wußte auch, daß er jetzt, da er es hatte, sich so sehr darüber freute, daß er weder sie noch seinen Vater noch irgend jemand ansehn wollte. Dort saß er, kerzengerade, die Hand auf der Ruderpinne, sah recht trotzig drein und zog die Stirn ein wenig in Falten. Er freute sich so sehr, daß er sich von niemand auch nur ein Gran dieser Freude nehmen ließe. Sein Vater hatte ihn gelobt. Die andern sollten denken, es sei ihm völlig gleichgültig. Also jetzt hast du's endlich erreicht, dachte Cam.

Sie hatten gewendet und fuhren nun flink und flott auf langen schaukelnden Wellen, die sie außerordentlich schwungvoll und heiter eine der andern weiterreichten, neben dem Riff her. Zur Linken wurde eine Reihe Felsen bräunlich im Wasser sichtbar, das durchsichtiger und grüner wurde, und an einem, einem höheren Felsen, brach sich unaufhörlich eine Welle, die eine kleine Säule von Tropfen aufsteigen und dann in einem Schauer herabsprühen ließ. Man konnte das Aufklatschen des Wassers hören und das Geriesel fallender Tropfen und eine Art von Rauschen und Zischen der anrollenden Wogen, die über die Felsen herpurzelten und ihnen Prankenhiebe versetzten, als wären sie wilde Geschöpfe, völlig frei, und tollten und tobten und tummelten sich so auf ewig.

Nun konnten sie beim Leuchtturm zwei Männer sehn, die sie beobachteten und Anstalten machten, ihnen entgegenzugehn.

Mr. Ramsay knöpfte sich die Jacke zu und krempelte die Hosenbeine hoch. Er ergriff das umfangreichste der schlecht in braunes Packpapier eingewickelten Pakete, die Nancy gemacht hatte, legte es auf seine Knie und saß so da. Völlig bereit zum Landen saß er da und wandte sich nach der Insel um. Vielleicht konnte er mit seinen weitsichtigen Augen das verschwindende blattähnliche Gebilde mit seiner tiefen Kerbe ganz deutlich auf der Schüssel von Gold liegen sehn. Was sah er nur? fragte sich Cam. Ihr erschien alles dort verwischt. Was dachte er sich jetzt? Was war es, wonach er suchte, so angespannt, so eifrig, so schweigsam suchte? Beide beobachteten sie ihn, wie er barhaupt, das Paket auf den Knien, dasaß und immer wieder auf das zartblaue Gebilde zurückblickte, das ein leichter Schwaden von etwas zu sein schien, das sich selbst verbrannt hatte. Was willst du haben? hätten sie beide ihn gern gefragt. Beide hätten sie gern zu ihm gesagt: Verlang, was du willst, und wir werden's dir geben. Doch er verlangte nichts von ihnen. Er saß da und sah zu der Insel hin, und vielleicht dachte er: Untergegangen – jeder allein. Oder vielleicht dachte er: Ich bin bis dahin gelangt; ich hab's gefunden. Aber er sagte nichts.

Dann setzte er den Hut auf.

»Nehmt diese!« sagte er mit einer Kopfbewegung zu den Sachen hin, die Nancy eingepackt hatte, damit sie sie zum Leuchtturm mitnähmen. »Die Pakete für die Leuchtturmwächter«, sagte er. Er erhob sich und stand im Bug des Boots, sehr aufrecht und hochgewachsen, für alle Welt, dachte James, als sagte er: »Es gibt keinen Gott«, und als wollte er, dachte Cam, in den Weltraum springen, und beide standen sie auf, um ihm zu folgen, als er, das Paket festhaltend, leichtfüßig wie ein junger Mann auf den Felsen hinübersprang.

13

»Er muß hingelangt sein«, dachte Lily Briscoe laut und merkte plötzlich, daß sie völlig erschöpft war. Denn der Leuchtturm war fast unsichtbar geworden, war in einen blauen Dunstschleier dahingeschmolzen, und die Anstrengung, zu ihm hinzusehn, und die Anstrengung, an Mr. Ramsay zu denken, wie er dort landete, die beide ein und dieselbe zu sein schienen, hatten ihren Körper und ihren Geist aufs äußerste hergenommen. Ah, aber wie erleichtert sie sich fühlte! Was immer sie ihm hatte geben wollen, als er sie am Morgen verließ, das hatte sie ihm endlich gegeben.

»Er ist gelandet«, sagte sie laut. »Es ist vollendet.« Dann

stand, plötzlich auftauchend und ein wenig prustend, der alte Mr. Carmichael neben ihr und sah wie ein alter Heidengott aus, zottig, mit Wasserpflanzen im Haar und dem Dreizack (wenn es auch bloß ein französischer Roman war) in der Hand. Er stand neben ihr auf dem Rand des Rasens, schwankte ein wenig hin und her in seiner Beleibtheit und sagte, die Augen mit der Hand beschattend: »Sie werden nun schon dort gelandet sein«, und sie empfand, daß sie recht gehabt hatte. Es hatte keiner Worte zwischen ihnen bedurft. Sie hatten beide dasselbe gedacht, und er hatte ihr geantwortet, ohne daß sie ihn irgend etwas gefragt hatte. Er stand da und breitete die Hände über alle Schwächen und Leiden der Menschheit; als überblickte er nachsichtig, mitfühlend ihr endgültiges Schicksal. Nun hat er dem Ganzen die Krone aufgesetzt, dachte sie, als seine Hand langsam herabsank, als hätte sie ihn von seiner großen Höhe herab einen Kranz aus Veilchen und Asphodelen fallen lassen sehn, der langsam flatternd endlich auf der Erde zur Ruhe kam.

Schnell, als würde sie von etwas hier drüben zurückgerufen, wandte sie sich ihrer Leinwand zu. Da war es – ihr Bild. Ja, mit all seinem Grün und Blau, seinen Linien, die hinauf und hinab und querüber liefen, mit seinem Versuch zu etwas. Es würde vernichtet werden. Aber was läge daran? fragte sie sich, wieder nach dem Pinsel greifend. Sie blickte auf die Stufe: sie war leer; sie blickte auf ihre Leinwand: sie war verschwommen. Mit plötzlicher Gespanntheit, als sähe sie es eine Sekunde lang zum erstenmal ganz deutlich, zog sie da, in der Mitte, einen Strich. Es war getan; es war vollendet. Ja, dachte sie, in äußerster Erschöpfung den Pinsel weglegend, ich habe sie gehabt, meine Vision.